天鵝絨 煙灰 韓青──著

變成

代序　韓青印象

劉麗明

　　一位朋友請吃飯，韓青也在座中，該飯館有一道名菜烤禽肉，居然是限量供應的（在這個物質過剩時代），於是主人省下不吃，都分給客人吃。對這份認真的熱情，韓青在分手時說：謝謝您，如果不是您請，我們就不會知道烤禽肉這麼好吃。那位朋友雖然跟韓青是初次見面，吃飯時已略略領教了她的言辭風格，便說：我不管你說的是真話還是假話⋯⋯

　　我對韓青說，你看，這就是你留給人家的第一印象：不知真假。韓青笑，提高了聲線自辯：我是真的，我真的是這麼想的。

　　我也相信韓青不會故意將嘲諷的意思放進去，但是她隨口一說，永遠有這種效果。如果她順著說：謝謝您請我們吃了這麼好吃的乳鴿，那就不會有什麼歧義了，韓青卻把她的句式擰成了一個莫比斯環。我們小時候看《十萬個為什麼》，數學卷裏曾講到，將一張狹長的白紙條一面塗黑，將紙條的兩端黏住，一般人都是順著黏，黏成一個有黑白兩面的紙圈，將一隻螞蟻放在紙圈的裏面或者外面，不許它越過邊界，它就永遠只能在一面爬行（這象徵著常人意識裏黑白分明真假不會混淆的理想現實）。而著名的莫比斯環則在對接時將紙條的一端翻一個身，使黑的一面接上白的一面，這個紙圈就分不出裏面和外面了，螞蟻不必越過

邊界就能自由地到達紙圈內外的任何一個地方，而這撐的動作幾
乎是韓青的下意識反應。比如她作為編輯，作者感謝她精心編了
稿子，想請她吃飯，這種事如果我來處理，我只會說不客氣之
類，與對方在同一個介面上囉唆推辭半天，她卻簡潔，半笑不笑
地來一句，我給你編稿子，還要陪你吃飯，你太過分了吧？把對
方的意思一撐——也是現實啊，對方自己就不往前走了。

　　其實當今的現實，處處可見莫比斯環，真真假假循環無端，
韓青的言辭風格不過是這種現實的明鏡般的反映罷了，在她來說
非常簡單，是一目了然的世故。但是多數人拘於自己的物質位
置、功利目的，或傳統的意識包袱，會對有些事和有些關係產生
先入為主的當真態度，影響了反應的速度與純淨，加上願望的黑
白與境遇的黑白步調不一致，也會產生很多的不通、很多的悖論
與困境。這些他人的悖論與困境到了韓青這個無根無歷史的人的
面前，倒正好把她那物質化人生的慾望空殼填實了，給了她無數
即興的方向與忙碌的內容，於是別人做不通的事情紛紛向她匯
聚，經過她找到出口。

　　事通當然要靠人通。韓青的人際關係同樣有著視覺上的透
明性與心理上的捷徑。很多真實無情的話我們說不出口，韓青緣
於直觀的把握就無所謂地說了，沒有蓄意，沒有主觀意識在心裏
漚過的髒，加上她使用語言的才能——她常常把人恭維得哭笑不
得，也把人得罪得啞然失笑——就在這樣沒輕沒重的交往中，她
的朋友數量超出了許多人的想像。

　　韓青這幾年做事的範圍，就人們對她能力的想像而言，已經
盛開到了沒有邊際的地步，看著她有了逐年增多的社會責任，我
希望這些責任能像固定帳篷的椿子一樣，使她能夠在世俗的社會

裏變得安定，但是我很難猜測結果，因為無論她活得如何精彩，我對她的憐惜揮之不去——生存的莫比斯環讓人沒有歸宿感，在這循環無端的人生中，越是走得通的人加速度越瘋狂，但還是沒有盡頭。

　　也許，她的歸宿還在於文字。她有一些筆記，視為隱私，我看過一點點，非常喜歡，讓我想起她的聲音。她的聲音清涼有棱，聽起來有一種疏離感，沒有黏性，尤其在跟人初接觸打電話時，你覺得她的聲音向後上方弓起來，孤零零的。這樣的文字不管內容是什麼，我都不由得用心尖子捧著看。當然我也喜歡她的笑，好像她沒有微笑，一笑就是沒心沒肺地樂，聲音向前一癱，無形無狀，她有一些喜劇文字，貌似嚴肅，卻隱藏著這種笑，在這種笑聲中，我會放心一點，不管怎麼說，世界在當下還是踏實的。

2010年11月寫於南京

目　次

代序　韓青印象／劉麗明　002

小說逸趣

趙姨娘的昨天和今天　012

在長三堂子裏學世故　017

看嫖客妓女戀愛　020

勞動人民的性慾　023

好色物語　026

清少納言的枕頭　030

大頭春的妹妹　033

暗戀的寬×長×高　036

王二性史　041

性是一條邊界，你我是兩座囚籠　045

不夠遠的遠山和遠水　048

影像午夜

周璇在午夜電影裏　054

在「過不去」的地方臥底　057

壞男人的愛情　060

蒙太奇夜晚：米蘭奇蹟與濟南病人　063

春光乍洩張國榮　066

美麗的大腳　069

愛欲有私　072

全金屬外殼　075

幾次遇見妮可　078

浪是水的一種表達　081

詞語博弈

大詞兒小心眼兒　086

語言選擇之一例　088

莫名之「我」　092

異域之書　094

書牆　096

書緒漂流　098

智與性的博弈　103

身前背後及黑白兩例　105

盜夢　108

神靈與帝王　110

言語之會　111

老大師的性趣　112

高速公路上的京劇　114

經典愛欲

煙灰變成天鵝絨　118

耶利內克的母愛及其他　121

被洛麗塔拉下水或者推上岸　126

嬉笑式絕望　130

大師級惡搞　135

在生活入口處跌跌撞撞　139

娜拉出走後的易卜生　142

純潔有瑕的愛情　145

里爾克的9.11　148

異樣時空

書房故事　156

視線陡峭的閱讀：由茨維塔耶娃想到的　161

不同時段的敬和愛　178

穿過你的黑雲的我的血肉之軀　182

黃發有在濟南的課外活動片斷　185

詩意繪畫的實踐者　190

做一個濟南知識份子的美麗與哀愁　197

雌雄天才

伍迪‧艾倫的娼妓　208

左看，右看，用桑塔格的視線　211

與發情期的天才相處　215

假如童年永不消失　218

鮑勃‧狄倫的聲、色、模糊時間　221

我們與薩義德的《格格不入》　224

看他們怎樣看女人　228

羅蘭‧巴特的憐憫與瘋狂　231

神秘陌生人　234

莎樂美的情遇　237

達利的意淫和我們的夢　241

毛姆的中國屏風　245

向勞倫斯學習調情與戀愛　248

後記　轉身之際的文字迷宮／韓青　256

小說逸趣

趙姨娘的昨天和今天

　　某年某月某一日，晚上，遇上了《莫名其妙趙姨娘》，在央視十頻道的百家講壇。

　　此前，也覺得丫鬟出身的趙姨娘有點討厭，還認為是自己小知識份子的小心眼作祟，對勞動人民特別是女人民在舊社會種種複雜的沉浮，同情心有些發育不良。如今，看到這麼一位挺大的紅學家對她也不喜歡，而且到了憎惡的程度，頗意外。看來，把小知識份子做大，當上大學問家了，在女人的問題上能心胸開闊也不易；甚至，有時候要實事求是，也難。

　　當然，做學問，不是直截了當地談女人。這位講趙姨娘，先是對曹雪芹為什麼會讓她待在不朽之作《紅樓夢》裏，表示難以理解，並舉例解讀，果然讓該姨娘處處不得超生，還很文本的樣子，再三強調說這是作者曹雪芹對她的憎惡。雖說她生的探春讓人「見之忘俗」；可是，她生的兒子賈環，卻「舉止荒疏」。由此一半對一半的概率推算，她也就是中等姿色。對其出身來歷，考慮到賈政年輕的時候，亦屬詩酒放誕之人，大抵是一夕情誤，才娶進門來的。總之，趙姨娘在《紅樓夢》中是莫名其妙的。且分析，如果把她寫成有心計、有城府、陰而不露的女人，會更有光彩；即使如此的臉譜化簡單化，若擺在一般小說裏，已然非常生動，但這是《紅樓夢》呀，怎麼會有如此簡單的筆墨？倘若不屬創作失誤，便是強烈的憎惡，是永不寬恕的憎恨。可是，憎從何來？他接著援引西方著名某心理學的某通俗原理，當是曹雪芹

年幼受過這類女人的傷害，以至於成為他終生不能排解的本能情緒。似乎，也能自圓其說。

但是，他解讀出來的這個趙姨娘，不在原書裏。憎她的，也並不是曹雪芹，而是這位解讀人——賈政的這個小老婆，實在是讓吟風弄月之人無法忘懷的一個難堪現實，古今小知識份子桃花仙境裏的驚夢人。她，是他們難以擺脫的基本情感現實：雖緩解慾望，但難解風情，太俗氣。

趙姨娘壞嗎？企圖害掉寶玉和鳳姐，其用心之簡單手段之天真，以為唸唸咒就可以讓賈府改朝換代，真是笨死了，絕對小兒科，遠遠壞不過王熙鳳。後者縝密設計真正害死的人，不止一二個。

趙姨娘姿色如何？「賢妻美妾」一向是舊時大戶人家的傳統，在賈府也有探春的長相為證。另外，趙姨娘在第六十回裏拿了茉莉粉，「飛也似往園中去」找小丫頭們吵架，動作之利索口齒之伶俐，亦非腰身臃贅的婦人所能為。但是，也沒見到過她以色惑主爭寵。第七十二回尾處，她找賈政想為兒子討彩霞，言行亦未有妖嬈狀，只是夫妻話家常一般，其間，賈政還提到已經給兩個兒子各看好個丫頭。我們知道，「這鴨頭不是那丫頭」，都是給公子們當備用小老婆使的。

此處涉及賈府妾媵制度。不同於近現代社會按先來後到排排坐的一夫多妻制，少爺婚前用漂亮丫頭為小妾，其津貼待遇稍稍升級，家奴屬性則不變。上了公子王孫的床，卻翻不了本階級的身，一個枕頭上睡著的，還是兩個階級的人頭。此間的性關係可中止，而階級關係則為終身制。少爺婚後有了少奶奶，小妾頭上更多出一重天來，連自己所生兒女，也要當作替女主人代勞，所以，探春每

每對之正色，既是探春的勢利，也是探春與賈府主流價值觀念相符合，獲得了眾人敬重的緣由——王夫人視之己出，是真的。探春打發趙姨娘弟弟趙國基的喪事費用，參照的慣例標準，家養的奴才多少銀子外雇的佃工的又如何，由此可知這趙氏姐弟，係賈府世代家奴。趙姨娘的身世來歷，是從家養丫鬟裏，被賈政收用為妾的。

到第七十三回開端，這邊兒趙姨娘與賈政說著話，那邊兒聽風是雨，誤傳老爺要查寶玉功課，怡紅院裏一時間風聲鶴唳，晴雯急中生計讓寶玉裝病。這個俏晴雯，便是女兒時代的趙姨娘。兩者都心比天高、處境尷尬；都自視高於同類其他人，率性張揚，極力維護自己的名分，而且，都是聰明反被聰明誤。只是因為曹雪芹說，女兒是水做的，而沾了男人的女子，就是濁水了。故而，一個清純薄命一個渾樸世俗。

晴雯撕扇，是千嬌百媚的嬌愛雅趣；同一把摺扇讓趙姨娘撕撕看，大抵只會被看成是潑婦撒野，負氣作惡，暴殄天物。所以，她只配撒茉莉粉，與小丫頭們廝打成團。而晴雯，則周旋其中作壁上觀。此刻，是一個女人的少女時代與中年歲月的相逢，袖手旁觀與陷身困局，清水碧波與濁水橫流。

晴雯貌似清高，丫頭堆裏出了名的出頭掐尖兒，時時注意在這女性叢林裏，維護高等丫頭的前沿位置，對低一等的小丫頭們常有心狠手辣的強梁之舉，哪怕她們只是趕在她前面給寶玉端了一碗茶水。她是賈母準備「給寶玉使喚的」，依她的聰明伶俐，不會看不懂這「內定小妾」身份。她在王夫人面前故意不事梳妝扮病相，刻意曲折地說明她並未色惑寶玉，恰恰表明她深諳此間意味，才讓王夫人格外氣惱驅走她：「太太是深知這樣美人似的人，心裏是不能安靜的，所以很嫌她。」

「抱屈夭風流」是女兒的生命悲劇，卻避免了「愚妾爭閒氣」的婦人悲涼鬧劇。有多少青枝綠葉的熱情女子，轉眼就成為枯枝黃葉的粗濁婦人。今天的晴雯是昨天的趙姨娘；今天的趙姨娘與晴雯一樣，沒有明天──兒子處處窩心，女兒咫尺天涯。

女人最慣常的在男主人面前爭寵的伎倆，趙姨娘並沒有。她絕大多數令人不滿的行徑，利益因素之外，更接近於一種出自於原始的母愛衝動：是為了兒子賈環，她實在難以忍受眾人對寶玉的寵溺與對賈環的冷落。與同父異母的寶玉相比，賈環似乎是一個人人嫌惡的可憐孩子。為此，請馬道婆作祟，還在寶玉發病時，迫不及待地要給寶玉準備後事，終遭賈母的唾罵與眾人的側目。同樣是母愛本能驅使，她一次又一次提醒探春自己的生母身份。但她每一次向探春強調母女關係，得到的，只能是被更低地看不起：她被視為不安分姨娘地位，見識「陰微下賤」。結果，她一次一次地討人嫌，也一次一次地抬高了探春在眾人心目的委屈。

儘管，這只是趙姨娘對自己做母親無名無分的命運不甘心，情不自禁地要抗爭。恰恰，她如此的不本分，討了眾人的厭。或者說，是這種主動抗爭，挑戰了人們厚薄不勻分配挑剔的同情心。

著名的美麗灰姑娘，在惡毒的繼母手裏，逆來順受，辛苦勞作。每個人都覺得她可憐極了。然後，被不可思議的南瓜車和水晶鞋解放出來，一夜之間命運改變。王子拿著的水晶鞋，是童話中一個情節設置上的關節，同時，更有一層實際的寓意在：它是一個客觀的硬標準，一切因之而削足適履的努力，都是愚蠢的，比如她的姐姐們，適合它的，只能是一種冥冥中的命定。不是強求來的，不是個人奮鬥來的。

　　老老實實委委屈屈地待在悲慘的命運，喚發別人對這老實與委屈的同情，並給予機會與奇蹟來改變這糟糕的命運是一回事（對悲劇美學趣味的高雅愛好之外，人們在同情心的發酵過程，還能夠真切地感受到同情他人悲慘命運的優越感，這也是瓊瑤劇的經典線路）；但，對生存底層的不甘心和主動奮爭，則是另一回事了。

　　而《紅樓夢》同情的，是女兒身份和青春時光，不是成人的生存利益與性情慾望。這也就是《紅樓夢》與《金瓶梅》的區別了。

在長三堂子裏學世故

　　在張迷們眼中臨水照花的張愛玲，做人的姿態，清虛又自閉，作文的功夫，卻通脫而世故，寫民國男女間的恩愛怨懟，字句圓融練達，筆墨入木三分。雖然，多少讀到過一點她傳奇如流言的身世，但其經驗與先驗的成分，於其作品中人性的構成，終究比例有限。因此，便有點奇怪她那般超驗的功力從何而來，直到看了她譯注的國語本《海上花》。

　　這《海上花》，即是五四新文化時期，被胡適、劉半農等作為民間方言文學的佼佼代表而大力出版推介過的《海上花列傳》，胡適還曲折考證出作者是彼時《申報》編輯韓子雲，並預言這部蘇州土話寫就的作品，如果能夠引出各地文人創作方言文學的興味，就「可以說是給中國文學開一個新局面了。」而在更早些時候的魯迅《中國小說史略》裏，說它屬「清之狎邪小說」中，「平淡而近自然者。」這「平淡而近自然」，對文學的傳情達意上，即是細密真切的生活質地了。

　　《海上花》一八九二年在文藝雜誌《海上奇書》上分期連載，據說故事與人物多有實際指涉，小說線索與情節，是初到上海的蘇州青年趙樸齋，在街頭跌了一跤，從此沉淪，後將妹妹趙二寶也拖入風塵，最後以趙二寶的噩夢煞住全書，似乎，有寓言意味。不過，真正撐住全書的，是無窮無盡的歡場日常情景。但，不是戲劇性的傳奇，只是極日常的生活細節，上至官僚吏士下至店夥西崽，彼此交結全在這類場合裏。那裏的娛樂業，也有

等級。長三堂子，妓女謂之「先生」，主要職能，不是洩慾，而是做各式社交活動的陪同，當紅的妓女一晚間侑酒伴唱陪打牌，被請兩三個局是常有的事情；次一等的花煙間，還兼營作鴉片館；末等的野雞店，倒是職能單一，無任何情趣可言了，還會遭遇梅毒與流氓。幸而，這書到底不是《品花寶鑒》式的「嫖界指南」，敘述的範圍，多半集中在長三堂子，敘述的手段是白描，行止言辭間，人物內心活動常能纖毫畢現，比如，眾人帶著各自的相好喝花酒，女人們討論著某人頭上的翡翠飾物，七嘴八舌，讓人想到舊時代大家庭裏人多眼雜口舌紛紜的情景。

　　嫖客無恥，婊子無情，這差不多是世人通識，不過，在這裏，賣方與買方都是血肉模糊地討生活，悲涼與薄倖處處可見，但於生意經外，恩愛之情也多過人們尋常的想像。其中，陶玉甫與李漱芳，是典型的東方「茶花女」情事；而黃翠鳳自立門戶時的決斷，頗有杜十娘風度；良家女諸十全的遭遇，是莫泊桑《項鏈》的遠東悲情版。而清倌人浣芳與林翠芬，十二三歲的小姑娘們，則好像《雛妓》裏的波姬小絲，在一片孽海情天裏渾然無知，活潑潑小動物一般生長著。那時節的官吏與商人，在外做營生多不能帶家室，到長三堂子裏包一個妓女相伴，彼此一處就是四五年的交情，常常弄得比家裏明媒正娶的夫妻更多一些愛情的意思，這包與被包的過程，你情我願，近乎於戀愛，在來來往往的客人中，妓女被包或者從良的選擇與自決權，比那時的尋常良家婦女要多一些機會。

　　可《海上花》的好看，靠的是文字的味道，而不是情節的傳奇。所以，經由胡適等鼓吹的《海上花》，又幾十年裏杳然無跡，也少有讀者惦記，蘇州方言的阻隔之外，還有個文學觀念的芯子不軟不硬地嵌在裏面——中國傳統小說裏，潛在種種傳奇底

下的，是文人們警世與喻世的念頭，即便作狎邪小說，亦是用志異類文字套路，表達種種處世的促狹心。至《金瓶梅》異峰突起，終於生出對人性的溫情與慈悲，對讀者與小說中人物，都不復有居高臨下之態，即使是展現人生的黑暗，對這黑暗的來歷與生成，亦是充滿廣大的同情——以慈悲心理解世故。

而《海上花》可謂此極致之作，所有人物都沉浸在無比瑣碎與沉悶的日常生活中，維持情趣的方式，常常是與相好妓女小打小鬧，請請客送送禮物；甚至，換包一個妓女，都有點像鬧離婚似的地覆天翻了。連人們對新妓女趙二寶的際遇同情，也不乏言詞含糊的自我同情：「上海這地方不知陷下來多少人！」不少嫖客出場時，亦是童子身。在這裏，人們對身體道德的要求，比對生存利益環境寬鬆得多。也因此，魯迅才會說它：「平淡而近自然。」而這文學上極不易到達的境界，卻不是普通讀者的喜好，人們對閱讀的期待，不是生活的原貌重現，而是生活的意外驚奇。

於是，它既是中國傳統小說的一個高峰，也是一座高高的斷崖處。

張愛玲在譯後記裏說，她十三四歲第一次看《海上花》，有些段落一直記憶猶新。她是隔幾年就看一遍《紅樓夢》和《金瓶梅》，想來兩部名著之後還應該有這部《海上花》，她在自己作品中種種對世故的懂得與通透，大抵有不少是從這類小說裏隔岸觀火冷眼覷來的，不是身世裏的應用文，所以，紙面之外，不會得心應手。而她身後出版的自傳性小說《小團圓》，泅在往昔情事裏，用血肉模糊的記憶，堆砌出的文字竟有如月光下的廢墟一般了。

看嫖客妓女戀愛

　　近些年在書本間讀到過的戀愛，最溫情、最日常化而又最富專業技能的，是花也憐儂原著、張愛玲譯注的《海上花》。十九世紀後半晌大上海租界裏嫖客與妓女的戀愛，竟比今天報刊上氾濫成河的口述實錄版情感風波，更加平實、真切、如現實人生。到底，是些專業風月場上的言情，不似如今的寫作者們想像出來的愛情，多是凌駕於現實生活之上的綺夢，幻想著用它奇蹟般地改變人生與命運。

　　寫愛情，不提供人生的幻象，反而當作一種剝蝕內心實景的路徑，由此角度看，這部隔著我們一個多世紀時光的章回小說，倒比許多當代作家筆下的眼前情事，更具現代性的文學意味了。不過，作為一個家況清寒的落榜秀才，原作者的胸中積憤與塊壘，只不過是想給當時紛擾又荒蕪的滬瀆紅塵生涯，堆砌出一群歡場男女營營苟苟的風塵圖。

　　因此，《海上花》有名有姓的人物，嫖客與妓女的比例，大致相當，出場的時候，多半係成雙入對的固定搭配，甲客與乙妓，丙客與丁妓，戊客與己妓……各自如影相隨，在全書中穿插藏內，卻並沒有一對絕對的主角男一號與女一號。

　　嫖客們或官或商或做幫閒清客，視歡場為社交辦事處，略有點體面的人，都會有一個較固定的相好妓女，這種生活方式的需求，對彼此既是方便生意，也要講究投機投緣有些許情意，所以雙方往往能夠一處就是四五年光景，性情、脾氣、行為態度都稔熟

的如同一家人，像小商人陳小雲偶爾結識了大闊佬，竟激動地與相好金巧珍歡洽一夜，如同一屋簷下討歲月的夫妻一般。山東富商羅子富與蔣月琴也好過幾年了，蔣有點人老色衰，羅想著要轉「做」黃翠鳳，並不全是因為男人好色，此前他初見她時印象並不深，後來聽說她性情剛烈竟能夠斥責管制鴇母，才格外愛慕起來，然後又經過時遠時近時喜時憂的尋常戀情波動，甚至在定情之夕，他要先待在黃翠鳳房間，待她從別的客人處做完職業應酬後返回身來，才終得遂意歡愛。而被擱在一邊的蔣月琴對此不以為忤，亦處之泰然。客與妓之間的實質，都是一個「做」字，一項項生活開銷一樁樁生意而已。這，也是這一類職業戀愛的規則。

有點戲劇化的，是王蓮生與沈小紅，互相「做」到蓬頭垢面花錢受罪的程度，幾乎談婚論嫁了，卻鬧到沸反盈天尋死覓活地分手。後來，王蓮生離開上海到江西任職，行前與朋友打茶圍，聽說沈小紅境遇艱難，吸著水煙筒竟「無端吊下兩點眼淚」，而在場的眾人面面相覷，也都各自默然。情牽至此，又無可奈何，愛情成了淒涼的內心景象，已經是尋常戀愛不易圖及的境界了。

年輕公子們初入交際界，總會有兄長們給介紹個雛妓相伴行，彼此以初戀之情，目挑心許，相對而言，情感與性心理，要比在父母之命媒妁之言的環境裏開放得多，一旦戀慕情熾，生出海誓山盟之約，是自然而然的事情。陶玉甫與李漱芳、朱淑人與周雙玉、史天然與趙二寶，在書中，就算眾風流客人裏的如此佳話了。可惜，戀愛與婚姻，終歸是人生裏兩個不同範疇裏的事情。戀愛，也是對人生的現實感的最大挑戰與考驗，李漱芳用命，周雙玉用心，趙二寶用情──三個就此當真了的小女子，不免都一一落了空。不過，相比明月夜在梨花院裏結拜金蘭的孫素

蘭與琪官瑤官，往認知命運的意識高度上拔一拔，也可以說，前面三個少女是想用戀愛來反抗與改變「吃把勢飯」的薄涼命運。而孫素蘭們則是全然逆來順受認命的，姐妹間交心深談的，都是對身世與相好的無力改變——身世是先天寫就的命賤，相好的也是身不由己的怯懦人。

　　書中記著流水帳一樣請客吃飯、喝茶吸煙、賞園冶遊，客妓之間許多的溫存、笑鬧、爭吵、嘔氣、和好，能讓人想到《紅樓夢》裏寶黛小兒女情長的地方不少。可是，真正動人的，卻是一些客妓在發帖出局的間隙，靜日對坐，無一搭無一搭說著家常話兒，生意好不好，客人難不難伺侍，僕人雇工七長八短的家務事，無話不提。比如淺薄勢利的小商人洪善卿，雖然從不打算娶相好周雙珠，但對她家大小事務卻是竭心盡力，對遭人憎厭的妓女周雙寶還格外心存厚道，為她討出一條從良計謀來。而周雙珠厭倦風塵，對洪雖事事仰仗，卻對之從來不抱歸宿幻想。書中不作白頭之約的戀愛，多是這樣的世故客妓，看待對方的生活，都有著深深的同情之意與無能為力之感。

　　然而，客妓之間的不信任，亦時時摻拌其中，詐情詐利的交易時隱時現，全書結尾處，趙二寶自夢裏驚醒，眾客妓皆在上海租界歡場上繼續沉浮，這作品結構的開放，就像生活本身。所以，雖然從文字格局上看，《海上花》寫情之處，深邃婉約，涉性之筆寥寥蘊藉，堪稱有王國維所謂「深美閎約」格調，然而，它依然只是處處體認著人生情感限度的世相小說。

勞動人民的性慾

在央視的一個回顧著名文化大家人物的欄目裏，看到丁聰的一段生前訪談，看出了老人家對勞動人民的性慾的深刻同情。

老漫畫家丁聰的作品，一向政治色彩濃郁，但在這個國家電視臺製作的帶有終生成就總結性的主流文化訪談裏，他說明最多的一幅作品，卻是妓女題材的《花街》。上世紀四〇年代，他與吳祖光等人編過一本文學期刊《清明》，刊發吳祖光的散文〈斷腸人在天涯──花街記〉時，丁聰配了這張彩色插圖《花街》，這大概也是第一個中國現代畫家直面妓女生活現場。

據說，這是抗戰時期成都東部一個叫天涯石的小街，整條街都是插上一塊門板就做營生的下等妓女，當時，「貧苦的勞動人民，到這個地方解決性慾問題。」時隔幾十年，年邁的小丁回憶起來，臉上仍有不忍之色，「世界上怎麼能夠有這麼悲慘的情景？不可能的。然而，這裏就有。」那時二十多歲的他，大抵也是對人生的同情心與表現力最旺盛的時期。在《花街》色調灰冷幽暗的畫面上，男人們的形象窩囊而暴戾，女人們被侮辱的身體上面，是一張張木然的臉，色彩最醒目處，是三個小妓女的嘴唇與短褲上的猩紅，直教人想起波特萊爾的《惡之花》。在醜陋的生活與腐爛的生命裏，文藝家們有著沉重的情感要抒發。

懂得同情原始本能的慾望，對於人性的通透之外，就是心靈的慈悲了。但是，讀根據這檔電視節目出版的同名叢書，雖然多了一些當時事件的背景介紹，而丁聰的這幾句卻是找不到了。這

出版者，亦彷彿當年持槍站在這街側的憲兵，生怕體面的人貿然
闖入感染上這下等紅燈區的疾病。彼時，這性病氾濫的街道，也
確是被當作洪水猛獸，連預防日本軍隊的飛機空襲時，她們也要
由憲兵拿槍押著，從人群中隔離出來。

　　那麼，是什麼人的性慾，才要靠她們來宣洩？

　　記得，曾讀到阿城的短篇小說《良娼》，寫一個走投無路的
貧家女子如何被迫為娼潦倒一生，白描的筆法極隱忍，人物談吐
舉止都淡然如水，只有一處，說那女子從松江碼頭之類的地方做
完生意回家，身形破敗不堪，而心境澹泊從容清明如洗，簡直仁
慈如菩薩：因為客人都是做苦力的，下的是死氣力。善良曠達的
背後，更有一種虛無感隱約浮蕩而出，男女高潮之後，就覺得，
人生也不過如此。

　　妓女題材在文學藝術史上是蔚為壯觀的一類，但作為主角人
物的妓女，多半是需要被拯救的靈肉，偶有例外，便令人驚愕。
俄羅斯作家愛倫堡在他著名的回憶錄《人、歲月、生活》裏，記
錄了一個義大利妓女在風雪夜對他的援救，她完全像聖潔的修女
一樣用自己的陋室收容了他，然後自己出門繼續覓客賣春。似
乎，妓女是在人性與神性之間反覆搖擺的一個事物。她們對於身
體的態度，隨波逐流之際，也像某一個普度世人的神一樣，讓人
性最不能見光亮的部分，都釋放在她們身上。

　　丁聰當年看天涯石小街，是與吳祖光等人一起化裝成吊兒郎
當的輕浮少年，探頭探腦地，街上走了一圈而已，生存的艱難與
性慾的困窘，雜攬不清地震撼著他，雖置身事外，但畫中人物，
妓女、嫖客、老鴇、流氓，身手與嘴臉，都一致的陰鬱醜陋，也
一致的被同情著。《花街》畫面最前方下端的兩個女子，一個木

偶樣地站著，做無聊待客模樣；另一個懶散地斜倚竹椅，向前伸出一雙生瘡潰爛的腿，似乎剛送走了客人，疲憊、冷漠、陰鬱、辛酸，還有無可訴諸的孤獨，讓人想起大導演埃摩斯冠勒的著名電影《出賣高潮》。

那影片主角也是一個以性事作渠道與人溝通的女子，最終，獨自死在一座城市的中央公園裏。此前，有人向她伸出了友好的手，借給她錢，還認真地問：你沒事吧？她當然沒事。只是快要死了。先前，一直以為凡人死都是因為生著一種具體的病，但是，現在看這個孤苦女人，好像並無明顯病症。她的手，劇烈地抖動著，點火吸煙，然後，腦袋一點點垂下來，兩條修長的玉腿，優雅地疊著，鏡頭拉長之後，它們是整個畫面裏的最中心點，灰濛濛的天地間最沉悶的一點。就像《花街》上斜著身體的那個女子，伸著一雙瘡傷絢爛的腿，也正走在孤獨而死的道路上。

孤獨的無助感，落在勞動人民的性慾裏，依然是一種難以克服的致命頑症，而且，如同《花街》上的花柳病一樣易於傳染。看老丁聰在《花街》畫面上向年輕的訪問者指指點點，原來，這是一張孤單魂靈們的地獄圖。

好色物語

　　秋意漸起的時節讀《源氏物語》，看東鄰島國古代小宮廷裏的傷春悲秋故事，恍恍惚惚間便有些不知今夕何夕。這部被稱為世界上最早的長篇紀實小說，圍繞著賈寶玉式皇親貴公子的獵豔漁色行徑，絮絮叨叨近百萬言，此起彼伏流水賬一般的男女情愫和人事意緒，隔著一千多年的光陰濾過來，竟如奢華大製作的古裝肥皂劇：畫面精美、人物溫婉、情緒感傷，甚至，細枝末節上也會若有若無地浮蕩出幾抹小市民式的愛情道德與感情理想——樹欲靜而風不止的時候，能寄情之處未必能託志，終不免言不由衷勞心傷神。

　　據考成書年代在一〇〇一年至一〇〇八年間的《源氏物語》，全書五十四回，事件涉及三朝四代，經歷七十餘年，人物達四百多個，在世界文學史上已經有歷史、文化、經濟等等無數種重大意義的教學評說，更有見仁見智者從中窺出了統治階級的驕奢淫逸腐朽沒落，總之，其影響力不在《紅樓夢》之下。小說前四十一回的男一號人物桐壺天皇與愛妃生下的皇子源氏，形象容華如玉，氣質聰明穎悟，是個絕對有號召力和女人緣的「萬人迷」，而他平生苦戀的卻是繼母藤壺，甚至從小抱養與之容貌相像的藤姬，待其成年後立為最心愛之人，但對繼母終於思慕難忍，使之珠胎暗結，生下了後來的冷泉天皇。似乎孽緣輪迴，他名義上最正宗的子嗣薰，則是其妻與人私通的結果。這中間，還夾著葵姬、夕顏、空蟬、花散里、朧月夜、明石姬、六條妃、三

公主……明明滅滅一長串的美麗容顏。凡是事關女人，源氏時時留心處處留情，如鬼迷心竅般無孔不入，卻又常愧疚不堪，心心念念地想著與藤姬一起，厭離穢土，深遁山林，禮佛超生。

這樣前面的亂倫原罪，後來的報應懲罰，以及中間紛紛擾擾的任性濫情，不知道當時日本古代宮廷女教師紫式部，是如何應對處理小說出版發行的輿情環境的，但在其後的傳世過程中，這種敘事結構上的因果呼應，卻漸成一種經典化的小說框架：一方面，它支撐住了紛繁的人物活動時空，另一方面，也讓故事所有的生離死別與人物的苦痛掙扎，擁有了一個更寬闊深厚的精神背景。

在最可能滋生重大險惡陰謀的宮廷裏，《源氏物語》中所有的爭鬥，都沒有達到大奸大惡地覆天翻的輝煌之境，其津津樂道的勾心鬥角小奸小詐，多半還無涉政治，只是沉溺於兒女情長的歡愛伎倆，是對慾望與感官的癡迷。偶爾，因權力交接造成的官場失意，被流放荒野，而導致其心理最直接的活動，縱情聲色之外，就是直抵人生無常的虛妄感。

在許多現代小說裏，情慾似乎比其他任何事情來得重要，承擔著對人生真實境遇的特別彰顯的任務，因此，小說裏的人物對這些情慾的發生要負有某種責任，讀者們也要跟隨這些被設定的合情合理的情慾，進入一個更符合人性要求的世界，著有《查泰萊夫人的情人》的勞倫斯就認為，女人應在情慾方面具有比男人更慷慨更順乎天性的品質。且不論東西文化殊異，只論情說色，《源氏物語》裏的男女，顯然遠沒有進入到人類對自我慾望清醒認識的階段，而更接近於《金瓶梅》裏對慾望的盲目沉溺，人在情慾中的無力、無奈與掙扎，終至於身不由己被席捲而去，沉浮於情慾也就成了人物命運的一部分。

　　《源氏物語》讓現代讀者最奇怪的，是文辭雖然極雅致，但其中男女常常連模樣還沒有看清楚，就開始共度良宵，以至於共赴巫山許多時日，也不認識枕邊人的眉眼，陰差陽錯地弄出許多悲歡來。大抵，那時候的島國小民開化未足，天真多情，雖於制度上舶來一些漢唐典章規矩，表面上也講究男女大防，彼此對晤也要隔著一層帷簾，但平素行止，終還擺不脫小島初民的恐懼孤獨，更哪堪春花秋月美景良辰，所以公子小姐家裏的侍從婢女，個個喜歡扎堆結夥，愛牽線做媒的王婆紅娘式的老嫗丫頭，也比比皆是。況且，還有迎來送往間禮儀繁縟的吟詩唱和的盛唐遺韻文藝腔，更助長了盲目情焰。

　　其間，美女如雲，最難忘的卻是長相醜陋的末摘花，她是源氏貿然疾色掠來的犧牲品，天生頂著一隻紅鼻子，彷彿眾美色中的一個滑稽小丑，其長相與待人接物上的規範禮數，統統被打趣成刻板無聊的笑柄。然而對這個醜女子生計的承擔，卻成了源氏對種種「宿世深緣」孽債最富象徵性的道德擔負。在此，被誘惑者與誘惑者一樣，情不自禁罪有應得。源氏生平總是「任情而動」，然而，每得到一個女人，就多一種憂愁，短暫歡悅之後，必然長久不安，於是「憂愁之事，不可勝數」。而源氏的女人們，也多數下場難堪，有荒郊暴亡的，有削髮出家的，有精神失常的，更多則是獨守空房。能夠較為恆久地佔據他心思的，是他調戲良久終未得手的。他與這幾個女子間的來往瑣屑細節，細膩、溫暖、文雅，處處有妥帖與體恤之情，讀來有著浮世戀愛指南小貼士的意趣了。

　　源氏如此的身世、用世、玩世、超世，似乎在影射四大皆空的說法。不過，到了小說後十幾回，源氏名義上的繼承人薰，全

盤繼承下來他的浮世好色行徑。薰和另一皇子共同糾葛於女子浮舟，浮舟不堪其擾，憤然出走落髮為尼，全書最後是薰對此的大不以為然，左思右想不能覺悟。

　　其實，今天的讀者對《源氏物語》的閱讀需求，跟薰一樣，也並不是要從此覺悟。

清少納言的枕頭

　　一千多年前的日本平安朝代，有個皇后之兄送到宮裏來一些很漂亮的紙張，宮中女官清少納言說：「若是給了我，就想當成枕頭用。」皇后聽到果真就賜給了她。

　　清少納言拿了這些紙歸家閒居，無所事事時刻，憶起宮中生活，便將其所見所聞的四季情趣、斑駁世相、複雜人情、山川草木、花鳥蟲魚，以及開心的事、尷尬的事、喜歡的事、苦惱的事……一一筆錄下來，自嘲說是把「筆也寫禿了」。自以為全是細瑣小事，於世故人生皆「乾淨俐落地掩蓋過了」，然而，回頭留神一看，竟有不少真情洩露，恰如古時和歌裏所謂：「深情枕外何人曉？惟有滔滔清淚流。」索性命之為《枕草子》。適逢有一位舊時結識的宮中官員來拜訪，清少納言從牆角拿坐墊時，不知怎麼就將這疊寫好的紙本放在上面，待發覺時慌忙欲取回，但已經來不及了，《枕草子》從此風行於世。並與同時代的小說《源氏物語》一起，奠定了日本文學史的整體性成就，此為後話。

　　清少納言和《枕草子》作為彼時的著名女作家及其代表作，文體的意識稀薄到烏有，反而成就了她日本散文隨筆這一文體鼻祖的至尊地位。但在當時，如此隨心所欲的寫作動機與文本形式，似乎也還頗具爭議，不然，她不至於在後記中，佔用三小節的篇幅，辯駁似把上述情景講了一遍之後，依然心有不甘，又措辭微妙地重述一遍。並且，尤其強調說，她書中的「任何事情，只將完全把自己內心的印象很深的事和人們談論的歌物語與人間

像，以及有關風雨霜雪等情景寫了出來。其中有趣的，引人入勝的也會有吧！假如有人誹謗說：『怪的是，只對這類事感興趣的吧。』對此，罪過就不容置辯了。因此，我並不想讓它混入他人著作之中，讓人們去讀，並且向四處擴散。還有幾處儘管不理想，不稱心，不好意思，十惡不赦，但也沒有值得特意提出來當作一個什麼問題而承受譏諷的。」

這份莫名的委屈來自何處？

在與之同一時代，相同年齡，同為皇宮女官的另一個著名女作家紫式部的日記裏，就有這麼一段：「清少納言是那種臉上寫著自滿，自以為了不起的人。總是擺出智多才高的樣子，到處亂寫漢字，可是仔細地一推敲，還是有許多不足之處。像她那樣時時想著自己要比別人優秀，又想要表現得比別人優秀的人，最終要被人看出破綻，結局也只能是越來越壞。總是故作風雅的人，即使在清寂無聊的時候，也要裝出感動入微的樣子，這樣的人就在每每不放過任何一件趣事中自然而然地養成了不良的輕浮態度。而性質都變得輕浮了的人，其結局怎麼會好呢？」

刻薄話之所以讓人覺得有刻骨薄涼之意，往往是說在了譜上。若是全不搭界，不過當作過耳涼風了。這兩位絕世才女之間，天性醋意加上瑜亮之爭，互不待見彼此相輕，亦是人之常情。況且，就其作家作品的風骨而言，紫式部的意見，至今還影響著人們對其藝術品格的認識高度。

由《枕草子》靈動飄逸不拘一格的筆墨，不難推想清少納言的容貌與性情，大抵更生動有趣一些，在風氣香豔風紀寬鬆的平安王朝，可能異性交往的機會也相對較多一些，所以在書中竟能寫出：「羞愧的事：男人的靈魂深處」這樣很有現代女性體驗的感歎

句來；還不時興致盎然地介紹點很實用的調情手段，比如有身份和
教養的男子喚女人的名字：「應該是明明知道，卻裝模作樣，彷彿
不記得叫什麼，忘記了名字的一半，這才招人喜歡。」自然，這也
足以表明了她作人與作文的格調。據考，清少納言生於名門之家，
秉有皇族血統，一生嫁了三次，育有一兒一女。入宮任女官時約
二十八歲，十年後離宮，晚年老窮，很符合紫式部對她的預言，但
她自己似有不以為然之意，有逸事說其曾為浮浪少年譏笑，亦無
愧色「自簾中呼曰：『不聞有買駿馬之骨者。』笑者慚而去。」

　　而紫式部的《源氏物語》寫得相對嚴謹，做人也嚴格刻板很
多，諸般心緒寫進日記，總不免有幽怨寂寥：「這些人看我的臉
色不好，就認定我是因為自己的容貌不佳而覥腆羞愧，其實我並
不是覥腆，而是不想遇到麻煩。」然而當真聽到人家誇她溫厚良
善，她的反應則是：「她們竟把我看扁了，把我看成了一個簡單
的老好人，不過，在宮中的表現是我自己故意做出來的姿態……
我還要注意，不要讓那幾位性格怪癖又故作優雅，被中宮妃高看
一眼的上葛女官們對我產生反感。」如此看來，紫式部是那種活
的很有使命感的人，比清少納言要累。

　　而事實卻是，她們的現實境遇恰恰相反。性格即命運，在此
也是讓她們的人與作品，看起來相映成趣的現象。清少納言侍候
的，是家運已衰微的皇后藤原定子；而紫式部的主人，則是春風
正得意的皇后堂妹藤原彰子。前者身處逆境，滿紙煙霞，盡寫瞬
間愜意情致；後者置於順境，卻滿目秋葉，直書蒼涼無常。

　　然而，她們最終的命運卻像是許多著名文學人物的共同命
運，兩人晚年殊途同歸，雙雙削髮為尼，都直落到生卒不可考，
曠代才女寂寂焉星光隱沒。

大頭春的妹妹

臺灣著名作家張大春用筆名大頭春寫的《我妹妹》，是從一個不夠十分誠實的人那裏，借來的一部十二分誠實的成長小說，它誠實到殘酷，接近於青春從人生中激烈經過時的情景。這種閱讀背景讓人有機會發覺：誠實，既是一種人性品質，也是一種世故需求，是人們用以來方便地瞭解別人與安慰自己的便捷通道；而且，如同大多數的凡塵美德，誠實也並非無限量的越多越好，而是像處方藥品一樣有「適量」的要求；過量，難免引發容量超載的崩潰。

大頭春的妹妹，就是崩潰掉的一例。

青春這件事，以及它與生命、死亡、愛情、性以及環境、學校、家長的種種糾葛扭結，落到小說的世界裏，文風憂鬱感傷的比較多，內容暴力諷喻的也不少，能夠為之既節制哀愁又自覺懺悔，就是一個作家直面人生的誠實態度和寫作勇氣了。

張大春在小說封底上特別說明：「我妹妹從零歲到十九歲之間的生命旅程在我的記錄之中呈現真實而悲慘的容顏，我的懺悔又是如此模糊、顛簸而狡猾。這種情境使我不得不意識到：男性的誠懇是如此艱難的啟蒙經驗；它可能來得很晚，可能永遠不會發生。我妹妹始終明白這一點。」在同胞親情之內，又隔著男女兩性之別，作者的敘述，因此在時間與情感上都有了循環往復的從容空間。這種懺悔式的寫作策略，似乎，也是他自己繁雜飄忽的青春立場。

小說裏的大頭春「我」，是時年二十七歲的年輕作家，比妹妹大八歲，能夠記憶清晰閱歷從容地回顧妹妹的出生、上幼稚

園、入小學、進中學，以及到骯髒的小婦科醫院做人流，然後，從人世消失；而記憶中的妹妹看他：上學、打架、泡馬子、服兵役、找工作、當作家。依據他虛實交織時空交錯的憶想，在妹妹年少天真的種種好奇中，更多出一道貌似童貞實則世故蒼老的審視目光，讓他們共同面對著父母的破裂，祖父母的荒謬，青春期的騷動、反叛、憤怒，還有對種種尷尬人際的無奈與戲謔；甚至，還有因社會虛偽僵化而無力抗拒的油滑與不屑態度。

　　這個父親偽善母親發瘋的世界，原本就是一個妹妹不值得留戀的天地吧。彷彿，她的出生僅僅是為著題記上的那一句：「她以面對無比殘酷的現實的勇氣，提供了我寫作此書的許多珍貴素材」。小說文字拉拉雜雜地一路順著人物的情緒起伏走，時時有介乎於青少年與成年人之間態度不易穩定確立的騷動與焦慮，讓大頭春的語調遲疑反覆和游移，很有現實生活原生態意味，讓讀者們與大頭春一樣，對妹妹無限痛惜，也無援無助無奈何。況且，還有大量瑣碎的細節與片段，幫助著人們加強對妹妹以及青春的複雜情感，比如，她隨時會爆發出來的笑臉，那種在少女們臉上特有的燦爛而盲目的笑，「從那一天開始，我注意到笑這件事，以及這件事的不快樂……那種不快樂也非憂傷或痛苦；憂傷或痛苦過於沉重，而我妹妹那樣年紀的少女即使已經有一種負擔生命重量的心情，卻未必真有那樣的力氣。於是，笑，便成為她們尋找生命中的各種複雜、矛盾或衝突本質的一把鑰匙。她們笑，人們看見那笑容，往來之間有極其短暫的一剎那，人們誤會她們笑出於一種快樂。」

　　在破碎環境中生長的妹妹終於性命破碎，大頭春的情緒還在「原生態」中此起彼伏。這種非事件性的青春題材情緒化小說

竟然一度成為暢銷書，想來與張大春在臺灣社會的文學姿態有關。他上世紀八〇年代一出道，就以顛覆傳統敘事著稱，曾經有過「打倒一切敘述」的極端主張，熱衷武俠式的暴力，認為每一個武俠高手心中，都有一個破碎的舊山河，是臺灣新浪潮電影《牯嶺街少年殺人事件》導演楊德昌一輩的同路人；而眼前的一切文明秩序底下，都潛伏著荒誕的暗流，對之冷嘲熱諷的《少年大頭春的生活週記》，被看成是青少年的直接代言而暢銷一時，《我妹妹》被視為其續集，自然跟進銷售榜，而且，張大春做大學教授之外，兼任報紙評述員與電臺主持，以大眾傳播方式興風作浪，亦是媒體人職能。時代的風雲流傳之中，他也在《小說稗類》裏向傳統作文方式表示了敬意，之後更有《聆聽父親》表達了對作人傳統的承接。

事過境遷。在成長小說鋪天蓋地，青春小說風起雲湧的今天，一九九三年初版的《我妹妹》所提供的閱讀經驗，依然在張大春當初主張的「虛構／真實」中保持著演繹的變幻，以虛構編織現實，或者，以現實營造虛構，人們對青春的誠實態度，在多大比例上，是文學品質的保證還是處世生存的方略？

也因此，碰到思緒周到行動妥當的八〇九〇後的小後生們，會格外地生出絲絲縷縷的局促不安，自己覺得像一個慈眉善目的狼外婆，但這自以為很卡通的誇張想像，落在對方眼中，卻未必有自我臆想中的卡通效果，多半，就是居心叵測又很昭彰的紀實映射。大頭春妹妹的誠實，如同一切質地純良的誠實一樣，常常以破綻來顯露，至此，我們有理由懷疑，大頭春的懺悔，不獨指涉妹妹，可能還有決絕遠逝的青春裏，那些破綻百出的時刻。

暗戀的寬×長×高

　　抒情，我一向是有障礙症反應的，於是在一些比較需要抒情的場面中，要麼沉默無言，要麼表達唐突，總之，不能適度。久而久之，便發展成做人如作文一樣的含蓄風格──暗戀。甚至，隨著歲月的流逝，漸漸將之確立為一種業餘愛好。

　　其實，常常的，八小時之工作並非一生的事業，不過謀生糊口方式，在一生中能貫穿始終的，倒往往是一些業餘愛好。而這業餘愛好的來歷，際遇與機緣之外，是從性格內部生長出，慢慢發育起來，隱含著性格基因的詭譎組合，成為一種人生特長，成為其命運的一部分。

　　也因此，面對關涉暗戀的文字狀態，總能格外心領神會靈犀通透，彷彿就是面對著自己的某些內心時刻：激動、羞澀，緊張，局促不安，手足無措。知道這是不能落實的情感，所以才格外地用情之深──像所有不切實際的夢想者，對一切不能實現的幻覺，都肯不計餘力地投入，並由此架構自己的烏托邦。就像，女作家蔣韻的長篇小說《隱秘盛開》裏的女主角潘紅霞。

　　翻開小說，很快就涕淚滂沱。如同進入汛期的洪水，其流量有上游三股支流的及時充分供應：其一是生理反應，恰逢感冒症狀高峰突起，鼻涕眼淚渾然俱下；其二屬心理感染，對面電視裏某一檔超級選秀節目的五進三正在直播，影像挪閃之間，處處燃燒著淘汰賽制中的姐妹情誼，鏡頭掃掠過的每張臉，都塗抹著被難捨難分的超級友情感動出來的淚水。作為一個負責任的觀眾，

貢獻多情眼淚，是義不容辭的義務。（只是，這眼淚的成分，不免令人生疑，一檔草根風格的電視娛樂節目，何苦讓大家哭成這樣！反正我感覺自己淚水中有著鱷魚的屬性：可憐的選手們為案上魚肉，人家電視臺是刀俎。選手人數尚多時，刀鋒落到眾人背上，都攤一點也都感覺鈍鈍的；選秀大蛋糕被越切越精細，刀俎迫人，疼痛鋒利尖銳起來。於是，兔死狐悲之情愈演愈烈，索性藉著動人的姐妹情，稀釋惶恐，渲泄悲聲，演的與看的，各得其所，如雨紛飛的眼淚，保證了收視率的居高不下。此係題外話了。）其三就源自業餘愛好：感動於少年潘紅霞對豎笛姐姐的深情，那是她一生情感實踐的練習與預演。

看來，這年月，能夠為一件事全心全意專心致志的流淚，如同寫作，好像已經很難純粹了。

這個能讓讀者淚水既洶湧又曖昧的潘紅霞，自幼性情恬靜，品格堅貞，曾經用全部性命愛著豎笛姐姐，不久，卻發現那神仙一樣的姐姐心裏，並沒有她的位置。後來長大讀大學，畢業留校，教書育人，結婚離婚，生病旅行，幾十年裏把對一個男同學的暗戀，作為一項事業在內心發展著，到生命最後時刻，在從巴黎自助旅行去西班牙的路上，將這秘密交付出陌路相逢的年輕女子米小米。米作為這場暗戀的信使，將潘的故事寫成書，並代她擁抱了那男同學。洋洋灑灑好幾十萬字的小說，人物關係錯落有致，既有背景歷史懷舊，又有異域旅行風光，拿來做電視肥皂劇本，不用費多大勁改編。

暗戀作小說題材，其簡約的言語方式與內斂的心理過程，比較適合做短篇；內心的曲折抻直了寫，做個中篇也勉強，可當長篇就明顯材料緊張拮据了。於是，嵌進一個為愛情尋死覓活的呂梁山女子，既做米小米的出身背景，也與潘紅霞做情感類型的對比與

進化：一個原本精神上雖然封閉卻自給自足的山鄉女子，因為識了幾個不切實際的字，反而導致了情感與命運的重負。小說最後，潘用畫外音對米說：「愛永遠是一個人的事，和被愛者無關。」這一句接近真理的話，等於宣佈米小米母女是根本多餘出場的人物。

小說封底的推薦文字表明，潘紅霞的情感榜樣，源自安徒生《海的女兒》裏的小人魚，作者從這則著名童話裏，汲取的愛的寓意和關鍵字是：疼痛、忘我、沉默、犧牲，直至，死亡。彷彿一場心身自虐症的萌發、展開和結局。那麼，愛，充盈於內心的甜蜜、喜悅與幸福哪？——愛，是可以只發生在一個人內心裏的自我成長故事，愛誰也並沒有關係。但是，我們會借助太陽在另一個身影上的明暗，感受世界的冷暖；透過星光在另一雙眼睛裏的閃爍，看見天地的色彩……愛，包括暗戀的愛，是讓人應該對上蒼感恩的禮物。而潘紅霞，卻像是一個始終沒收到禮物的幽怨者。而她為之耗盡性命的男同學，雖然無辜不知情，但亦形同薄情郎負心鬼。這，倒未必是作者的本意。

想起不久前看過的另一部長篇小說《上海絕唱》，以張愛玲的姑姑婚姻為藍本，寫的是一場「靜水流深」、暗戀最後成功實現的情事。男女雙方年輕時在海外留學生聚會上相識，一見鍾情，言行之際卻不落痕跡。過後，男方遵命娶妻，女方則小姑獨處。直到暮色晚年終得攜手相伴。

假如說《隱秘盛開》拿那男同學只做個情感道具，有女性主義傾向嫌疑的話，《上海絕唱》的中心視角，則在男主角世恩的眼睛裏，不免有些一廂情願的想當然。世恩視女主角漪紋（這個名字便是舊式男文人的愛好）如女神。她是精神的、情感的、審美的、沒有世俗麻煩的、不給他增添經濟負擔的、自己還有行

動能力的，但，從來行動不過分，不添亂，沒有煙火氣，也沒有男女間幽微的性情波瀾，總之，是十二分理想的、恰如其分的柏拉圖式戀愛。而漪紋見到世恩之前，覺得男性都是不潔的；中間，目睹他的婚姻生活全過程，對待他妻子如姐妹；幫他們排憂解難，亦是心無漣漪。作者在後記裏再三強調對原型的感動，而讀來讀去，更像兩個異性知識份子在濁世裏相識、相知、相依、相通、相認同，一路平鋪直敘地漸走漸近，是對現實生存的權宜之計，而絕非「相戀」。戀愛的人，總會有些不期而至的莫名激情，而這對男女之間，所有的言行，都在文明的世故裏。貌似柏拉圖式的理想化敘事，底子上卻接近男性小知識份子的情事策略，是自我中心的內心盤算：世恩原配的知情不舉，幾年後撒手離世，無情的識趣知趣之外，也不排除鬱鬱而終的可能。換一副女人心腸寫來，一定會讓她與漪紋都掙扎一番；而夾在中間的世恩，也不能如此清白無辜了。

當然，這是家庭婦女討生活的態度，不是知性女人寫情感的立場。張愛玲有個經典的男女挑情又鬥智的《傾城之戀》在前面，她姑姑的經歷中，傾城的風雲也不止發生過一次，漪紋卻始終端莊賢淑，一點點討巧生存的小心眼兒都不曾動過。好像，頗能說明知性女人的情感進步了：能夠深入敵後，曉得秩序的嚴屬，懂得尊重潛規則，不流血的改朝換代就是和平演變。

知性女人，正在概念上取代過往的知識女性，並被圖書市場視作一個文學情感消費的高端群體，其紙面消費的戀愛觀對於現實人生的觀照，大抵也是追求古典意蘊的以靜代動，端的是要逃避現實泥淖。萬一，從書頁飄落下來，到了凡塵間，暗戀，自然是一處最清淨的所在。

　　只是，暗戀的維度，在操作的可行性頗為不易把握分寸，於
人生的高度、寬度和深度的空間之外，它發生的時間，也不分白
天黑夜五冬六夏，更有可能夠跨越時代；而它之於人生的份量，
跟對甜蜜的感受力有關，也跟對苦痛的承受力有關。如果暗戀並
沒成為你內心裏像旗幟獵獵飄揚一樣的驕傲，支撐你穿越凡世的
塵埃，而只是一場對性情與健康的損耗，那當真是自尋煩惱自取
其辱。

　　但是，倘若你的暗戀，不必特別辛苦掙扎著去實現，而是日
日心懷一樁秘密的巨大喜悅，內心時刻被來自它的澄澈清明充盈
著，那麼，其中酸甜苦辣悲欣交集，就應著一句粵語俗諺了：吃
得鹹魚抵得渴！

王二性史

在王小波的小說裏，男女之性事，常常是被當作敘事主題的。據其自敘，對中國當代小說的文字趣味，是由王道乾翻譯的杜拉斯名著《情人》啟的蒙，由此，看他的代表作《黃金時代》和《革命時期的愛情》，都師承了杜拉斯的「我」的視角，講的哪，也都是一個叫王二的「我」成長歷程中的性情事，而在性與情之間，性的比例居多——故事也發生在特別無情的歷史年代。

他猝然謝世之後，他的太太李銀河，繼承了他對性事的熱忱。但，多是以科學的名義，而不是以文學的方式。科學的動機，有時候過於理性，也太過於功用，不如文學來得無聊而有趣，所以，李銀河以性學專家的身份兼著名作家未亡人的姿態，時不時地拿出王小波情書之類的文字來發表對亡夫的懷念時，尋常夫妻的眷戀之外，常讓人覺得似乎另有意圖。偶爾，能看出確實是情動於中，可是，終究缺少一分會意，不能由陳倉暗渡，抵至高峽棧道，將男女之間的常情，推進到通脫超越之境。而王小波的妙處，是由純粹的性，到適度的色情，再到非常的誇張與幽默，於是，性的際遇的窘境，也就是人的精神的窘境了。

比如，《黃金時代》裏，男知青王二與女隊醫陳清揚原無瓜葛，因為要證明作風清白而有了事，有了事就要寫檢查，寫檢查就要交代詳細內容，於是兩人只得搞科研一樣彼此深入鑽研下去……而在《革命時期的愛情》裏，豆腐廠負責磨豆漿的工人王二因為愛好美術，被懷疑是廁所裏色情畫的作者，一番圍追阻截

之後，淪為女團支書的幫教對象，與之整日百無聊賴地面面相
覷，同時反芻般地彙報點少年情竇初開時的活思想，終於生出了
尋常青年男女間的苟且之事……對照王小波隨筆名篇《沉默的大
多數》，會發現在這個王二的身心經歷中，作者個人心靈史的自
傳色彩極為豐沛。彼時，王二的世界，一邊是大時代的歷史風雲
激蕩，一邊是小人物的青春蓬勃萌發。這縫隙間的性，如同重巒
疊嶂之中唯一的崎嶇山徑，承擔著青春與時代的貿然通行。穿行
其間，不堪重負的孤獨感如影隨形，即使，在彼此肢體互相安慰
的極端時刻，「陳清揚說，在章風山上她騎在我身上一上一下，
極目四野，都是灰濛濛的水霧。忽然間覺得非常寂寞，非常孤
獨。雖然我的一部分在身體裏磨擦，她還是非常寂寞，非常孤
獨。」每個人的身體，都是一座精神的孤島。

　　王小波如此真誠地貢獻出了自己的身心發育經驗，對讀者的
智慧水準就難免有所要求，若要成為王二性事的得趣人，讀者既
要有相關歷史的知識儲備，還要有一些邏輯意識。王小波相信事
物的發生與發展都是有邏輯可循的，他的父親就是一位著名的邏
輯學教授，他的哥哥讀研究生時也投奔了一個邏輯學界泰斗。在
其小說情節展開過程中，邏輯作為敘述驅動，往往是人物命運遙
不可及的理論上的可能，而他們和生活遭遇時，每每，邏輯彷彿
一道道嘲諷的目光，在現實生活與科學邏輯的落差之間，昭示著
時代和現實的無比荒謬。

　　而某些形式誇張的荒謬，則是王小波文學素養的一部分。在
塔上，磨豆漿的青年王二，在樓頂，發明投石機的少年王二，就
好像卡爾維諾小說《樹上的男爵》裏的男爵，天馬行空一般，活
躍在一個荒誕不經又自由自在的王國裏，讓眾人對之無可奈何，

一旦落地，則與幽暗人性有了勾連與牴牾，彷彿已走投無路，卻又似是而非，恰如王二在女團支書×海鷹家的小屋裏，看見楊樹的嫩葉在大風裏搖擺：「這一切都很像是真的──但我又覺得它沒有必要一定是真的。寬銀幕電影也能做到這個樣子。」這情感上的疏離與性愛中的冷峻，不知怎麼就會讓人想到同樣在京城寫小說的王朔，也是京腔京調，也是些渾不吝的男女，但是王朔對愛情，言辭雖是痞裏痞氣的，骨子裏始終有一種很傳統的尋死覓活的忠貞勁頭。

現如今的網上坊間，自詡為王小波門下走狗者頗眾，能得到王二性史秘笈的卻不多，王小波小說被普遍傳播與廣泛仿效的，是《唐人故事》。它想像詭譎，言辭譏誚，情節跳脫挪轉如智力遊戲，有些場景，直如周星馳式無厘頭電影鏡頭：畫面乾淨、筆觸利索、效果誇張，情緒──爽！偶或抒情，用手法極間離的借景，帶著卡爾維諾式的風格印痕，像其中的《夜行記》裏，心生殺機的書生遇上打劫的老和尚，鬥智鬥勇一路同行：「走上山道，太陽已經落山，一輪滿月升起來，又大又圓，又黃又荒唐。月下的景物也顯得荒唐。」荒唐，也是王小波小說反覆出現的意象之一。

《唐人故事》寫作於上世紀八〇年代早期，題材脫胎於《太平廣記》的〈紅線傳〉等幾則故事，李銀河認為有點像魯迅的《故事新編》，但從「磚兒何厚，瓦兒何薄，奴又不曾燒糊了洗臉水」這類文風看，作者對《金瓶梅》與《紅樓夢》是爛熟於心，又爛醉如泥。中國作家熟悉這兩部經典的不少，但是，王小波還特別懂得了佛洛伊德，所以，讓我們看到了一個在古典文學的營養裏，摻揉進了科學發展觀的範例。

　　優秀作家的起步之作，往往也是最有原創精神的，其中最早的《舅舅情人》，可以視為王二性史的一個例外：它寫一個鬼怪精靈似的小女賊，在終南山荒無人煙的一片陰鬱濃綠陰中，看到一具森森白骨，從此啟蒙了她的愛，然後到京都紅塵裏來作亂。可惜，這樣一樁纖塵不染的純情絕戀，李銀河竟在其書中前言裏表示沒看懂──

　　愛，是對恐懼的克服，或者，是恐懼到了極致。

性是一條邊界，你我是兩座囚籠

　　順手寫下這標題，接著就發覺引文有誤，原文曰「肉體是一條邊界，你我是兩座囚籠」，有「肉體」與「性」的差別。而這「肉體」上局部的「性」，似乎，更接近史鐵生的著作企圖。

　　史鐵生的長篇小說《我的丁一之旅》，出版方在其封底上稱之為「現代愛情小說」，標示內中「描寫愛情、性和性愛」，在時下許多書店的暢銷書排行榜上，時有蹤跡。小說洋洋灑灑四百多頁，人物命運雖是一波三折，故事情節並不複雜，說的是有個叫丁一的人，從小生就一副賈寶玉式的性情和作派，長大後自然是個泡妞高手，又有些做編劇的才華，豔遇不斷，卻時時有情志難酬之感：他當自己是與夏娃失散了的亞當，立志要尋一個美人坯子來寄情托魂。某天，邂逅女演員秦娥，一見如故，很快出雙入對；後來覺得，既然愛情是這麼美好的事情，為什麼要僅限於兩個人的小範圍，於是又拉入另一個女子呂薩，頗有駭世驚俗三人行的意思了。可是，秦娥還是一個未婚媽媽，有個女兒長到要上學的年齡了，入學要有戶口，要有正常的家庭人物關係。秦娥問丁一：願不願為了孩子去登記結婚。性愛烏托邦，頃刻間灰飛煙滅。不久，丁一惡疾突發，鬱鬱而終。似乎，小說是將他幾年前《務虛筆記》裏人人可能的情慾之旅，更從容地鋪展了一番，筆墨徑直向著性命最要緊之處，逶迤而去。通篇讀來，有靈魂成長錄的意味。

　　熙熙攘攘的中國當代文壇，寫「我」和「性」的並不少，但是，能夠以此類題材作自我審視的，卻不多。肉身沉重被困輪

椅的史鐵生，是其中頗具體量的一位。史鐵生對此的實踐，早自《我與地壇》發蒙，至《務虛筆記》起步，到《我的丁一之旅》，才算正式地行進在自我審視的道路上了。

　　涉及情慾的自我審視，對現今的年輕人不算為難事，不過是正視自己的感情與慾望，直面狀寫其中的困惑與困境而已，而且，也很有一些現代文藝手段的技術支援。但在上世紀五〇年代出生的史鐵生這一代作家，思想與情慾的遺傳基因，先天就發育得不從容，往往，習慣於將個人私慾，粉飾成某種浪漫精神的情懷，或者，粉飾成超世俗的文藝激情。睡錯了人之後，女人失貞，男人丟魂，都是天大的禍事。史鐵生的情感基因亦無突變，只不過是專注無比，誠心誠意地緊盯著「那話兒」，口述實錄。因此，與其說它是一部愛情小說，不如說它是史鐵生對人類情慾的理解與表達。當然，是以「那話兒」為中心的話語方式。

　　小說開頭起勢恢宏，東西方文化脈絡交融，既有伊甸園傳說，也有轉世投胎傳奇。但是，順著丁一情慾發展的跌宕起伏，至最高潮處，卻像是古今中外天下男子的千秋綺夢：得享齊人之福。而近尾聲處丁一聽到的丹青島悲劇，彷彿再現顧城的魂斷激流島，也是一男與兩女的情殤。記得，盧梭在《懺悔錄》第九卷裏，也曾記述一段白日夢，想像自己集情人與友人為一身，和兩個彼此友愛的女子，做無限和諧的三人行。好像，正是這個盧梭和《懺悔錄》，才開創了隱私與文學混為一談的文體格局。

　　如果說史鐵生的性愛想像力，在這裏誠實到落俗套，那麼，寫到秦娥哥哥秦漢，一個情愛至上主義者的性取向之謎，則如同一株在夜風裏搖曳的楊柳，讓人有恍惚不定的美感。

　　如今，凡塵間的誘惑越來越紛繁，人們已經很難全神貫注於一件事。哪怕是對「性」這樣可能美好也可能邪惡的事情，人們能夠集中起來的注意力，也難以持久了。每個人的「性」，也被太多其他因素附會著，純粹的性，與純粹的文學一樣，在各種文體和文本類型間，都非常稀少了。史鐵生的可貴，也正在於他關注的是一個人自身的情慾衝突，卻並沒有就此處理成這類題材貫常出現的時髦的雙重人格故事。

　　這部小說由一百五十六小節拼貼而成的結構，多種引文的彼此支撐，無疑是受限於作家的體能狀態。有趣的是，他對各種知識的援引，最終，讓讀者體會到知識的目標，是幫助人們曲折地實現情慾釋放，而不是它自身的力量積累。史鐵生在此拼了性命傾力表達出來的，便是知識的匱乏和性的邊界。

不夠遠的遠山和遠水

　　偶爾看到張煒的中篇小說《遠河遠山》，一個關於少年和文學的故事，故事的來歷極久遠，裏面的少年便有了童年及老年。

　　初初讀來，還得順著一種由來已久的視角和視線走，因為遇到的是一廂情願的敘述。這像是一位詩人的小說方式，很有慣性地抒情和自我抒發。我愛，我恨，我狂喜之於愛情，我無奈之於命運……從自己做眾人寵愛的孩子，到用類似的目光，去注視孩子。可是，那孩子不是自己的，也不是別人家的，是幼稚園的，人類的。曾經在遠河遠山間恣意漫遊的孩子，最終一無所有了，他便能夠抽象地成為一個人類了，任何一個人類的孩子，也就能夠在邏輯上合理地被他以人類的目光疼惜。

　　愛情哪？「她沒有自己。她只有我了。」在學習愛的成長道路上，男主人公學會的，是和他心愛的女子們一起愛自己。她們像外祖母、母親一樣，用對他的愛，完成自己的一生。或者說，他在所有女性的愛的道路上，是她們愛的接力物，她們的存在使命，只是暗示與表達對他的愛。他對書寫的熱愛如疾病，他的妻子也有書寫的慾望，但是被他擋住了，無限善意地呵護：那會是一種至死不癒的疾病啊。可是，被擋住的不僅是疾病，還有的，是一顆與他同樣質地的靈魂獨對內心的成長。一個人，獨對內心的話語權。在他看來，這既是現實的苦難，也是靈魂的榮光。

　　而對其影響深刻的父親，是一個英俊的知識份子，來自遠方，浸溺著濃重的烏托邦氣質；母親，則是十二月黨人妻子一樣

忠貞的女子，她的美麗近乎於一種真理，連權力也對之不能損傷；繼父哪，則是一個對人性的某些局限有超越的人物，有權力，有氣勢，有性格，而且，藐視尋常的俗世道德，能認出人間的大美。其實，在同一作者的其他幾部作品裏，他已經出現過了。這一次被複製，並沒有太多被豐富的內容。

而且，繼父這樣人物的有力的情感，似乎是與生俱來的，但事實上也是從歷史深處延伸而來的，帶著歷史的榮光，而且，這種榮光在一個相對封閉的小環境裏，能夠深深地震懾著四周平庸的人們，可以像一個國王一樣，在屬於自己的王國裏，建立一種有專制力量的情感法則，也因此，他所遇到的女人，都將經歷簡單的本能抗拒之後，最終從內心裏臣服於他。但是，在今天不斷開放的視野裏，這樣的人物與他專制的情感，已經失去了讓讀者信服的力量——我們今天讀到的任何歷史，都是在讀人類所曾經遭遇的自身因素的種種局限性；並且，常常妄想著藉此來超越這局限。

而作者對父輩的所有頌揚與讚美，依然停滯於對某一段歷史的榮耀的緬懷。這緬懷，也是作者情感的核心區域。

是的。這裏體現出來的，是作者的情感世界的格局。他在緬懷的同時，情感的鏡頭，始終，沒有拉升起來。因為還沒有足夠的力量生長出來。嫻熟地寫作技巧，能夠充裕調度的是人物關係，卻不是敘述者的自由精神。而文字間表現出來的飽滿與從容，來自對經驗的回溯和沉溺，而不是由經驗飛翔而起的凌空飛揚的新高度。而對一個成熟的優秀作家，人們有理由要求他提供出新的情感高度和未知領域。

也許，作者情感的力量，對父輩祖輩的情感，尚未有俯瞰和審視能力，只是繼續在父輩的感情陰影裏，沉溺，自戀與自憐。

紙和書寫，對父輩理想人生的想像與眷戀──直接的，是對現實的憤懣和幽怨──或者，也曲折地表示出，他是一個還沒有建立起理念上的鄉愁的作家。至少，他部分的鄉愁，可以在時間深處的童年得到一定程度的緩解。

精神上的斷奶，情感上的斷奶。在這裏，並不完全是一回事。

這讓人想到尤瑟納爾的回憶錄，她從父系，到母系，一一清理，在廢墟上重建自己的歷史版圖。這，也是人類歷史不斷延續與伸展的嚴肅方式。

還有奈保爾，對印度的重訪與回憶。同樣的極力回憶，對自己童年的尋找。他同樣也是一位從自己出發，去尋找世界的作家。雖然，奈保爾是一位思想與藝術的深刻程度相當有限的自傳性作者，但也提示了一種人類自我書寫的捷徑。在血緣的流域之內，的確還有一個廣袤而陌生的疆域，以不同的勘測方式，進入人們的心靈版圖。

王安憶整理母親未完成的小說手稿，她看母親，不僅是自己血脈的上游，而是以職業小說家的目光，打量另一個努力在紙面上認識、理解、紀錄與想像生活的年輕的女作家。溫情自然有，但更多的，是職業小說家的職業理解與判斷，於是，並不是以親情形象出現的母親，反倒能以盡可能的音容，回到人們眼前。

還有普魯斯特，對社交場合的母親的記敘，與他個人對母親親情上需求，兩者在同一頁面上的不同視角調動。而他的愛情的真正動人之處，是那個背叛他的女囚，在他情慾面前無動於衷的漠然，這漠然，真正激發出來的絕望──愛情，必須有了絕望的成分，才能真正落實到心靈，成為心靈活動中最富擴張力的部分。

　　當然，《遠河遠山》是小說不是紀實，如此扁平身世層面推衍比較，自是有失公允之處。但是，就文學品相而言，它已然是一種自敘性的表達了。

　　或者，換一個角度講，《遠》是一個名作家的技術圓熟之作。結構的均衡，語言的精確，節奏的和諧……幾乎，它是完美，沒有毛病的。

影像午夜

周璇在午夜電影裏

　　午夜時分的電視裏，遇到周璇，在一部時時爆雪花的老黑白電影裏，與一個青年畫家談戀愛。一波三折劇情，最終，愛情戰勝了金錢，也戰勝了無知。不，恰是無知，以心靈純潔的名義，增加了愛情的驅動力。許多時候，無知是愛情產生與持續的必要基礎與前提。

　　三四十年代的中國電影人，夢幻能力還相當蓬勃，對夢境的表達，有著童言無忌般的誠實與天真，能夠全心全意地沉溺其間，一點兒也不顧忌現實邏輯的破綻，那是文藝電影在中國最有生機的童年時代了。

　　但是，與《天涯歌女》裏的小金嗓子相比，這部影片裏的周璇已經是個十足成年女人的模樣了，因為，臉上抹了脂粉，也寫上了情慾。這場黑白片裏的風花雪月，其實，鋪陳得很套路。一個青年畫家到漁鄉寫生，在鄉村土路上騎自行車摔傷，被漁家女周璇一家所救。療傷的經過，也就是談情說愛的過程。只是，畫家遲遲不歸家，急壞了家裏人，和家裏為他訂下的富家小姐未婚妻。畫家終被家人發現行蹤，與周璇海誓山盟一番，回家毀掉舊婚約，同時，經濟支持也被毀掉了。索性，他離家出走，立志做自由撰稿人一樣的自由職業畫家，卻又幾乎餓死自己，幸得那位富家小姐相助。

　　富家小姐正陰謀離間這一對熱戀情人，而畫家卻只按照自己的需求，來理解與接受她的熱忱，用老電影裏一字一頓的話劇腔，佐以最純正的對友誼的赤誠態度，熱烈讚美她：「你真是我

最好的朋友了。」然後，對她大談意中人的精靈般可愛與賢良，還讓她做情書代理收發人。富家小姐隱忍著點點頭。不知道那個電影剛上映時代的觀眾們感受如何，此情此景，落入今天的觀眾眼裏，倒情願畫家虛偽一點，少說這麼由衷的傷人心誤人情的話。

原本，同情心是全放在周璇一邊的，也許是她塗脂抹粉的模樣俏過了頭，而富家小姐適可而止的愛情陰謀，則讓人漸生惻隱之情。俏漁姑，在影片中與畫家眼中，都是大自然的精靈，純粹心靈的象徵，然而，竟也脆弱到不堪一句毀婚約的謠言傳聞，她瘋了。瘋到尋死覓活的程度。先墜崖，又投水。有那麼一瞬間，這張著名的俊俏面龐上，眉眼走位，嘴臉扭曲，表情變形，讓人有幾分厭惡，還有幾許心動：她在情慾裏的表白，赤裸，刺激，瘋狂，直抵生死：「沒有他，我活不了。」此刻，富家小姐站立在救護她的人群最前沿，目睹此景，轉身折返，從此退出這場情事競技。

當然了，這麼強烈的情慾表達，富家小姐是做不出來的，她對畫家的感情，首先是一種體面的教養。對一些人，愛是本能的慾望；對另一些人，愛是一種教養的體現，是一種處世的現實感；而保持現實感，對於有做夢習性的人，也是一種能力。而愛的真諦，對一些人，是用本能釋放激情；對另一些人，則是以教養調馴本能。

是不是因此，情場才成為了世界上發生陰差陽錯故事最多的地方？為了愛情，人們從不同的地方出發，在此盤桓、交會、擦肩而過，又朝著不同的方向而去。

而影片編導的愛情立場，看得出來，是堅定地站在周璇的一雙表現漁家女身份地位的赤腳上，她終於赤著腳披上了婚紗：她

沒有他，活不了——因為除了他，她當真是一無所有了。而富家
小姐哪，沒有他，還有錢。至少，那些錢，可以讓她過一種痛苦
得很有質量的生活。而沒有錢，窮人的痛苦除了形式的徹底，內
容上的質量也毫無保證。

　　始終，都覺得這部影片對富家小姐真殘酷，因為有錢，就不
能再享用感情了。影片最後關於她，是在他的畫作之前做悵然若
失狀。不過，時隔半個多世紀看過去，這份失落，也未必不是一
種慶幸與覺悟：一個純潔到無恥的男人，維繫夢境的力量，能夠
支撐到多遠哪？

　　這樣想著，便覺得周璇在這影片裏，已經預習著她後來命運
裏的瘋病了。只可惜，看了大半個夜晚，不曉得這片名叫什麼。

在「過不去」的地方臥底

　　有一陣子，在電視裏經常邂逅王洛勇，這個曾經闖過百老匯的男演員，不曉得什麼原因對美國觀眾不耐煩了，又轉回到國內，逮什麼演什麼，還扮了一回智取威虎山的楊子榮，結果，聽媒體傳達的楊子榮的親戚們都說，他演得完全不是這麼回事兒。

　　但這些親戚們顯然不是王洛勇的目標觀眾群，換一場戲換個角色，他依然在臥底，好像名字說叫「生死臥底」之類的吧，依然用一雙似情似恨的倔強眼神，撥弄著晚上八九點鐘的中年女性。在目前中國影視成年男色中，王洛勇先天的民工氣質與後來的留洋經歷，造就了他比陳道明與濮存昕更靈活廣泛的角色範圍。

　　有一部連續劇，叫《走過三藩市》，沒見媒體怎麼炒，擱到央視八頻道裏溫吞吞地播了十來晚上，王洛勇擔綱男一號，這回是到美國臥底，以做生意的曲折形式，表達著無比直接的愛國情懷。編導的意圖，可能是想著反映中國企業在海外的發展歷程吧。

　　劇情是，幾個中國人在美國的地盤上，學著用美國人的規矩做生意，折騰來折騰去，不過原始積累、投資擴張、賠本破產、翻身崛起……把國內可能想像的那一套，搬到美國來排演一遍。其中，適應了人家國情的地方，是美國的規矩公平、公正；不適應的地方，就是中國人自己的性格與民族本身的問題。生意嘛，自然有賠有賺，銀子來來去去的代價，竟是中國人自己的性命，

一條又一條被丟棄，好像連寵物狗的生存權利都不如。這樣看下來沒幾集，就很能培養出觀眾格外的愛國敏感性了。

但是，中國人到海外做生意，說到底也不過是做生意，是要掙錢。只是搞不大懂，為什麼中國人的生意，一定要顯得比別的國家與民族有什麼格外不同的骨氣，而非要做得血淋淋哪？一個人又一個人溫熱的性命，為著國際市場上的國家企業的名譽而死掉，而且，還不是直接死在白人與黑人的手裏，鬧半天，一波無數折，愛恨情仇，影影綽綽的黃賭毒，真是鬧呀，結果哪，不外是幾個黃種人自己之間的廝殺：多半是一隻手卑鄙地擋著同胞，另一隻手無恥地伸向老外，爭奪著與老外的生意機會而已。王洛勇在這個過程中，一邊努力堅持著給老外留下正確解讀中國人形象的路徑，一邊要時不時地耍個性，以豐富情節的戲劇感。

例外的人物也有，是呂涼扮演的一個有情有義者——一個刻意跑到美國去專做中國人生意的人——穿唐裝，吸煙斗，舉止形容都無限東方化。根據劇情，看他跟幾個女人不停地結婚又離婚，也應該是一個拿著綠卡或者美國護照的人，婚姻頻繁更新絕非好色，而是他要用這個身份當菩薩，把眾女子渡到美國去。似乎，他是作為一個做中國人的境界而設計的人物，而結局卻成了全劇最沒有智慧的一個人：死了，因為要息事寧人。他原本應該是有著自己的生活，而且也是為了自己想要的生活才跑到三藩市去的。結果就為了兩個最好的，也是性格最自私的朋友，把自己的生命提前結束了。

而這個人的死，讓觀眾特別不舒服，它不像是劇情的需要，而更像是編導的錯亂：拿某種傳統理想美德，為其私欲膨脹的朋友和家國利益來襯戲，是一些具體的道德，被不道德的利用了。

　　至少，就我們這些坐在電視機前的道德趣味而言，根本不值得讓他這樣死去。

　　與王洛勇一起逼死這個人的，是其第一女主角，鄔君梅，好多年之前去美國的一個影壇女子，她最好看的表演，在海外攝製的等級片《枕邊禁書》裏，色藝俱佳，屬於陳沖那一代女星，氣質上也像，有些咄咄逼人的勁頭，上世紀八十年代改革開放之初，最文藝腔的女子，都是有點咄咄逼人的，一副直面真理直面現實的無所畏懼狀。但是，情關當前，卻少有能夠過得去的。這一回，雖經呂涼百般勸解，她銀牙緊咬：我就是過不去。整部戲，順著鄔君梅的這個口氣看，也就是幾個男男女女間的互相過不去，各種各樣的過不去，落到最後，所謂恩怨，也不過是情仇。男女間的那點點影影綽綽，落實與沒有落實，或者，也落不實的。

　　可是，對於坐在電視機前的觀眾來說，這樣的「過不去」的時代，卻已經過去了。

　　叫人覺得「過不去」的東西，近來已經非常少有了。即使在影視劇裏，也鮮有行跡了。人們也已經習慣於各種各樣的過得去。很有市場的韓劇《加油，金順》和《大長今》就是讓人覺得沒有什麼是過不去的。更有成千上萬種的淑世勵志讀物，還在教人如何在各種各樣的「過不去」前面，如何機巧地跨越過去哪。

　　當一切都成為過去。我們的生活裏，還有多少值得執著下去的東西？突然發現，王洛勇那雙「無故尋愁覓恨，有時似傻如狂」的眼神，常常的，就是編導們一種先前預設的「過不去」收視率機關。

壞男人的愛情

　　央視電影頻道裏，播放銀海經典，不期然遇到了羅曼・波蘭斯基導演的《苔絲》，著名金髮美女金斯基扮的鄉村窮姑娘，正就著闊少「表哥」亞雷的手吃草莓。特寫的鏡頭：朱唇銜著紅草莓。當然很色情，這是要表現花花公子亞雷的目光與心思。彼時的苔絲，尚不諳風月。

　　然後，苔絲到亞雷家做女工、做情人，再然後，離開他，嫁了一個很知識份子氣質的小白臉。不料想，聽到苔絲的情路前史，他小心眼大發作，翻臉悔婚，苔絲無以為生計，只得重返亞雷懷抱。後來，小白臉痛悟，尋至亞雷處，苔絲一把水果刀殺死花花公子，奔向亡命天涯路。

　　一直一直，人們都同情苔絲。記得，上世紀八十年代，全社會都在討論苔絲的婚戀觀：此前的情事性史要不要合盤托出？全說，或者全不說，還是說一半留一半？那時候也沒有個央視女主持王小丫出來，能堅定地微笑著宣佈：恭喜你，答對了。偶爾，也有人會隱約地責備一下小白臉，他的出爾反爾，亦是苔絲的悲劇因素之一。但是，亞雷的命運哪？清早，他還穿著睡衣，留在人世的最後一眼，是看苔絲的詫然眼神。他的血流下來，面前一動未動的早餐桌上，食物還散發著熱氣。

　　而此時的苔絲，情緒激烈，彷彿《齊瓦哥醫生》裏的女學生拉拉，她們在自己命運的「壞男人」面前，呼吸的節奏，從胸部

的起伏狀況來看，幾乎一致。醫生第一次見她時，她無限怨恨地正要去殺那個引誘者。

她們都是在壞男人啟發與啟動之下，進入情慾世界的。但是，壞男人愛她們，卻也還繼續別的尋歡作樂。她們對他們的仇恨，倒不見得全是因為貞節。而更多的，是一種怨憤吧，被他們擱淺在情慾世界的荒漠地帶，讓她們獨自掙扎。而且，與後來遇上的良人相比，這個壞男人才是對她們的美的最初的鑒賞人。是他，給她留下的經歷地獄般的苦難痕跡，使她的美，浸透著謎一樣的痛苦、屈辱、絕望、哀傷和美好，更別有一種至骨的超凡之美——只有慧眼的人才能發現與領略的美，如同典雅的音樂和深奧的詩歌。

似乎，在這樣的至美面前，所有俗世人生都要付出代價，那些純潔脆弱的良人，只不過是些擦肩而過的驚艷者，連那些壞男人也是犧牲品。苔絲手刃的亞雷，幾乎和她一樣年輕，形象瀟灑，風度優雅，本來他完全可以另有一種體面的門當戶對的情感生活，可是，他兜兜轉轉還是要苔絲，既使她嫁了人又被人拋棄，他好像也沒什麼計較，還改善了她家人的生活，他愛她。因為這愛，他死掉。誰讓他是引誘者呀，好像也沒有人覺得不公平。

波蘭斯基本人也正是這樣一個「壞男人」，因為誘姦之罪被通緝多年，此片拍攝時，金斯基呈現給鏡頭的美豔，也恰是呈現給作為情人的波蘭斯基的。

電影大師的愛情故事，常常是講背叛，被命運結合的兩個人，互相折磨，徒然成為彼此的桎梏。這也是人世情感的一種殘酷事實。並不是所有的人性的深情，最終都能夠成為靜水流深的

寬闊江河，最戲劇的一種，就是宿命般地彼此毀滅。當年從黑白
電視機裏看《太陽浴血記》，裏面的那個浪蕩公子格里高利‧派
克和心上人，最後互相射殺的時刻，是好萊塢歷史上最酷的激情
戲。至少，要酷過前一陣子的票房冠軍《史密斯夫婦》。

蒙太奇夜晚：米蘭奇蹟與濟南病人

牛奶從爐子上沸出來，落到地上，再彎彎曲曲在房間地板上隨勢而流，爐邊，站著手足無措的小男孩。一個老奶奶看到這些會怎麼樣哪？

只見她眼睛裏閃著奇異的光，匆匆忙忙地從桌子下面拖出一個大盒子，往外掏著什麼東一下西一下地放著，時不時地掠一下寬大的黑裙子，她的動作太急促了，姿態也不大講究，有時候，一片幽暗底下的白襯裙和她的腿，乾淨明快的色彩，像寒促生活中的意外驚奇，在人們眼前一閃而過。原來，她是把小房子、小樹、小玩偶等等玩具，分佈在奶跡的兩側。然後，她拉起小男孩的手，在這條牛奶做成的小河流上，快樂地跳起舞來。有渾厚的男中音，在畫面外深情旁白：在這條牛奶小河上，她告訴他，世界是多麼的遼闊，人們只要勤奮就會得到幸福和快樂！

一瞬間，這條電影六頻道裏的玩具小溪，就成了流經這個夜晚生活的重要河流了。它來自義大利影片《米蘭的奇蹟》，是導演過《單車失竊記》的新現實主義電影代表人物維托里奧・德西卡一九五一年的作品。它的故事細節紀實又風格童話，讓人想到義大利最富詩意的大作家卡爾維諾。

在米蘭城郊，好心的老奶奶羅洛塔收養了孤兒托托，後來羅洛塔去世，托托進了孤兒院，十八歲離開那裏，直接進入了荒漠般的貧民區，他用從羅洛塔那裏繼承來的快樂天性，鼓動所有的窮人建立了一個簡易的小鎮，剛過上了平靜的生活，竟發現他們

腳下是一片肥沃油田，地產商因此有充分的理由驅走他們，幾經
鬥爭之後，幸好是已經做天使的羅洛塔幫助了他們。

　　好久不曾看到這樣感情溫暖而敘述簡潔的影片了。每一個
鏡頭，都飽含對事物的親歷感，故事在深刻的抒情之際，還有幻
想與寓言、譏諷與揭露，讓觀眾的情緒，在無限樂觀與極度失望
之間，搖搖擺擺。而這帶著劃痕與雪花的黑白膠片上，貫穿始終
的，是對貧窮的真切同情。

　　而事實上與這河流相伴著，那一晚經過我們生活上，就是一
個極端貧窮的人，一個生命在赤貧裏掙扎著的十九歲血友病人。他
的出現，讓影片最後每一個窮人都能心靈自由地騎著掃帚飛翔的奇
蹟，今晚是不是能在我們眼中如期實現，成了一個懸置的事件。

　　通過電話，通過朋友的朋友陳述，他作為一個社會道德與個
人良知的複雜糾葛問題，被帶到我們中間。就像影片裏的孤兒托托
一樣，他沒有父母，只有一個老奶奶。不同的是，他不像托托，是
奶奶羅洛塔從捲心菜地裏撿來的神奇禮物；他是自己父母遺給祖母
的人生負擔，而不是天使對人間的一樁餽贈。此刻，他又被命運拋
到濟南某個醫院裏，身無分文，卻出血不止。生命正在點點滴滴地
離開，而他並非絕症，只要能有錢用上一種止血劑，醫生說，他就
能夠活下來。醫生很有信心地強調說，他還能再活好多年。但是，
醫生減省了減省，把鋼全用在刀刃上，也還是需要萬把塊錢。不算
多也不算少的金額，似乎，是某種程度上的道德考量。怎麼辦？

　　電視裏，托托帶著窮人們建設幸福生活的同時，得此消息的
人，都順利地感染上前一個電話裏的焦慮感，先是本能的電話求
助於相關的機構，然後再完整地體會，一個血肉之軀在種種規則
與條例面前的無助與脆弱。

　　一束陽光投下來，托托和人們一起湧入那溫暖的方寸之地。

　　誰能出具他的經濟狀況證明？

　　太陽要下山了，托托和整個小鎮上的人們像看一部輝煌史詩劇，一起用感恩的目光，注視美麗落日。

　　這個無業遊民不符合免費醫療救助的規定條件。

　　小鎮看相人對失意者說，好相貌，真是大地上的光亮，你一定是一個了不起的人。

　　他的家人、親友、街道辦事處哪？

　　……

　　貧窮生活的不同方式，在電視畫面與電話對白裏交織出現，把種種支離破碎的貧窮，剪輯成了一個蒙太奇式的夜晚。流經整個夜晚的，是那條彎彎曲曲的牛奶小河，而支撐著夢境裏飛翔奇蹟實現的，是醫生仍在繼續中的努力。

　　次日，電話通向醫生，他的聲音充滿了讓人感動的信心。他說，病人情況穩定，精神也好很多，能夠看報紙了。這聲音，好像春天沙塵暴後樹木新生出的綠芽，粗礪的芽苞下面，是細緻而蓬勃的綠意。

　　這樣的時候，他像許多認真敬業的人一樣，讓人常常會莫名的感覺到，他們總是讓人對生活充滿著莫名的感激，雖不清楚具體要感謝他們什麼，卻模糊地直覺著，是他們所做的事情，支持著自己對這個世界的信心。

春光乍洩張國榮

又看到張國榮，先是一部沒頭沒尾的賀歲垃圾片，他演得很搞笑，也很無奈──不由就想到了他的死。

張國榮那一張敏感清俊的臉上，的確是有一股子非男非女的矜貴氣，一顰一笑散發著混世魔鬼與純潔天使渾攪不清的氣質。這部戲裏，關於他的劇情，似乎就有點置身為情所困的窘境了。不過，只是曲折陳情的一點障眼法罷了。與之演對手戲的，是著名大美人關之琳。她的美貌是有目共睹的，大眼比例與凹凸身材，幾近於芭比娃娃，但是面對張國榮，卻太過於日常化與世俗氣了，她不能打動他。所以，整部戲都覺得他呼吸的，是一種岑寂的空氣。他表演的，是一種漠然而機械的現代社會敬業精神。

只是，在片尾的一點點花絮裏，有一刻，對手忘了詞，等他明白過去，笑了。那是張國榮的笑，與戲無關，跟對手也沒有關係，是張國榮知道自己一時可以出戲了，內心裏一鬆動，神經的各束通道短路一般，綻放出的一束電光，神秘、透徹、通體絢爛，照亮的只有他自己，彷彿，一片黯淡的塵世底版上，惟一的曝光點。恰如同，自棄與自戀，在張國榮，是殊道同歸。

接下來看的，是王家衛的名片《春光乍洩》。一對浪跡天涯的浪子，在無邊情慾裏沉浮。前方是南美洲最著名的瀑布，背後是隔著太平洋的鄉愁，而能夠攔住他們靈魂的，卻只有在人海流動著的彼此的身體。

　　原先一直認為，同性戀是一種水仙情結，是自戀的一種方式溫和的極致。但眼前的這一對，梁朝偉是活在此生，一個愛別人與讓別人愛著心裏踏實的人；而張國榮則魂牽彼岸，是一個讓人不愛也牽掛，愛上就更糾纏不清的人，他的任性率意，完全是沉溺於情慾裏的小女人似的，自溺，而且也讓別人無法自拔。許多時候，他們像兩隻活潑的、生動的、有醋意的、朝氣蓬勃的小獸，互相捕捉著，生活在遙遠的地方、遙遠的時代和遙遠的情感裏。影片到最後，發覺王家衛言情之外，其實另有意圖，有梁朝偉為之代言：去流浪沒關係，多遠都沒關係，只是有一天倦了，有一個地方，你知道，永遠都可以讓你回來，回家。而此時的張國榮，已經是被導演永遠捨棄在異鄉的沉淪者了。

　　於是，驀然覺悟：原來，張國榮的死，已是他所有作品的一部分了。人們對他死亡的記憶，附著在他的全部演藝生涯中，成為了對他種種影像作品的徹底完成時態的理解。由此，人們可以將他的作品排出一條通向死亡的道路——不是中斷或者終止的路，而是一條沿時光回溯的道路，是從生至死全程欣賞張國榮的途徑。甚至，會於冥冥之中另有一種格外地心領神會，比如，將其在《阿飛正傳》裏的角色演繹與自我演繹合二為一：有一種鳥一生只能有一次落地，就是它死的時候。

　　未知死，焉知生。此生與彼岸之間，死亡以其對生命終結性的定義，為許多藝術家和藝術品提供了理解力上的完整性，並且，最大可能地開掘出解讀或者誤讀他們的捷徑，比如梵谷，以及無數生前潦倒身後成名的文藝家們。再比如，亦是遽然離去的王小波，其尚處於生長期內的文學思想與寫作手段，便在人們的想像力中另闢蹊徑，迅猛成就為大師。在文藝家和他們的作品

前面，死亡，實在可以當作一條時間隧道，濃縮時光，聚集目光，間或如春光乍洩，將世界已經缺失的那一部份記憶，於剎那間照亮眾生。

美麗的大腳

　　對倪萍主演的影片《泥鰍也是魚》，媒體上有爭議，焦點集中在倪萍和她的角色形象之間，彼此是疏離、接近、交織重疊？據說，影片主題是為進城務工的農民工張目的，倪萍在戲裏，是給潘虹家做保姆的，為了對角色忠誠，戲中完全不化裝，甚至平時洗手連手背也有意忽略，以保持粗糙質感。但是，媒體間依然有質疑聲，說她演得不像，連帶著還提到她的上一部片子，也是楊亞洲導演的《美麗的大腳》，那是一部關於西北鄉村女教師的苦情戲。

　　倪萍做藝人，是那種一上臺就氣場很足的人，對週身環境的融洽與和諧氣氛，具有天然的使命意識，能丟掉了自己，也讓別人找不著。這種在舞臺和鏡頭面前，優異的個人形象場景化的能力，兼之以她對影視表演道德角度上的理解力，難免，讓人們對她的期待，首先落在道德質感上，看她扮的往往不是具體人物，而且某種公德代言，其像或者不像，全在形象符號上。似乎，手腳粗老笨壯的，就在道德上比較可靠，反之，則具有某些不穩定因素。而倪萍的幸運與不幸，就是遇上了一位對人物的肌膚質地與心靈質地理解力極狹窄的導演。在《泥鰍》裏，是讓遲暮美人潘虹的細，來配倪萍的粗。似乎，粗礪的肌膚底子，更容易誇張出心靈的細膩美德。

　　這手段在《大腳》裏已然兌現。

　　看《大腳》的時候，是第一次看到那個大眼睛大嘴巴的年輕女演員袁泉的戲。此前，曾在期刊報紙上看到她的照片，形象

奪目，神韻清麗，屬於線條感很歐化的美女。而且，她有許多臉
部鏡頭，讓人想到那個《流星花園》F4裏的言承旭。他們有一
種很相像的神情：哭與笑的初初啟動時刻，叫人難以判斷表情的
走向，哭？或者是笑！許多時刻，他們的漂亮，多多少少，會因
為這一瞬間判斷的不易確定，而令人生出隱約的憐惜、不安與牽
掛。但這一份多情，也是轉瞬即逝的。

　　好像，這還是一個獲得了什麼電影大獎的影片，但是，卻由
於它頌揚的善良美德，在一些細節的努力感染，把勁兒使大了，
事物就走到了它的反面：世間有一些善良是被訛詐出來的。

　　在一個西北山村小學校裏，袁泉是個來自北京的志願者，倪
萍是那裏的鄉村女教師，袁泉志願期滿，因為深深體驗了倪萍在
此的艱難生活，也因此對自己的離開有些道德內疚。於是，袁泉
臨行前堅邀倪萍去北京做一回客。

　　卻不料，倆人清晨一出門，就遇上了來送行的學生們，他們
一程又一程地緊跟不捨，不斷地說：老師你走了我們會想你。老師
你不在我們很想你。老師老師我們想你怎麼辦……他們一遍又一
遍，堅持不懈的重複著，一雙雙無限清澈的孩子的眼睛，既深情又
無情，星星一樣在她倆面前閃爍。倪萍先是受不了，停下腳來對袁泉
說，你走吧，我不去了？但是袁泉也站住了，她已經堅定地表示過，
沒有倪萍送，她是走不回去的。先前，袁泉面孔單薄的靈細，是因為
要襯倪萍生活環境的渾粗──在這個走幾里路半天才能淘半桶水的
乾旱地區，倪萍曾經又傻又笨地花了大半夜時間，給袁泉洗一件不
能用水洗的衣服，結果衣服縮水走形，袁泉發火，倪萍傷心，觀眾的
同情心七上八下。現在，袁泉的細緻心靈，已經是倪萍種種美德
的易感體了，為了倪萍的信任之情，她曾告別了愛人，做掉了肚

子裏好不容易才懷上的孩子——此時此刻，倪萍和孩子們一起望著她。一條道德的高坡，橫亙在回北京的道路上，她必須攀過它。於是，袁泉既怯懦又勇敢，咬牙發狠說，讓他們一起來北京吧。

一群質樸的孩子和他們的老師，用善良樸素、無限信任、依依不捨，強加給袁泉的，卻是她並不具備這許多人去北京的接待能力。他們用美德訛詐了她。而不肯接受這種訛詐的她丈夫，即情即景之下，只好宅心厚道地真戲假扮，善良配合著這個志願者被美德填充出來的非志願演出。他們竭盡全力地完成這趟師生北京之行後，她便失去了他——但這種個人生活際遇的坎坷，更成就了她道德感的完滿。

這當然不是編導的角度。這角度，是沒有順著倪萍眼神看劇情的觀眾，對現實偽善常態的基本判斷力。

記得前些年搞希望工程，許多人都願意力所能及地幫助輟學孩子，但是，又隱約地擔心會被幫助對象當作親戚來走動。鄉親們把不能用城市流行價格來量化的土特產品，帶到城來的，除了樸實的深情厚意之外，有時，還會給人際敏感度比較高的城裏人，帶來些許對難以回報潛在巨大期待的道德壓力。從西北到北京再到西北，倪萍的大腳，被影片喻意為一種尺度，而所謂美麗，似乎有著丈量心靈空間的意味。導演在這裏，是用它來作城鄉價值統一的度量衡嗎？

鄉村與城市在人類文明的進程中，是兩個狀態不同的時空，日常生活裏也遍佈著迥然不同的價值標準；同樣的問題，也普遍存在於社會不同階層之間，用文藝腔的溫情來沖淡它們，於問題並無益處。是不是由此，英國作家毛姆才口氣決然地說：溫馨是人性的一個弱點。

愛欲有私

　　午夜時分，在無數個頻道中間跳來跳去，突然就看到了她，女演員陶紅。

　　陶紅天生一對彎月似的眼睛，像是永遠笑眯眯的，一出道就很討人喜歡，在姜文拍得最好的電影《陽光燦爛的日子裏》，她是個沒心沒肺的小丫頭，經常笑得眼睛完全眯起來，很盲視的樣子，不過在少男少女打打鬧鬧的喧囂場面裏，倒恰如其分地透露了青春特有的茫然神情和兇猛行動。後來，陶紅還在影片《黑眼睛》中扮過一個盲姑娘，是個殘疾運動員，反反覆覆地朝著一個哨音響動的方向奔跑，眼睛亮亮的，目光虛虛的，整個人像置身在一個明淨而虛空的夢裏，神情專注得讓人心酸。幸好，劇終時她得了冠軍有了愛情。不然，真讓人覺得這個有光亮的世界太辜負她的純真了。現在，她正在電視連續劇《空鏡子》裏，演一個愛笑的妹妹。

　　此前聽說過《空鏡子》很受歡迎，有種種評論誇它：很文藝、不八卦、忠實生活、反映普通人情感。跟著幾個夜晚看下來，原來，是一個很現實的題材，講婚戀處境無奈的好女人情事。陶紅的追求無非是小老百姓的幸福神話，江山有信，良人有靠，踏踏實實地擁住一個男人的心，和他好好地過日子。但是，她在幾個適齡男人之間遠兜近轉，因為有個美貌又任性的姐姐對照著，便處處不能得意。姐姐追求更虛榮也更實惠的個人幸福，決然出國而去，她在對姐夫和外甥的無私關照中，天長日久就自

然生出一些男女私意來。故事到此，有點姐妹易嫁的道德戒諭的
意思了。可是，被姐姐委屈了的姐夫，屬性是知識份子小市民，
既實際也勢利，當生活可以重新選擇時，才不會要一個與舊姻緣
聯繫千絲萬縷的人來牽手。稍後，她邂逅姐姐的初戀情人舊時鄰
家男孩，亦是類似的糾葛與尷尬。

　　於是，一瞬又一瞬的尷尬裏，陶紅常常是神色稍稍一怔，接
著爆出無緣無故的笑，面孔揚上去，眉眼彎下來，很徹底很明媚
地大笑。男人們則表情很潦草地隨之一笑了事，同時也奇怪：有
那麼好笑嗎？當然不。笑，是因為知道哭也無濟於事，徒增別人
的笑料談資，與其讓人譏笑，不如索性自己先笑出來。

　　整部戲裏的幾個男女，品行無關善與惡，行為也沒有是與
非，隨著陶紅撲朔迷離的情勢一路沿途看景，竟讓人有戀愛似的
感覺：恍惚，游移，心不在焉，出爾反爾……有一個場景甚至很
撩人：若有所思的男人盯住低頭不語的女人，說，你就真的一點
也不想？然後，長長的空空的鏡頭，久久地一動不動。這似情非
情似愛非愛的一刻，將男歡女愛的幽暗微明，表露得又刺又癢又
漠然，頗有些許的陰毒力氣。

　　由此想到張愛玲的《傾城之戀》，一對男女彼此欲擒故縱，
讀者最感動的，不是什麼愛的無私，反而正是他們愛的自私。而
《沉香屑‧第一爐香》裏，佯攻佯守的一對男女相互剝盤算計，
最後女主角葛薇龍令人動容的，也是潔貞自愛的個人小算盤被徹
底打破，索性走向另一個極端，以自暴自棄的墮落方式，搏出一
個愛情效率的加速度來，最無私時，竟像是墜入風塵深處去了。

　　於是，再看陶紅的諸般不順，起因竟往往是公德與私心混
攪不清。與異性相處初始，多是捨己為人，像從《渴望》裏來到

了二十一世紀的劉慧芳，及至於日久生情了，情愛色欲別有寄託的男人們，依然拿她當熱心腸的親戚相待，陰差陽錯，豈能不難堪。其實，在這一群有私的愛欲者中，只有陶紅無私而盲目：對她來說，並沒有一個愛情的方向和目標，只是要嫁人而已；而且，作為經濟獨立的女人，她也遠沒有寄人籬下的白流蘇那麼急不可待。這樣看陶紅那些隨即潑灑的大笑，便成了大面積的暗淡底子襯出來的一縷縷刺目的明豔。

還好，陶紅這樣朗朗大笑著讓觀眾牽腸掛肚時，笑意終於曖昧起來，私情私意叢生——她遇上一個善良又熱情的鰥夫，恰是她的初戀。雖然，這愛情的純潔品質打了點折扣，卻是傳統純良的好人好報的結局。這《空鏡子》的標題喻意，百轉千迴，竟像是一層層的破碎與重疊，似是而非的破鏡重圓。這對觀眾，既是世俗道德上的安慰，也是戲劇趣味上的迎合。

憑什麼啊，花了這許多個辛辛苦苦的夜晚，最後卻看到一個苦兮兮的人生。

全金屬外殼

　　在電視頻道裏翻出來它的時候，還以為是《兄弟連》，但沒過幾個鏡頭，就看出它絕無《兄弟連》裏那種因為戰爭環境的殘酷與人物表情的堅忍，而製造出的有溫差效果的濃烈溫情。只見它鏡頭劇烈搖動，圖像變更的節奏很跳，畫面語言也很糙，訓練場上一列列兵士極昂揚的精神頭兒，誇張到滑稽：小夥子們要拿出和心愛姑娘做愛的勁頭，來和一切與美利堅帝國不對勁的敵人作戰。

　　這是《全金屬外殼》，一部講美國海軍陸戰隊員故事的影片，情節的最高潮處，發生在越戰。

　　開始進入軍營時，小夥子們全都像早上八九點鐘的太陽一樣，個個神采飛揚，把詞語暴烈的戰歌，唱得像情歌一樣悠揚有力，世界和平、愛國主義、戰爭、愛情，都是釋放青春期能量的方向啊。但是，他們碰上了比自然生長出的青春期能量更兇猛的力量，邪惡、兇殘、暴戾，拿他們當作殺人機器一樣訓練著，並賦予他們一種全新視角的世界觀：「這個世界，是由上帝和海軍陸戰隊來控制的。」於是，槍成了他們身體的組成部分，也是他們生命最主要的成分，殺或者被殺，是他們與世界根本性的聯繫方式。

　　但，人到底不是機器，絕對整齊劃一的機械標準式訓練過程裏，被刪除修改掉的，性格的生動之外，還有情感的溫暖。一個眼睛老是晶晶亮的小胖子，天生一副笑模樣，可是因為身體稍

胖動作協調性差一些，備受責難與捉弄，很快眼神裏就有了陰鷙氣，漸漸積怨濃重，終至崩潰，軍訓結業之夜，他用讓教官驕傲的成績，擊斃教官，再吞槍自盡。

及至置身於真正的戰場，在敵人之前出現的，卻是女人。

在死神時刻會降臨的地方，女人們能夠做的，也就是地母所能夠做的，用既嫵媚又頹敗的母性軀殼，保留與包容了他們對同類生命的感官迷亂與本能留戀，存儲下來他們種種的敏感、脆弱、絕望、迷狂和虛妄。這無限的包容，如同某種神聖的祭器，盛放著臨戰兵士可能遺落在人間的最後體溫。性，像槍一樣，是片子裏反覆出現的詞。性也與槍一樣，是一個與生命感一樣質地悲愴的辭彙。

勞軍妓女們的身影，像熱帶地區的椰樹，在影片中搖曳著，並無情調而言。身體與性，都是生命的實物。第一次，看到有電影用悲憫與嬉笑摻雜的鬧劇色彩，表現絲毫沒有歡情意味的性交易。有個小夥子與其戰友的妹妹相愛著，可是出征之前，那個哥哥卻嬉鬧著，開玩笑一樣，把未來要做自己妹夫的好友和一個妓女，推塞進一間簡陋小屋裏。性事，已與慾望關係稀薄，是這些惶惶魂靈的最後的鎮定劑和強心針。另有個每天會沉溺於自瀆難以自拔的兵士，已經被診斷為精神疾病患者，可以離開越南返回美國了，而離職前最後一次戰鬥時，卻死掉了。一條條性命，荒草般被風吹雨打去。偶然的，必然的。

整個一支陸戰隊裏活下來的，唯有一個戴眼鏡的人。此前一刻，最後死在眼鏡面前和懷裏的，是他最好的朋友。然而，當眼鏡殺紅了眼睛尋仇而去，對方的狙擊手已坐以待斃，且，是個颯爽少女。她身負重傷，奄奄一息，四周是一片戰火餘燼的廢墟。

他該拿她怎麼辦！懷著仇恨與悲憫、無奈與棄絕、放逐與救贖、哀慟與人道……懷著人類對一個垂死生靈的全部可能的複雜心緒，他拔槍補射，迅速徹底地結束她的性命和她的苦難。

　　然後，他作為了一個活到最後的人，擔負著敘事的使命，成為這一段歷史的敘述者。

　　如果沒有敘述者，所有的過往者都風流雲散，死是白死，生是枉生。似乎，經由一段狹窄黑暗的曲折敘事進入歷史，才是被確認的存在。進入歷史的慾望，相比之進入女人，是更加隱蔽、持久、強烈的慾望。慾望的實現和對慾望的表達一樣，不擇手段。頗有意味的是，《全金屬外殼》裏敘述者綽號小丑。而此小丑，在這部荒誕又深情的影片裏，始終眼神溫潤，如雜食類叢林動物，在樹上，在水裏。

幾次遇見妮可

　　遇到妮可·基曼,一下子被她眸子裏的冷冷波光抓住。

　　這部電影片名叫《雙面翻譯》,風格很典型的好萊塢情節劇,前半部從非洲某國到美國紐約,時時是枝葉散漫;後半部集中於聯合國總部大樓內外,處處有緊鑼密鼓。妮可在其中扮一個在聯合國總部會議廳做同聲翻譯的女子,氣質高雅,身世飄零,來自於非洲某國,心懷一腔國恨家仇,對黑白種族隔離制度,有過複雜的體驗,對此在理性認識與個人情感上的混亂程度,跟那個二○○三年獲得諾貝爾文學獎的作家庫切差不多,從熱帶叢林間的溫和貴族,到一無所有流亡美國,傳奇式的飄萍不定,完全符合東西方普通觀眾對黑非洲當代歷史的某些新聞化想像。現在,她根據劇情需要,因為比尋常白種人多掌握一種非洲語言,置身在同聲翻譯的話筒前,依然要在一個個非洲小國之間的陰謀交易中,做心理上的激烈掙扎,當然,也因此有無數種尋仇與雪恥的機會,在情與理之間內心游移。說到底,好萊塢的出品寄寓,無非還是在輸出美國對於民主與人權想當然的意識形態。不過,這些,放在妮可那張冷豔面孔上,比一切說教都好看。

　　據說,這也是聯合國總部第一次批准實地實景拍電影;電影放映之後,這座大樓向觀光客開放的瀏覽路線,又實地實景的多出來一條:妮可走過的樓梯。

　　注意到澳大利亞的金髮美女妮可·基曼,還是在幾年前號稱大製作的歌舞片《紅磨坊》裏,其劇情基本上是套用小仲馬的

《茶花女》，她在裏面是經典概念上的西式美女，神情頹廢，言辭迷離，且歌且舞，嬌豔無比的咳血而終。彼時，她剛剛與好萊塢一線小帥哥湯姆・克魯斯勞燕分飛，現實際境的遇人不淑，與影片角色的淒迷悲情交相輝映，放大了她在銀幕上的光芒，也直接拉動了《紅磨坊》在該年度的奧斯卡獎中的競爭力。

看出她的內在文藝腔與外形可塑性，是在又一年得了奧斯卡獎的影片《時時刻刻》裏。妮可從中出演著名英國意識流派女作家伍爾芙，清秀的臉中央，挺著一隻特製的大鼻子，整個人很具文藝氣息地憂鬱著，坐臥行止都像用了慢鏡頭一樣速度遲緩，很考驗我這種急性子觀眾的耐心，於是，那部片子就沒能看完。不過，已經能知道它是由三個女人，分別扮演著伍爾芙、她作品中的人物、她作品的讀者，故事的時空也被切割得很瑣碎。反正，人物與情節敘事的功能，在伍爾芙那裏本來就不是文學的第一要義。

現在看到妮可在《雙面翻譯》中，已然學會與角色水乳交融了。儘管，那角色貌似有著無數的內心風波，但不過都只是一些現實利益矛盾的具體延伸，其內心並非有多少豐富的層次。所以，許多時候，這整部影片都要依靠妮可在有限的肢體動作裏，用冷熱交織的眼神，一波又一波的，將編導的企圖傾送向觀眾。

妮可在這場非洲小國的外交風波間，最終實現使用聯合會憲章所倡導的和平對話方式，幫助公眾伸張了正義，同時戰勝了自己內心裏公報私仇的慾望，不過，這角色內心真正的平衡，卻來自於一個全然無關的人物，在她與戲中一個男員警對話裏，也讓我們看到了人性的脆弱與百無聊賴：治療她的悲傷的，是別人的更加沉重與深厚的悲傷。他安慰家人被無辜屠殺的她，使用的是自己家破人亡喪失妻子的不幸。同病相憐？可能。但，還有其他的可能。悲傷

是能讓人有自卑的，但是在別人的更不幸面前，這自卑卻可能消失，變成一種僥倖：最倒楣的還不是我啊？甚至，可能蛻變為一個品質可疑的同情心——那也可能是一種真正卑鄙的優越感。

這時，妮可臉上冷冷的平靜，會讓人想到她在電影《冷山》裏的冷。那真是一種寒涼至骨的冷。故事發生在美國南北戰爭期間的一個小鎮，與妮可相愛的小伙子應徵參戰，可是，熬不住相思之苦，更怕再也見不到至親至愛的她，便千難萬險地做了逃兵。這逃兵的氣質與長相，是那種概念化的抒情小白臉，姓名不詳，是情愛探索片《偷心》裏那個寫訃聞的小報記者，而其中與之配對手戲的年輕女孩，是《冷山》裏一個亂世小寡婦，兩人相遇時有過一般即興繾綣，小寡婦在鏡頭前肢體曼妙活力豐沛，幾乎喧賓奪主。偶爾翻電影雜誌才獲知，她竟是《殺手李昂》裏那個雇凶尋仇的不羈小妞。不過，在這冰雪小鎮，妮可更像是在自我演繹，眉梢眼角與薄薄的唇形，有些角度看上去竟非常像歌星王菲。她們的氣質與情路還真有點接近：都有神秘感，有吸引力，但，她們愛的人，都曾離之而去；然後，她們在舉世譁然之下，不聲不響，內斂療傷，再放出更炫的光芒，繼續戀愛、嫁人、生兒育女。

記得《冷山》的結尾，是從妮可冷涼的眼睛裏，把鏡頭高高遠遠地拉開了，與其說它是史詩片，不如說是反戰片，是人對自身溫暖體溫的尋找和感念。

浪是水的一種表達

　　舊曆年關的一個下午，置身於一個陌生小城的新華書店裏，聽著門外的鞭炮聲，時遠時近、時疏時密地響著，恰好體味著上世紀五六十年代小股票債券經紀人保林的心境：「站在時間的洪流之中，一面是辛酸的過往，一面是明亮簡單的未來，隨著時間的流逝，人們在世界上取得各自的成就。」而他，正帶著一個跟他同樣心緒茫然的姑娘，剛剛踏上了一列去遠方的火車。在火車走廊處，她吻了他。他們並無預謀。

　　這是美國作家沃克・珀西的長篇小說《看電影的人》裏，男女主人公命運的最轉折處。此前，他們只是拐彎抹角的親戚，突發奇想一起去旅行。此後不久，他們結了婚，過上了誰也不清楚會怎麼樣的生活，因為婚後三個月，小說就結束了。同時結束的，是保林的自省。而他的自省，從一開始就摻雜著絕望。

　　保林持續不斷地自省與絕望，就是小說步步升級的情緒與主題。典型中產階級人士保林，在美國上世紀五十年代南方名城新奧爾良的上等社區裏，生活衣食無憂，熱衷與女秘書調情，喜歡看電影，習慣用電影場景表達生活感受，以明星人物的做派應對日常交往。大概，是如今時尚雜誌男士版的目標讀者人士。

　　然而，有點像卡夫卡《變形記》，某一天，他在一株灌木下小睡片刻，醒來時，倒不是他親自變成了一隻殼蟲，而是「看到距離鼻子六英寸處，有一隻屎殼郎在爬——世界從此顛倒了」。

他開始了從社會主流生活方式中出走，心靈和精神進入了自我邊緣化狀態。他啟動了內心的激情，對中規中矩的標準中產人生進行著隱秘的抗拒，相信自己追尋的生活裏，除了金錢、愛情、電影，還有能夠對抗時光流逝的更重要的東西。而在他關係最親密的姑媽家，姑父拖油瓶帶來的表妹凱特，也在不斷地喝酒、吃藥、不理會人、頂撞親友，同樣生活在喪失激情的絕望中，同樣是掙扎在世俗桎梏與自由意志邊緣的反叛者，同樣以浪花的形式掙脫平靜的水面。「浪是水的一種表達，風是雲的一項證明」，史鐵生坐在輪椅上沉思人類的靈肉衝動時，他的這兩句詩性言詞，亦是對這心神不寧的表兄妹的概括。保林受姑媽委託去勸解她，彼此惺惺相惜，藉機出走，企圖擺脫的，與其說是百無聊賴的日子，不如說是被電影隔離著的生活。

　　但是，被電影更廣闊地隔離開生活的時代，在沃克・珀西著作此書時，尚未真正到來。像魯迅、契訶夫之類頗有分量的大作家一樣，沃克・珀西（一九一六－一九九〇），也是先學醫，後得肺結核，又從事文學創作。《看電影的人》是其處女作，出版時間是一九六一年，次年即獲得美國國家圖書獎，中文版譯介者說當時媒體評論它：「這部經典充滿新奇、智慧和對人類命運的深切關注。」一個句子裏面全是很壯碩的大詞。不過，它吸引人的，卻是從頭至尾無數細碎的場景。偶爾，有精當的細節，準確地預言了當今時代的影像氾濫。

　　上世紀五六十年代的電影，提供的多半還是人類生活的種種理想範式，彼時的忠實影迷，亦如虔誠的影像教徒，相信電影的意義在於自省；並且如同出走的保林，能夠在自省的終結處，接受一種溫和的絕望：生活本身是一部更加真實的影像。然而，今

天的電影粉絲們，貌似無限活躍的思維刷新之後，只不過是功能
機械的臺詞複製。

　　記得美國女作家桑塔格當年一再嘗試拍電影，想要表達某
個時代的「焦慮感」，觀眾隔岸觀火，看到的是桑塔格拍不好電
影的「焦慮」。於是，傳統影迷桑塔格覺悟到：電影的重生，必
得經由一類新型影迷的誕生──作為保林的同代人，這也是她的
自省與絕望，是時刻意識到「時間的洪流」的深刻自省與溫和絕
望。而有趣的是，桑塔格對電影理論的種種闡釋，卻已經成為當
今影像潮流裏，極奪人眼目的又一輪浮浪。

詞語博弈

大詞兒小心眼兒

　　因為換了通訊位址，人又散漫，經常三五天才記得要去取一回報箱，所以在一份過期報紙上，看到一個很大的標題——呼喚「純粹」的散文——初號黑體字，似乎還另外加了粗，就不免有點不知今夕何夕的恍惚，不覺間也生出一點好奇心，開始想，「散文」這類的文體，與「純粹」這類的字眼，搭配起來，是什麼意思？這年月，對「純粹」的呼喚，在各類媒體上，都是一個不絕於耳的聲音，有時，還會與「時代」、「良知」、「信念」、「理想」、「道德」……做出各種不同的組合來，給人的印象，這真是一個表意功能強大的詞，一個很大的詞兒。

　　還沒能想出個頭緒來，先去赴一個小飯局，落坐時刻，不由啞然，竟亦是幾個對「純粹」情深意長的人：能寫的、會畫的、做打油詩的、填曲牌詞的……

　　似乎，屬於雅集一類。

　　有人端著酒杯，真摯無比：今天在座的，咱們都是「純粹」的人……

　　靠，這一天，像是掉在一個「純粹」的世界裏了。

　　原來，大家是有信仰的。於是，大家開始彼此講宗教。七嘴八舌的，老婆不重要、孩子不重要、父母老子單位領導不重要、房子不重要、車子不重要、票子不重要……地球也沒什麼要緊的，太陽系，也可以是暗物質的……，一會兒功夫，在「純粹」的人們嘴裏，一個偌大的宇宙給說得無影無形，不存在了。

　　這些「純粹」的人在彼此的話語之間，在多大的程度上保持著誠實的態度？

　　宇宙都不存在了，就轉回眼前的人與事吧。

　　於是，一個女作家成為話題中心，因為她被定義為「純粹」的作家。

　　一桌珍饈的上面，低空位置，有生物飛行者。

　　這是一隻純粹的蒼蠅。我說，不過，我也有點擔心，它如果聽懂了食客們的高談闊論，會拒絕其作為一隻蒼蠅的純粹性。從功能上講，「純粹」的蒼蠅與「純粹」的惡棍，或者「純粹」的作家詩人，指的都是某種容量的限度吧，或間，再有點提純的程度，而已。「純粹」是一個有多少種不同性質的詞？

　　席間，還有一個未到場的女詩人，也是一個「純粹」意義上的女詩人。有人繪聲繪色地述說，他與他的同僚如何發現她雖然「純粹」，卻是「不通」。

　　呵呵，其實，她只是堅持著不要這個「通」。就像一個明明聽到敲門聲，但是堅決拒絕開門的人。因為，開了門，有客人來了，就有了招待客人的義務和責任，這是她絕不肯承擔的世俗事務。同時，也是其「純粹」的證明啊。

語言選擇之一例

很動盪的三天小假期。

動盪，來自於混亂的語序。混亂的語序背後，是比語序更混亂的發「情」狀態——友情，愛情，親情，無情。還有同情，對無情的同情。

肇始是友人與我討論如何做人如何「有情有義」——我卻不知道此「情」此「義」的範圍是什麼？

然後，因為在人們的時間表上，有三天需要消遣掉的時光，於是觀察不同的人放在不同的「情」或「義」的表格裡的表現。隨之，我和世界之間，就出現了許多模糊的灰暗地帶，誤打誤撞誤下地獄誤升天堂的故事或事故由此開始。直到開車來做工的路上。

每天去上班都必須要經過的道路上，視覺裏有花兒開放。花兒，在視覺的屬性上，原來是兩種，植物的，和動物的。換一種語彙，可以並置起來：花兒與女人，女人與花兒。

這是兩個同樣讓人產生恍惚感的詞語啊。

多麼美妙的語言！

——原來，在人的世界裏，永遠佔據著第一主角位置的是——語言。

而語言是一種過程——語言的產生哪？來自於感受？

一個人，比如是我：我——我的存在——我的身體（一切的官感），來自世界的感受，和對感受的接收。

然後，將感受轉換為語言的形式（文字的，繪畫的，音樂的……一切可能的形式），中間自然有著種種思維的空間，思維的路徑，指示著語言的方向，經由這些方向，語言被組織起來，再現或重構出一個世界。

此刻，如同停運幾天的機器一樣，回到按部就班的工作位置上繼續的、正常的、運轉起來。據說，冬天供暖使用的鍋爐如果停止幾天重新啟動，就會有一種極不流暢的感覺。

於是，看同事們的臉，會有一種生疏，有什麼感覺不再像是往常一樣了。常常在談話裏出現某種掙扎，思緒的掙扎，就像每年春天第一次看到的柳絮一樣，模模糊糊地浮動著，視覺上的粘性。

不久，就發生了一個有趣的事情，把自己笑得東倒西歪，太好玩了，似乎，又有點太惡毒了，如果說一個女人「尖酸刻毒」，這可能是世界上最有力的證明性文獻。索性，記在下面：《記一次語言的歷險遊戲》

有身體性的需要。或，有生理性需要。

洗手間，手紙在捲筒的深處。轉動它芯子裏的卷軸，一下，二下，三下……一段一段的被吐出來，是一長條光潔而飄逸的白色。

對某種意象的聯想。想起有人說過，其過去認識的女人，都只是陰道！

心裏生出一種輕視，對這個說話的人。他當時輕蔑的眼神，暴露了他目光的聚焦點，還會讓人對那些被其認識過的陰道們抱不平。她們或它們，都把他帶到哪裡去了？他對它們的否定，就是一種對自我的否定？

　　而這一次哪，這一個據其講是只有十八歲的陰道哪，它又帶其通向哪裡？

　　思維很有慣性的滑動起來，一段一段的陰道。他的一生被它們連接著。而在它們彼此不連接的間隙處，綿延著他的焦慮與飢渴。

　　當然，這種表述也可以反過來：他的焦慮與飢渴，綿延不斷，把一段一段陰道連接起來，由此，構成了他的一生。

　　這都是一些怎麼樣的陰道哪？——那可是其內心的驕傲哪，都是一些年輕的陰道。這似乎足以讓任何一個男人來標榜自己富有魅力的一生。

　　於是，語言的遊戲性與戲劇感，也就變成了一出人生荒誕劇——他的一生，歷經艱辛，都只是在重複經歷著一段、年輕的、陰道！

　　作為一種有生命的外部力量，他從來不曾抵達；作為一種正欲生成的內部力量，他也從來沒有完成他的出生。只是一種高頻度的出入，一種短暫的，轉瞬即逝的經過。從來沒有得到徹底的、滿足的、不斷的、被飢渴感驅使著的、經過。

　　於是，不斷的去，經過一下，經過一下，經過一下……像一個富有自我磨礪精神的勤奮工匠。

　　而其在歲月流逝中無可挽回的衰老，更讓人想到這種自我磨礪與磨損的喜劇性：似乎，唯有在這一刻，他才能夠確定無疑於自己的存在，性的存在，生命的存在，人的存在。

　　笑。不自禁的，惡作劇的，幸災樂禍的笑。

　　語言的不斷發明，其實是對世界的不斷發現，這一次，似乎能夠看到一個人正努力行走在世界上最短又最幽暗的一段通道上。他自己說，這是陰道。

　　這是事實，還是本質？語言的現實，能等於人生的現實嗎？

　　但，這就是語言的真實性。

　　或者，只是事物的真實性——從言說的角度，它只是提供了語言的基礎性？

　　而在一些企圖用語言來認識、探索與表達世界的人們那裏，語言與陰道的關係，似乎只是一種道德的困境或岐途？

　　還是作為詞語的陰道的實際存在，佛說，眾生之門。因為佛強調的是生，此生，在現世與來世之間，是已存在的生命，與未出現的誕生。前者是消耗，後者是增殖。

　　語言是一把雙刃劍。

　　語言的使用，是探險，也可能是一種冒險。

　　所以，言多必失。

　　所以，由於語言對事實的關係與角度的種種不確定性——人們需要語言選擇。

莫名之「我」

被要求作文，評論一組影像，是那種時下拍客們的影像故事，每一段影像啟始之初，多由一種自敘狀態進入：我……的故事、經歷、情感。無數的「我」沉溺其中。

也因此評點起來，頗為麻煩，有一個從中自我安置的問題，在裏面反反覆覆出現：我在裏面，我要出來。然後，就有點意思了，發現一個現代文藝中常有的現象──這個「我」，到底是什麼？──往往，「我」更接近於一個意志與理念，代表著真實的現實，而「我」的肉身，則彷彿只是一種精神、情感與思緒上的幻影，在現實裏的一道投射。

笛卡爾的「我思故我在」，是在這樣的意義上的嗎？未必。

「我」分裂成為：生活想像與生活本身。

在人流洶湧的大街上，有多少人，讓人一眼就看出其在這生活想像與生活本身之間的尷尬相處相擁狀？

這樣的時刻，如果面對的，是另一具肉身的誘惑呢？

兩種可能麼？

一種，如果其對面，是一個可能被忽略不計的靈魂，「我」，也可能是徹底放下這個「我」，忘我投入，萬事皆休，完成最原始的衝動。惟一的問題，是沒有難度，來得快去得快，快感的濃度被稀釋。

另一種，如果其對面，是一個同樣特質者，「我」便可能更加強烈的意識到「我」的存在，彼此間的吸引力與克制力，

旗鼓相當，勢均力敵。後果，兩敗俱傷與相得益彰的可能各占一半。

　　而這荒謬的情景裏，人們其實心裏知道，這樣的生活裏，自己就是造成這荒謬生活的主人。至少，在卡夫卡的筆下，格里高利是自己變成了甲殼蟲，而不是別人把他變成了甲殼蟲。

異域之書

　　友人的聲音，是從一列火車上傳來。她從濱海回來，去送別
她血液上游的一部分。近年來，這似乎成了她最重大的任務，於
是時常感覺，她像是東奔西跑在一條落葉凋零的路上。

　　而我正在戈壁大漠上，自我流放。

　　不久之後，就收到了雷東和保羅克利，從網上購來的外版
畫冊。

　　溢出了我們對他們原來的認識了沒有？

　　美國的書市裏，他們算不算是異類藝術家？

　　從中，能夠讀到一個與我們過往印象裏不同的雷東，敏感
到病態，憂傷得如同一個異族物種。他是因此而成為象徵主義
的鼻祖嗎？

　　但，這樣的時刻，更像是在與另一種維度裏的自己驀然相
遇。在夢中一樣。

　　實際上，這些日子以來，每天幾乎都是從夢中醒來。更確定
一點說，是從夢裡的遊戲場景中醒來。偶爾，是笑醒的。

　　快樂嗎？所有的快樂，來自於感受，像一陣陣清風從身體內
部的什麼地方，生發而來。或者，今天所能夠理解的快樂，就是
外部的景象與內部某個觸點的相遇？

　　不知道。也無需知道。

　　陌生感越來越強烈，重重疊疊地推過來，如諾米多骨牌。只
是，語感有點不太對勁。

　　至於克利，因為讀過他的日記，那些他年輕時因為很徘徊才寫出來的文字，讓此刻的感覺像是遇到了一個舊相識。

　　他總有一種嘲諷之意？他畫面上那些情不自禁的表情幼稚化，更像一個專業知識分子，保持著智力上的優越感。他的詩意，部分的來自這種優越感的百無聊賴。

書牆

　　整理書架，把許多一時讀不著的書，從架子的位置裏抽了來，搬到架子的頂端與天花板之間──房子空間的最閒暇角落。

　　然後，望著一整面牆壁的書架，想，這些書究竟讀過了多少：

　　興奮地目測：有百分之七八十！

　　然而，不對。正經大部頭的，二十四史，諸子百家，四部精華，之類，中國的書，竟是大多沒有看過的！

　　也就是說，這許多年裏，讀過的，只是一些被不斷稀釋的文字。而真正中國文人的心腹之物，在我則是隔心隔肺隔肚皮的身外之物。

　　喜歡看人家的書架，有時候，那一架子書的構成，差不多也就是其主人的精、氣、神的基本框架了哪。也因此，看自己書架的混亂不堪，倒另有一種粉飾與掩飾的戲劇感。

　　接下來的發現是──自己並非一個真正愛書的人，只是一個喜歡不斷地讀東讀西的人，一個拿著書本當作在時間河流裏漂渡的人，而已。

　　更加現實問題是，它們中的絕大多數，屬於雞肋型的讀物，讀之無味，棄之可惜──對本人無味無用，卻也是曾經被人費心費力費紙張物力做出來的。但是現在，居所面積不增加的情況下，還有多少空間來安置它們？

　　一疊疊的書本，直疊到天花板，如同古代城堡的牆垛，是一種標誌，也是一種姿態──生活在別處？

　　保羅・克利有一次說到他的讀書，是為了：克服自我與世界的對立狀況。不過，到了晚年，讀書成為一種習慣，是因為他已經——失去現實的情緒。

　　那時，他得了一種奇怪的病，並最後因此而辭世：渾身的皮膚越來越硬，在他與現實世界之間，真的隔起一層堅硬的殼。

書緒漂流

　　有一位友人發奮著述多年，寫成一部數十萬字的筆記小說，然而卻一直不付梓出版，除了書商的人際利益糾結之外，據他的說法是：每每到書店總是心境複雜，立在坊間的書山書海之中，恍然覺得自己的那本苦心孤詣之作，純然沒有印刷出版的必要。反正，他歎一口氣，安撫外間人的同時，也不乏自我寬慰：作為一個文學寫作者，寫作意義在寫的過程中就已經完成了。

　　可是，若不出版發行出來，豈不耽誤了真正識趣知己的讀者？有人這樣提醒他。

　　是啊。於淡淡惆悵之間，他亦有一縷釋然緩緩而出：可以放到網上去嘛。

　　把文字放到網上，就像把漂流瓶投向大海。個中消息不曉得何年何月何日何時從何種方位上傳回個什麼聲響來。這不再是一個具體事物，而更接近於某種願望的表達。若不以此謀生計，這樣的姿態頗有幾分審美意趣，很古典，也很現實。萬一走紅網路，由此晉身排行榜暢銷書，也不是沒有可能的事情（反正，現在互聯網是每天都有奇蹟發生的地方）；另一個更加現實的層面，它是網路上或沉寂或熱鬧的資訊，但並不佔據寶貴的民居空間——有書本的內容形式，但卻不像書本那麼占地方！

　　對於書與空間關係的敏感，很難說不是一種知識份子式的矯情。然而，同所有的矯情生成原理一致的，總是多與少、氾濫與匱乏的物質比例失衡，以及對這失衡的掩飾。讀書人與生活際遇

之間的內心掩映，書桌、書櫥、書房、書屋、書院、書城……總之，是以書本拿來作為掩體的，粉飾對現實的迴避與無奈。又或者，與現實倒也沒有對立情緒，亦不過是要向舊式傳統文人看看齊，屬於古董書畫、紅木傢俱、瓷器、奇石、寶玉、普洱、繡鞋之類的收藏癖好。當然，這些也不是新鮮話語，時不時就會看到有資深書生做覺悟狀：生活，比書本更重要。尤其，當他們的愛情出現的時候。另外，文藝腔造作到極致，書本的痕跡被熏到骨子裏，也會反其道而行。比如我自己。

　　出生地在孔老夫子的故里，生活視野裏始終遍佈書籍。父母是教書人，居室的主要物什，就是塞到滿滿當當的書架。倒也沒有書房的概念，以為就像農民的農具、工人的工具，不過是一些用作謀生的勞什子。還依稀記得，最早給講書聽的，並非父母雙親大人，似乎是保姆與鄰家小學生哄孩子的手段，更印證書本是生活內容裏一部分。只是近些年來，整個社會的生活條件中產與小資起來了，看鋪天蓋地的房地產廣告，樣板戶型裏多半會設一個書房字樣，才意識到其雅致與品位的標識作用。

　　實際上，若當真以現代生活的空間概念來看，這樣十幾二十幾平米的一間書房，對於真正讀書人或愛書人來，未必夠用。

　　以個人體會，每過一段時間，就需要把書架胡亂收拾一下，撿幾疊搬下來，以為一時看不著，或興許永遠不會再翻動的，再隨手塞到閣樓壁櫥角落之類的地方，直到終於塞不下去了，忍無可忍地送人或當廢紙處理掉。如此這般地忙亂一番，並不為知識更新。不過是讓眼前居室的空間通透些，心裏也多少痛快一下，間或，有點歉歉然，曉得自己不是一個愛書人。並且，說到書的

來路，也不免愧疚：從傳統書坊全價請來，不過偶爾為之；從網上打折郵遞的，則來者居多。

關於書、書架、書房及至書的來龍去脈，時空蔓延，概念紛擾。且回到眼下，雜七雜八地看了二三十年的書本之後，對自己基本持懷疑態度——被擺在書架最惹眼處的幾套如諸子百家、二十四史、四部精華之類，竟是根本沒有看過的！也就是說，這許多年裏，讀過的，多浮泛的資訊而少基礎的知識。對真正中式文人來說的心腹之物，始終是作為一些擺設式的對象，被高高地擱著那裏，也隔在生活常識化知識的外面。

當然，這與所讀之書的概念有關。今天的書，在生活空間裏的最基本形式是被印製成冊的紙質印刷品讀物。

由甲骨龜板、石刻碑雕、竹簡絹帛、木刻紙印，中國歷史一路走下來，書的空間體量逐趨逐小，而其精神價值卻由歷史深處漸放漸大。書生們對現實雖然多有不如意，卻始終不失話語權，製造出的一個不衰神話，就是書對於人生的提升或覆蓋。且不說黃金屋、顏如玉、腹有詩書氣自華之類的普世價值推介，號稱史詩性大片《孔子》裏的最煽情場景，就是周遊列國的孔夫子寒冬季節愴然渡津，其裝滿書簡的車子陷落冰裂的河流中，顏回同學一次又一次投入河中搶救老師的書簡。看到這裏，腦袋裏不斷湧現出來的，是上世紀六七十年代上山下鄉的知識青年金訓華，為在洪水中搶救代表國家財產的大木頭，壯烈犧牲。記得小時候看到這個英雄事蹟，小心眼裏就有活動：大木頭真的比人性命都重要？眼前看顏回在冰冷的河水裏姿態優美地沉浮，心想：竹簡少幾冊也沒什麼吧，只要孔老師還在，他可以重寫啊。可惜，編導不是這樣想，顏回在該大片中因此英勇捐軀。而他的殞命，並不

是在顏回作為一個年輕俊後生的個人存在意義上的，而是作為孔子事業發展道路中的一個嚴重挫折。在此意義上，多少有點明白了金訓華之於國家財產的重大關係。

生性刻薄而文風壯麗的莊子，曾經講這樣一個故事，說孔子去對老子傾訴自己著述詩、書、禮、樂、易和春秋這六部經書的辛苦，並且抱怨沒有現世明君賞用，老子則回覆道：「幸矣，子之不遇治世之君也！夫六經，先王之陳跡也，豈其所以跡哉！今子之所言，猶跡也。夫跡，履之所出，而跡豈履哉！」老人家擺明了寫書與事實從來就是兩回事兒。對於著書立說這類事，《莊子集解》裏面也有歎息：「世之所貴道者，書也。書不過語，語有貴也。語之所貴者，意也，意有所隨。意之所隨者，不可以言傳也，而世因貴言傳書。世雖貴之我猶不足貴也，為其貴非其貴也。故視而可見者，形與色也；聽而可聞者，名與聲也。悲夫！世人以形色名聲為足以得彼之情。夫形色名聲，果不足以得彼之情，則知者不言，言者不知，而世豈識之哉！」過去民間百姓敬惜字紙的傳統態度裏，似乎還有那麼一點意思，如同見山是山，見水是水，自有一種老實本色的物質感。

今天的書業，越來越發達，指的是它的印製手段與銷售方式。而這樣的發達，更誘發了越來越激烈的市場競爭。一方面用電腦技術可以讓書印得越來越漂亮，另一方面是內容的可讀性至上。如此一來，原本「書」的概念也就雜糅了「讀物」，成了知識份子或說是文人書生們愛恨糾集的一個情結：出版物的邊界擴大，而出書的門檻降低了。

坐擁書城，瀏覽群書。在網路上差不多已經是現實。而在實際空間裏，許多人家裏有了書房，擁有一壁書牆是不難現實的夢

想了。對於喜歡靠閱讀來打發時光的人來說，書本意味著某種建築掩體作用，是標誌也是姿態。是克服自我與世界的對立，在不為人知的理想世界裏建立，同時也尋求著與人類記憶的種種鏈結。而且，作為物種的類不消失，基礎意義上的書也就不會消失。

　　只是，到了空間即是財富的時代，對今天與未來的讀書人來說，真正的奢侈享受，已經不僅是能夠買到多少多少冊的書，而是還有足夠大的空間來擺放它們。

智與性的博弈

　　智慧的滿足，大於愛慾的滿足？

　　這是在男女交往時，人們喜歡的一種說法。表示著人們對於智慧比愛慾更高看一眼，同樣也撇清自己，表明對於生物本能的距離。其實，它可疑的也恰是在這裏。對一個男人來說，對一個女人的智慧的熱愛，與他和其他女人的情慾的交往與享用，並沒有什麼矛盾衝突的。與一個女人談文說藝，或者是談情說愛，就其談話對象的絕對存在狀態上，都是與一個女人在一起，本質上也並沒有什麼不同。只是談文說藝，就其語言使用的層面而言，在表面上並不直接觸及身體，而後者則因為「情」與「愛」的語言層面的彈性空間，具有某些似乎是約定俗成的理解傾向性，另有一番潛規則，事關性別，也事關道德。

　　因此，愛一個女人的智慧而娶她回來做老婆，與愛一個女人的性感而與之燕好，就其享用的價值層面，也是兩回事。就像「實惠」一詞在男女之間的理解，可能會是非常紛擾的狀況，一方眼中的實惠，由另一方看來，則是「口惠而實不至」。

　　最理想的狀況，當然是又智慧又性感，所謂上得廳堂下得廚房，似乎亦有時尚女性為自己的一職多能而驕傲。但，又有女權主義分子指出，這恰屬於性別政治中的剝削與壓榨。

　　一個女人，要表現她的智慧還是表現她的性感，大抵也並不像男人們尋常的理解，或者，是男人們不太情願理解的那樣——她是完全可以根據自己的需要來選擇表達的。

說到底，是智慧與性感之間的矛盾。

智慧：人生的知識積累，知識就是財富。

性感：生命的本能。

對男人，到底還是一個極勢利的選擇與換算，選擇哪一樣更值？或者不值得？

在報紙上看到了一篇關於波伏娃與丁玲的文章。上面一大段，講的是波伏娃與其終生情侶薩特之間的關係。文章在多數時候，也像多數女人一樣，以為波伏娃沒有用契約也能靠智慧拿住了薩特，不過結論之處卻是有點游移，覺得由晚年情景看，波伏娃還是有點虧了。也許，這對傳奇情侶的晚年狀況如果全然對調一下，讓老薩特天天跑醫院去照料躺在病榻上的失明老嫗波伏娃，女人們大概就多少會相信女權主義的全面勝利了。不過，現實的殘酷在於，到了暮年時節，性感的力量多半已經輸給智慧的適應力了。

而說到丁玲，則有一句，是說馮雪峰的：嚴厲的愛，像無法拒絕的權力意志。其實，這裏的「愛」，與人格的意志力十分相接近，而距離男女情慾，也已經相當疏遠了。

話題至此，於情色姿色膽色之間，也說明了由女性作為第二性，企圖進化為第三性的尷尬，貌似超越者，實際上卻是落在第一性與第二性之間的灰色地帶裏：既是男人的敵人，也是女人的叛徒。

身前背後及黑白兩例

　　蕭紅病逝於戰火中的香港後，許廣平寫過兩篇紀念文章，一篇是發表於一九四五年十一月二十八日上海《大公報》上的〈憶蕭紅〉，通篇是真摯熱烈的緬懷之辭，如尋常概念的懷人之作；另一篇是次年七月一日刊於《文藝復興》的〈追憶蕭紅〉，這一「追」，追出許多生動的回憶場景，同時，也有了微詞隱現。

　　其中有一段，說那時蕭紅情感憂鬱苦悶，常去魯迅先生家，許廣平耽於招待她而無法兼顧到當時在樓上的魯迅先生，結果某一天就讓魯迅先生受涼害了一場病。對此，許廣平寫道：「我們一直沒敢把病由說出來，現在蕭紅先生人也死了，沒什麼關係，作為追憶而順便提到，倒沒什麼要緊的了。只不過是從這裏看到一個人生活的失調，直接馬上會影響到周圍朋友的生活也失了步驟，社會上的人就是如此關聯著了。」這幾句話裏的人際信息龐雜，但讀之最驚心的，是許廣平能夠如此誠實的思維擔承：因為說於逝者身世名譽不利的話，首先在世故的道德公理就是一件有困難的事。然而，許廣平到底是魯迅先生的學生與伴侶，她對於蕭紅的懷念，有著更深刻與真切的理解和尊重——沒有把蕭紅當作一個失去生命也在道德上被置於盡頭和低端的同情心的施捨對象，有勇氣讓某種道德的公正，橫亙陰陽兩界。

　　而國人一向有諱墓的傳統，視死亡為生命的一個終端，一切對其生命光彩度不夠支持的言語，都不得呈現。但是，許廣平卻讓人想到：對困境中人的同情，是不是就要在道德上另外為之設

置一些寬泛的低端准入？尤其是，當其不復在場，話語缺席或者失去話語能力，人們能否與肯否，如實地說出自己的真正認知與感受？

此間自然有悲涼，蕭紅與魯迅、許廣平夫婦過從很密的時候，感覺是如家人一般的溫暖，然而，終究是盛情之下的客人，且是多有叨擾很不見外的客人。如火的盛情與清冷的認識，原本也並行不悖，只是如今，一方已是缺席者，無力自辯，這語境便於說話人有著雙重心理作用了：首先是對方不在場，係背後說話；其次，說的雖是事實，然而調子裏終有黯然神傷處。

這情景，既是在大活人之間，也是非常尷尬，曾遭遇個人經驗黑白兩例。

一例，是在大白天，十分搞笑。友人傳遞某人對我的印象，說：從來沒有拿你當一個女的，對你很尊重。我聽了唬一跳：我可就是一個女的，從來都是，連這個基本事實都給歪曲掉了，尊的什麼重？友人解釋說，人家的意思是強調尊重你是在精神生活層面，而不是身體。可是我的腦筋還是拐不過彎來：那麼我的精神附在哪裡？一縷遊魂呀？就算變杜麗娘了，可還是個女的，說不定也會做春夢思凡塵哪。另外，我認為在我不變性的情況下，我的精神生活，也依然可以被尊重，為什麼一定要不是個女的，我的精神生活才格外被尊重？後來，經過妥當溝通，才明白人家那是站在道德高亮光點之處的一種低調友情表述法。

例二，則發生在黑夜，無比尷尬。某日與友人竊竊私語說人壞話，晚間夢裏就見那人找上門來，那一刻當真是羞愧難當又不甘認錯啊。對方咄咄逼人：為什麼說我壞話！我則言辭閃爍，內心擠壓，神經錯位：一則是自我道德譴責，到底是背後，人家就

是不在場嘛。二則是對基本事實的尊重，那所謂壞話，並非私自杜撰，所以不想與不肯予之否定。於是，夢裏與之百般難堪地面面相覷，出了一腦袋的細密汗珠子，總算驚醒過來，連小學時候的操行評語都急出來了，記得裏面常常有一條要求大家「要敢於向壞人壞事做鬥爭」，隔著這許多年的星星月亮，終至在這午夜噩夢裏方悟出其用意在少寫了「當面」兩個字上，敢於的鬥爭都是當面的。我的全部尷尬就是，對方確有不良言行，但我確是在背後說的。

　　而很有一些友情就是這樣開始的。很少人是靠在一起說別人好話而互相溫暖，很多人是通過在一起講別人的壞話而彼此接近的。

　　但，這是題外話了。

盜夢

彷彿開始一種新生活。但是，如影隨形的，還是夢。

醒來，不是離開睡眠，而好像只是一種離開夢境的某種慣性，依然是——我自夢中來——卻並不是如一首臺灣歌曲：「我從山中來，帶著蘭花草。」剛才夢境的背景，是哪裡？很熟悉也很陌生。嗯，果然。熟悉，是因為那是一個工作的地方；陌生，是因為視覺角度變了，它來自那種大搖臂式的電影俯視鏡頭，如上帝的目光啊。

聽說，近來時尚的電影《盜夢空間》，讓人們開始關注夢境的層次了，其實，不過只是人們嘗試著建立一種新敘事秩序，從視覺順序與心理活動的角度，來理解與接近夢在人類社會裏的存在罷了。且，以科學的名義。

只是，夢對人生的有趣，多半就在於它的不可控制，如果，連夢的空間也被分析解剖如化學公式，恐怕也不是什麼好玩的事情。

若以好玩而論，有些會重複的夢與夢境，也不夠好玩。比如，剛剛離開的那個夢境。它的反覆來臨，從願望上來解釋，根本都用不到什麼析夢理論，因為它的出現就是來自於它的反面——對它的逃離，它暗示的是一種現實，非夢的，就是無為與無力，近似於失禁，像是越來越沒有控制力，無法徹底清理真實與虛幻的界限，而有些事情，以時間的線性連貫的方式，如同一隻到處撒尿的小狗一樣，在它所有經過的地方做出記號。

　　另一種時空的現實，卻是與世隔絕，不看鐘錶，不上網，不聽手機，連電視新聞也不曾看。不過，這只是對於願望的執行，而夢裏不容易迴避的，仍舊是鐘錶時間、上網、電話……

　　聯通兩種時空的通路，在無數事物的間隙處。有一次，客廳裏的電話叫起來，是一位老女朋友，她那種對人的傾注式熱情，特別體現著人際的存在感，並且，會於一瞬間喚起許多事物之間的關聯感，至少，眼前的客廳不再是空蕩蕩的了。

　　這一類的許多個瞬間，只要有任何的記憶被驚醒起來，生活裏就會迅急地陷下一塊什麼東西來，在時光的河流上，泥石流一樣擋住河水的流淌，形成記憶的堰塞湖。

神靈與帝王

　　偶爾，看到《麥克‧傑克遜三十周年慶典》視頻，是一場演唱會，也是一個極為盛大的節日。

　　雖然，沒有看明白這個「三十周年」的概念，指的是什麼？他的三十歲生日，還是他從藝演出三十年？

　　但是，這些都真的不重要，重要的是傑克遜的歌聲與舞姿，是那麼的動人——從人的身體裏面被這樣生動地表達出來，感動著無數人。

　　在潮水一樣的歡呼聲中，他會在神靈一樣的動作之間，停下來，喘息不休地說：我愛你，我愛你們。

　　台下的人海瘋狂。飆起一陣陣巨大的聲浪。

　　像半個世紀以前，在天安門下面的紅衛兵一樣，激動到瘋狂。

　　然後，傑克遜本人也會因此而激動，從他的身上似乎能夠看出某種挺拔又脆弱的東西。比如，他的鼻子。

　　而那個站在天安門上面揮手的人，則不會。

　　所以，這就是一個神與一個帝王的區別。

　　神，代表著人的某種極致，而裏面最核心的是人。尤其，是人的敏感與脆弱。

　　帝王，則是凌駕於一切人之上的。

言語之會

　　參加一個老文學工作者的研討會，紀念會的性質。應該是群賢畢至的場面裏，有不少的缺席者。還有的，以老作家夫人的面孔到場。

　　老文學工作者，始終，與他的時代同步。彷彿，也是一個直觀的象徵，他的文學生命，與文字的最表面的形式，同樣質地。像這座城市的空氣，稀薄，混濁，飄浮著無數的可吸入顆粒物。今天，當他能夠望得到自己生命盡頭的時候，他的生命，也距離這個時代近得像是最表面與最流行的一種病症。

　　席間無事，讀著此會議提供的一部長篇小說。

　　小說是老文學工作者以一個知識份子的姿態與經歷，所寫著的一個情愛綺夢，格調也像他的時代一樣，低低的人性，猥瑣的，小心翼翼地伸張開，不多的情色，有著真正的意淫。也是這一代人的悲情格調。

　　當然，這卻是不能夠通暢表達的一種衷情。我們在生命的大限面前，不得不躲避到最庸俗的溫情裏，說一些無關痛癢的貌似善良的言辭。

　　但，言語間的張力，卻支撐著這個場面的所有角落。

　　包括手機短信。像是與會者的第二張面孔，正依在一座紀念碑下嘻嘻地玩笑著。尋常搞笑的，非常搞笑的——多少，讓人笑起來會有一點感受力方面的障礙。還有，不搞笑的，關於尊重與親切的關係，被來來往往的討論——在虛擬與現實的時空裏。

老大師的性趣

看畢卡索的一組蝕刻畫冊。

是很鄭重被引進的某海外藏家版的。

其實，不過是一個老大師的色情小品集。

該是與原作同樣尺寸的高仿吧。至少，從尺寸上能讓人看出大師在性情與性趣上的某些端倪。此前，還不曾看過他的原作，現在來看，有點破除迷信的意味，他創作這些小品，似乎有點像手繪版的現在的 AV。不過，從中人們能看到與這個老大師血脈相連的生活。

畫冊裏有文字介紹說，這是畢卡索對生活的觀察與記錄，此處沒有說思考。因為沒有能看到他的思考，能看出來的，始終，是他的不斷尋找，對不同材質與題材的尋找。豔情畫與諷喻畫，是他老年之後，最熱衷的題材。從相附贈DVD紀錄片裏看，那也是他被診斷出老年性前列腺疾病後的瘋狂創作形式。畢卡索是一個極怕死的人。一直在拒絕著。這是與他的詩人朋友們最大的不同。死亡，是那些詩人們最永恆的主題。

畢卡索是建立遊戲規則的人。因此，而多少有一點兒明白了某些憤世嫉俗的文藝家們，他們之所以不能成為畢卡索的原因，是他們在變化萬千的遊戲規則面前，始終位置滯後：浮在人情世故的中間，落在不斷前行的時代的後面。

　　建立規則的人，才可能攫得人間法律的豁免權。畢卡索對道德的藐視，是因為他從公眾中獲得了這個特權。不過，從對於女人的態度上，還能看出他的內心裏不停的游移。

　　如果，是作為普通人的畢卡索哪？

　　答案是：堅定的忠實於自己。

　　可是，能做這種回答的人，並不少見。

　　那問題就是：這是一個什麼樣的「自己」？「自己」的品質，決定著忠實的價值與意義。這是不是有著嚴格的內在標準與準則的自己。對內心秩序的突破，首先是一種外部環境的失衡。

　　畢卡索在晚年對「性」的繪畫熱情，顯然要高過他的青年時代。藝術家年輕的時候，生活可以是一種用身體書寫的現實，而晚年，身體則成為對生活的渴羨與想像。

　　雖然，他的晚年，也是枯木逢春榜上的風雲人物，但是，從DVD裏獲知，他對女人的態度，並非反叛與破壞道德，恰恰相反，而是來自他的家鄉對待女性的傳統的力量。他家鄉的女人們，是母性的身體，也是藝術的母土，被孕育，被翻耕，但是生長出來什麼，還要看下的是什麼種子。

高速公路上的京劇

在高速公路上聽京劇。

似乎，速度的差異感，帶來怪異感。

劉桂娟與張火丁。據說，中青年京劇女演員裏粉絲最多的兩位了。至少，也是發碟片與錄音帶最多的了。

此刻聽來，劉桂娟的聲音被伴奏與錄音磨損掉大半，不過，依然有甜意憑空瀰散。大抵天生就是一個總能讓人覺得可心可意的人。聽她一開腔，就想起在許多電視晚會上看到過的那張臉，有著股實大戶居家過日子的喜慶勁兒。

張火丁的京劇程式保持得好，聲音裏也有一種架子始終端著。但是，卻是用舊時代的規矩，碰到了新時代的美學趣味。一句「含著眼淚繡紅旗」，中間一個急而陡的轉彎，情緒的急與情感的真，在這個細窄的彎道上，提速、側身、磨擦、嫋嫋娜娜，又驚險無比的，穿行而過。

耳朵被提拎著聽到這一切，也許是因為先前劉桂娟錄音帶的平，即聲音「扁平」。今天的流行歌手裏，多是聲音扁平的小明星，而劉的粉絲，亦是這個時代裏扁平一族的擁躉。

而張火丁哪，則是在京劇裏做舊式戲子與新式小知識份子的混合物。記得，在電視裏看到她接受訪談，自陳是把性命都交給了京劇而不交往朋友的人。不知為什麼，看她如此情深義重，對京劇竟有了幾分渺茫的同情。

　　第一次，透過幾段京劇唱腔，人的聲音的層次景深，在一輛高速行駛的汽車狹小的空間裏，被表現的如此清澈而無情。

經典愛欲

煙灰變成天鵝絨

　　愛好文學而不滿現實，會被人善待作天真；愛好文學而憤世嫉俗，也常被人寬宥成理想者；性情天真又心懷理想的人，藉著愛好文學的名義放浪形骸，卻可能成為文學史上的真正不朽者，比如，閨名叫愛瑪的包法利夫人。

　　突然想起讀她，是某天遊園，在一小片綠葉植物前，有標識「毛地黃……有毒植物，請勿觸摸」之類的提示字牌，特別地瞧了瞧這模樣平常的一簇簇綠葉，對它的最初印象，是它們曾經生長在包法利醫生家附近的小森林中，百無聊賴的愛瑪，帶著一隻小獵犬散步到那裏，不斷困惑地問自己：為什麼要結婚，成為這個包法利夫人？

　　包法利醫生決定向她求婚之前的那一天，她正在起居室做女紅，「亮光從煙囪下來，掠過壁爐鐵板上的煙灰，煙灰變成天鵝絨，冷卻的灰燼映成淡藍顏色。」接下他就看到她「光肩膀冒小汗珠子。」這束從煙囪裏折出來的「亮光」，真是意味深長。過去，常讀到什麼人說文學是這樣那樣的光，如何照亮了其內心與生活。現在，就眼睜睜地看著它，點燃了包法利醫生，並且，也決定了包法利夫人的生平基調：虛幻、脆弱的美質，浮升在粗糙卑微的事物間。

　　福樓拜當年的寫作，完全來自一個真故事，他父親醫院裏有個年輕人，續弦妻子嗜好小說，生活奢華，遭兩個情夫遺棄，借債揮霍，服毒自盡，留下一個女兒。彷彿當時報紙也有

刊載，但是，福樓拜卻將這人生的庸凡煙灰，變成了文學的經典天鵝絨。

愛瑪與安娜・卡列尼娜一樣，在文學史上獲得普遍的同情與共鳴，都是因為執著於愛情，卻遇人不淑，且生逢虛偽的時代與社會。雖然，福樓拜也因它被當作淫書吃過官司，但其筆墨所至，卻未必是要鞭撻時代與社會。這個著名的美女愛瑪，少女時修道院的貴族教育無聊，讀著淺薄的浪漫小說長大，一生言行，多做文學女青年的文藝腔，第一次遇上公證人小實習生賴昂，就彼此交流對大自然的感情和對文學的熱愛，還具體到怎麼與小說人物融為一體：「就像是你的心在他們的服裝裏面跳動一樣。」其言雖誠，其志卻寒傖俗陋。

讀書讀到身陷其中，多半受人稱許，喚之書蟲書呆，也往往有暱稱之意。其實，也不過是像大觀園裡的賈迎春，萬般無奈時愛讀《太上感應篇》，怯懦地逃避現實，另有鍾情而已。愛瑪一路情熱戀奸，卻將個文學愛好者的模樣愈做愈心誠。第一個情人羅道耳弗離開後，拿小說療情傷救性命。中間，她婆婆彷彿《紅樓夢》裏的賈老太太，對文學的傷風敗俗作用很有洞察力，曾經提出阻斷她的小說借閱途徑。而好心的鄰居藥劑師也認為：「當然，有壞文學，就像有壞藥房一樣。」但是，愛瑪對小說的閱讀愛好，與她的情慾虛榮，已經同時加速增長。與賴昂墜入姐弟戀後，每週幽會的中間時日，更索性閉門不出，通宵「看些荒誕不經的小說」。後來，她四處告貸的心理經歷，亦是頗具文學性：在公證人家借錢受侮，反而讓她心懷驕傲；至前情人處又被拒絕，她只覺得是愛情問題，好像已經忘記了是因為金錢，赴死的那把砒霜，也就因此吃得動作急迫、神情淡漠、內心驕傲。

　　然而，她並沒有得到像同名電影裏蘇菲‧瑪索表演的那種淒麗唯美的死法，那電影編導心態似乎如愛瑪自己一樣，把她視為愛情烈士了。在原著裏，福樓拜手法冷峻態度科學，一支鵝毛筆彷彿令人驚悚的定海神針，篤篤定定地寫了十四五頁，讓她的生命在污濁中慢慢枯萎，也讓她的情感在艱難中迷途漸返。全書頭尾，分別是包法利醫生的出場與謝世，始終，愛瑪是這個鄙俗之人生活的一大部分，是她逃避和抗拒的周圍凡庸世界的一小部分，也因此，福樓拜給予她的不巧，是自我多情的「包法利夫人」，而從來不是她自以為是的純情「愛瑪」。

　　全書都是不動聲色地狀寫，只有一處，福樓拜的客觀冷峻，科學得過分了。愛瑪從公證人家裏出來又奔羅道耳弗住處，而以情感的託付做人生的出路，普天下女子，多半都有包法利夫人的一副情腸一顆苦心。福樓拜對此終於忍不住直接說話了，一聲斷喝刻薄無比：這是賣淫。

　　但，這就是大師福樓拜，不拿文學當作同情人生的替代，卻顯示出文學直面人生的真正力量所在。而許多小說觀念的現代性，也自這煙灰變成天鵝絨的恍惚之際，在世界文學的廣闊時空版圖上，四處瀰散。

耶利內克的母愛及其他

　　奧地利女作家耶利內克能夠在書肆間流行，一則是她二
〇〇四年度諾貝爾獎得主的名分，二則是有情色電影《鋼琴教
師》原著的市場號召力，況且，她還以對「性的描寫駭世驚
俗」而著稱，如同任何一個大作家一樣，她的作品據說也有一
整套對世界的闡釋模式，即「性＋權力」。這兩者在中國民
間，常常是互為春藥的。

　　《鋼琴教師》才讀到幾頁，便想到一個形容，如小報社會新
聞版的八卦標題：「陰毒的母親與邪惡的女兒」。讀下去，果然
如此這般。但是，與我們通常閱讀經驗裏，品德糟糕狼狽為奸的
合謀者不同，她們不是結為一體，共同對付外部世界，而是彼此
折磨。彷彿，她們彼此是天然的夥伴，也是與生俱來的天敵。這
是她們之間親密關係的無時無刻不存在的佐證。

　　讀到心驚膽顫，因為這樣的母女關係，不是虛擬，而是現
實之一種。比如我自己的親屬譜系裏，也能找出可援之例。也因
此，在心驚膽顫之際，還另有隱約的親切感——它是現代媒體上
各種廉價母愛的清洗劑。

　　我是不肯做母親的人。不肯的理由，是多少有點自知之明，
知道自己於品質深處，是不配做母親的——當然，指的是人類通
常謳歌的有偉大自我犧牲精神的神聖母愛。雖然，從生物學的角
度看，母愛亦不過是物種繁衍之本能。偶爾，也會想，假若自知
之明較為稀薄，而本能母性一時情濃，自動升級做了母親的話，

這個可憐的鋼琴教師和她瘋狂的親娘，大概也會是我生兒育女道路上的一些言行寫照了。

母親，是我們生命的來路，也是我們撕開胞衣進入生活的一個巨大的創口，是我們精神與情感的臍帶。如果，母親先我們的成長而離開，我們必然體會到一種被拋棄的痛楚；而母親總是節奏不變或者越來越緊密地控制著兒女成長，感覺窒息時，激烈掙扎一下亦是本能難免的。假如，我們能夠不自覺於這種控制，倒也是一種傻人自有傻福分的天倫快樂。

耶利內克還寫過一篇〈母親之歌〉，其中曾選取了美國前總統克林頓母親的形象：「她不要知道孩子會離開自己，她要自己來盡責任，她要一切，這位母親，她總要一切，這噬人之母，她還要不斷追求，直到這孩子最後一切都屬於她，直到這孩子成為她的唯一和全部，於是，她就還是要自己來盡責任。這是一種塑造形象的意願，太強。並且，她要把這種虛榮之功放在自身之前……」。因此，對母親的歌頌與控訴，是在一起的。「孩子，你是我的唯一和全部」。這通常是母愛的自我犧牲精神的最偉大的體現。但是，對孩子，作為一個生命個體的獨立意願，則是一場無休止的災難與囚禁。在成長的道路上逃跑，便成為一種更廣泛的現實。

小說裏，女兒埃里卡到郊區的色情區域，窺視一個本地女人與一個土耳其勞工在灌木草地上交合，回家晚了，母親在家焦慮等待著：「喀噠一下，然後小門朝著母愛的灰色而殘酷的懷抱打開了。」接下面，就是母親對著「她自己身上掉下來的肉」的擁有、佔有、控制、操縱的赤裸慾望描述，在我的閱讀視野裏，這是對母愛最冷酷的直接狀寫。

　　但此刻，讀者往往都與母親一樣，密切關注的是女兒埃里卡的性事。它來自何人，通向何方，抵達何處？其實哪，性，只是埃里卡逃離母親的路線圖上，最直接的捷徑。

　　性，距離身體最近，甚至，它是身體內部的事情，卻是能通向身體之外最遠的部位。或者，它可能以此構建出種種新的人物關係，搭建出一個全然不同的世界來。米蘭・昆德拉的《無知》裏女主角伊萊那，向閨中女友坦白，之所以早早結婚，然後遠遠地流亡法國，也是為了擺脫母親。

　　性，從生理的結構上看，它不僅可以是一個出口，也可以是一個漏洞。尤其，是在現代社會時，它作為生殖或人口生產的任務被解除之後，它在功能上，更接近於人性的一個漏洞，具體點理解，簡直就是一個道德漏洞。薩義德在他晚年向死而著的回憶錄《格格不入》裏，對母親的感情，更是曖昧矛盾，她曾拿有他遺精的內褲，暗示他道德品行上的缺陷：「我也疑心她利用這些衝動與慾望，活靈活現為我們強調彼此的缺陷，下工夫使我們覺得她才是我們的參考點、我們最可靠的朋友、我們最珍貴的愛……她是能量的化身，對一切事物，全家和我們的生活，不斷地刺探、下判斷，將我們每個人，及我們的衣服、房間、隱藏的惡習、成就、問題都捲入她不斷擴大的運轉軌道。然而我們之間沒有共同的情感空間，只有與母親的雙邊關係。」努力逃脫，是成長道路上的必經之途，所以薩義德坦白：「我出於本能，喜歡在我們相識的人裏找比較不熟的那幾個來接近；尋找別的生活、別的故事、成為我在無意識之中變通脫離她支配的途徑。」

　　伊萊那的結婚和薩義德的擇友，跟埃里卡相比算是曲徑通幽的方式了，也比較安全宜行。女鋼琴教師埃里卡對母親的抗拒太

激烈，走向了貌似最便捷的緊急出口，急不擇食一般，走向她的學生。當然，下場惟有是被作為變態戀情的慘烈失敗。他們對彼此的消費，不等值。她是一個四十歲的韶華已逝的成年女子，而他是只有十七歲的青澀少男，是那種要先找一部「二手車」練練再正式上路的新手。這根在埃里卡被用作抗拒母親控制的救命稻草，不過是企圖通過她領先於同齡人獲得一些性資本，然後，再回到同齡人中去炫耀的小勢利鬼。

聽說，有人指責這部小說裏沒有愛。當然，是沒有愛；有的，只是妥協。埃里卡對她的學生愛嗎？不愛，但是妥協。對年輕生命力的妥協，對生存利益的妥協。而母親，對埃里卡的成長，連妥協也沒有。有的，是與歲月一起頑固地抵禦著女兒的成長和獨立。

終於，埃里卡清晰地看到，眼前已經是一個年輕人的世界影像，她絕望地揚手揮刀，扎向自己的肩膀，對於人生的種種承擔來說，這個部位真是意味深長，負擔疼痛，傳遞傷情，而不致命。最後她流著血「回家」。

耶利內克的寫性功夫，被標榜到駭人聽聞的色情程度，其實過譽，她只是為了成長魂靈的破繭而出，不得不撕開生活表像的一個有些勇氣的作家而已。

母女之間的明爭暗鬥，張愛玲的《金鎖記》裏，民國寡婦七巧對女兒長安，手段與刻毒有過之而無不及，一頓飯功夫，就讓長安與意中人童世舫的戀愛灰飛煙滅，文辭則比耶利內克乾淨雅致、含蓄溫潤得多多了。還有《西廂記》裏，老夫人賴婚，讓鶯鶯和張生行兄妹之禮，鶯鶯小姐給張生大哥敬了酒，回到閨房就含淚唱道：「白頭娘不負荷，青春女成擔閣，將俺

那錦片似的前程蹬脫。」這對親娘的指控，亦有字字血聲聲淚的效果了。

諾貝爾委員會的致辭，說耶利內克這些扭曲變態的人際關係描寫，是「我們時代最為真實的代表」，而僅看她這部代表作裏的代表性母女關係，卻未必是我們這個時代的特產了。

不太相干的，想到一個暢銷電視劇女作家王海翎，她的《中國式離婚》，讓無數男人以為得到了最大程度的理解和寬容，說明了自己在婚姻之外的情感，是被婚內女人被迫。我倒以為，王海翎在對男人的同情底下，還有對女人深深的憐憫。只是這「憐憫」在大眾流行娛樂文化中，是難以被觸及的美學體驗。她是泛泛地同情著男人天性中的懦弱，他們往往沒有足夠能量保持內心生活的平衡；她更是深深地理解著女人天性中的偏執與扭曲。並且，從這些偏執與扭曲的地方出發，書寫一個失衡的世界。所謂女性的寫作立場，未必是性別的經驗，但一定有其生存經驗的加入。

被洛麗塔拉下水或者推上岸

　　長篇小說《洛麗塔》問世後的五十多年過去了，十二歲的洛麗塔依然讓讀者內心失衡，特別是她十二歲零九個月，跟著繼父亨伯特住進汽車旅館的時候。世界文學史上有不少活色生香的情色，靠時間的打磨拋光，比如十幾年前讀來駭世驚俗的查泰萊夫人之類，今天已接近於古色古香的古典人物了，但是，洛麗塔對人們的道德挑釁，卻在時光流逝中更趨醒目和尖銳。其作者納博科夫說：「人們似乎不再給女兒取名洛麗塔了。自一九五六年以來，我聽說有鬈毛小母狗叫這個名兒的，但沒有人叫這個名的。」

　　此話，是委屈之情抑或得意之色？

　　二十世紀全世界公認的傑出小說家與文體家納博科夫，輝煌的名氣要拜《洛麗塔》所賜，因此，《洛麗塔》問世五十周年之際，歐美各大文學出版機構不約而同地推出了紀念版。小說講的是一個溫文爾雅的中年歐洲移民迷戀一個嬌寵活潑的美國少女，為此他娶了她母親，那個母親發現他的卑鄙意圖後，及時遇車禍身亡。於是，繼父帶著繼女開始了不倫之旅。結局是繼女又跟一個中年戀童癖者出走，小小年紀就嫁人、懷孕、難產而死。因題材屬道德禁忌的高敏感區，小說一九五三年完成時找不到出版者，連與納氏簽有首讀協定的《紐約客》的編輯們，也覺得它讓人「難受得要命」。惟有在色情類小說市場成就不凡的法國奧林匹亞出版社接受了它，又幾經周折，至一九五八年才在美國開

禁出版。此後，一九六二年與一九九七年的兩個不同的情色電影版，也直接拉動了原著小說的市場號召力，其中，大師級導演斯坦利・庫布里克執導的一九六二年版，電影腳本由納氏親自改編。

暧昧的情感色彩、亂倫的人物關係、電影的大師出品，使《洛麗塔》成為喜歡犯一點禁忌又要保持格調的小資與中產們的標準趣味讀物之一。「洛麗塔是我的生命之火，慾望之火，同時也是我的罪惡，我的靈魂。洛－麗－塔；舌尖得由上齶向下移動三次，到第三次再輕輕貼到牙齒上：洛－麗－塔。」小說開頭的這句話，差不多，已是小資讀者們在文學趣味上的接頭暗號。

「洛麗塔」，是全書開頭第一詞，也是結尾最末一個詞，這中間的三十多萬字，既是一段道德的寬闊而渾濁的下游航程；也可以把它視為一次語言擺渡的彼岸。而納氏要以此經歷的，是一個俄語作家第一次用英語來創造他的美國生活，是他在不同語種之間的身世漂泊。

俄羅斯舊貴族出身的納博科夫，據說其姓氏始祖宗是成吉思汗生的，在十二世紀被封過韃靼王子。納氏一八九九年出生於聖彼德堡，一九一九年隨全家流亡歐洲。《洛麗塔》的最初輕微脈動，啟動於一九三九與一九四〇年之間的巴黎，他患肋骨神經痛時，體會著這「很像傳說中的亞當的肋骨突然產生的疼痛」，構思出人物關係框架，不久寫成俄語短篇小說，但很不滿意就銷毀了。十幾年後，《洛麗塔》也給拿到了焚燒爐邊，是他的妻子薇拉搶救回它。小說裏亨伯特開車帶著洛麗塔到處跑，而在它的實際寫作過程中，則是薇拉開車載著納氏走遍美國，白天的主業是採集蝴蝶（他還是一位出有專著的著名蝴蝶研究專家，美國許多

博物館都收藏有他的蝴蝶標本），夜晚和下雨天的副業才是寫小說。洛麗塔與亨伯特兩個人全然來自想像，但納氏筆下的經驗世界，卻都是美國現實社會，藉著小說人物視角，他讀電影雜誌、抄流行歌單、坐公車聽青少年聊天……至後來，納氏不得不為自己對現實生活的過分仿真申辯，說，如果人們把它看成是他與英語戀愛的記錄會更公正。甚至，他不無凄涼地多次解釋說：「我個人的悲劇，是我不得不放棄我的自然語言，我的自然習慣用語，我那豐富、無限豐富而順手的俄語，而去操二流的英語。」

但是，如果小說最初用俄語寫成，會不會有如此這般的反響，還真難說。也許，恰是納氏這種對二流英語的態度，決定了小說語言的自由、炫耀、急迫、放肆，讓人物內心告白與自我辯解重疊交織，現實中偶有癡念的人生瞬間，特寫鏡頭般放大定格，人物自敘中的種種不道德，既喚醒讀者對怯懦人性的同情，也讓讀者發現自己內心的驚悚：在人際區域模糊地帶上，是狡猾成人玷污天真孩子，還是墮落孩子利用軟弱成人；從人之常情的親昵到萬劫不復的罪孽，有時，只在轉念之間。

小說尾聲處，亨伯特最後一次聆聽外面街道上孩子們的嬉戲聲：「我明白了那令人心酸、絕望的事並不是洛麗塔不在我身邊，而是她的聲音不在那片和聲裏面。」洛麗塔的童年，在亨伯特的道義感甦醒時刻，如一個美麗泡影，開始即結束。雖然，納氏的創作意圖無涉道德，但是，由於人類靈魂與童年的天然關聯，衣冠禽獸亨伯特用這整部書的篇幅，讓讀者充沛體驗到的，是童年的純美與神聖，以及納氏本人的文學主張：充分表達人類心智活動中的欺騙性與複雜性。

看訪談錄《固執己見》裏的納博科夫，世故、嚴謹、博學、自負、愛惜名譽，《洛麗塔》是讓他最費口舌的作品，而他最驕傲的事情，多數與俄語有關，晚年曾花十年時間譯注普希金的《歐根・奧涅金》，與此堪有一比的，是同樣移居美國也英語很好的張愛玲，她是「十年詳《紅樓》」。

嬉笑式絕望

　　前伊拉克總統薩達姆被現政府法庭判上絞刑架，不久，就有媒體披露說，老薩早已視死如歸，眼下爭分奪秒忙著的事情，不是留遺囑，也不是寫回憶錄，而是創作小說——消息擱在天災人禍頻頻發生的報紙國際新聞版上，讀來有隔岸觀火般的失真感，像看一齣鬧劇裏的主角人物耍寶，有一股牛皮烘烘的荒唐勁兒，可笑又可氣，可憐又可悲，真實的有疼痛知覺和哀傷情感的生命，都在距此類新聞老遠的地方。不過，這還倒真讓讀者好奇，這位前總統寫在絞刑架下的小說，會是一部什麼題材類型的作品？

　　囚室裏的寫作，既是文學的一種經典題材內容，也是一種經典書寫模式，在各國文學史上都出現過不少標幟性的名著；從著作內容上，大抵分為對此前被囚原因後悔的和不後悔的：前者要懺悔教育下一代，即所謂懺悔文學；後者則言志激勵後來人，如革命烈士詩抄。另有一類，與二者均無涉，是寫著玩的，沒什麼處世實用，屬於純文學，就像納博科夫的長篇小說《絕望》。這部小說的結構本身就有趣，一位謀殺者，眼看著就要被法辦，「懷著酸楚和輕蔑」的心情，進入瘋狂的寫作狀況，一天寫十九個小時，書寫文本就是《絕望》。

　　小說故事很簡單，家住德國柏林的巧克力商赫爾曼，到捷克的布拉格聯繫業務，百無聊賴之際到城郊閒逛，遇到了一個在草地上睡覺的流浪漢，及看清那人模樣，赫爾曼頓如攬鏡自照，以

為彼此相貌酷似。後來，赫爾曼生意破產，蓄心積慮地聯絡好流浪漢，對太太編織出一個孿生兄弟的故事，說他有個失散多年也做惡多端罪該萬死的兄弟，要把自己的死亡當作一個禮物，送給他來騙取人身保險，讓她領取保險金後如何如何改變生活，然後將流浪漢騙至一處森林湖畔槍殺。然而，儘管赫爾曼自己幾次三番地驚歎，覺得流浪漢與自己的相像是造物的一個奇蹟，可是，穿他衣服（口袋裏帶其證件與物品）的流浪漢屍體被發現後，這個掉包計立即落空，人們愕然於這起謀殺案在動機上的的愚蠢與手段上的卑劣，無人看出並提到兩者的相像——原來，所謂對「兩個人的相像性，有一種深刻的隱喻性的含意」的所有想像，只是赫爾曼畸形想像力催生的一個人生幻相。一椿對生命剝奪劫毀的慘案的芯子裏，竟埋藏著一個喜劇的因素。

小說裏最讓人哭笑不得的一幕，是赫爾曼與流浪漢在寒冷的森林空地處互換服裝，看到流浪漢赤腳站在雪地上瑟瑟發抖，赫爾曼很擔心他會感冒，溫情地催促他動作要快——可是，他馬上就要被射殺，這種擔心在邏輯上是多麼的多餘、滑稽、荒誕。但，就是這個誇張而混亂的場景，卻是納博科夫在前言中格外提醒讀者的「好玩」之處。另外，他還特別聲明，「《絕望》和我的其他作品一樣，不含有對社會的評價，不公然提出什麼思想含意。它不提升人的精神品質，也不給人類指出一條正當的出路。它比豔麗、庸俗的小說含有少得多的『思想』……」

《絕望》讀起來也確是一部遊戲之作，是那種對讀者的智力期待高過情感共鳴的小說，彷彿偵探文學。不過，它遊戲的挑逗對象，並非讀者的智力水平，而是借客搭局，在情節進展的關節點上，戲弄文學之於人生的無用與虛無，行文間時不時做一些

「細小的文學性質的離題」，以此向讀者邀約，達成想像力和想像方向上的同謀。不少章節，還真是文學得很厲害，比如對記憶的恍惚感，和赫爾曼身體與意識的分裂感，而由此帶著虛實相間的閱讀效果，則保證了小說悲喜劇比例上的平衡，人物舉止好玩的同時，情節的佈局也好看。

　　因《洛麗塔》而名揚世界的納博科夫，在二十世紀文學大師行列裏，一向有「作家中的作家」之譽。他早年用俄語寫的幾個長篇，因為是當時流亡國外的舊俄羅斯貴族，又是二戰陰影下的猶太人，便被歸入移民小說類，《絕望》即是其中之一，今天出版者多號稱它是《洛麗塔》的姊妹篇，不過赫爾曼與後者中的著名戀童癖亨伯特，在中產階級式的生活趣味，精神氣質，以及心靈活動的邪惡軌跡上，確有不少接近之處。《絕望》最初於一九三二年用俄語寫成，一九三六年他將之譯為英語，但他更滿意自己兒子翻譯的一九六五年在美國發行的英語版。而眼下我讀到的，就是據此轉譯的中文版。這版本的風流雲轉，無意間映照出納博科夫的一生，他俄語、英語、法語、德語兼通，是從一種語言流亡到另一種語言，在語種的世界地圖上不斷漂泊，終生居無定所，靠語言築家的人。而語言的文學任務，種種戲仿的形式之下，其信念是崇尚自然。

　　到書店，把納博科夫的幾種小說都找來，店員小姐問：寫《洛麗塔》的那個，他為什麼沒得諾貝爾文學獎？對啊。於是想：為什麼不能得？

　　納博科夫一本一本地寫，反諷喜劇、黑色幽默、反烏托邦、仿懺悔錄，講寓意、論玄奧、戲諷寫實、揶揄模仿……總之，路子夠野，題材夠酷，手法夠炫，然而一切故事講完，卻並沒有什

麼真理要向世人宣佈，文學的力量不是來自於揭示真理，這也是
他與他的前輩們，比如托爾斯泰的本質區別，托翁是相信世界由
一個硬邦邦的理性真理支撐著的，並以為對這個真理的尋找，是作
家一生的使命。今天的嚴肅文學家們，不少人也還執著於此路，艱
難跋涉，上下求索。而納博科夫以為找這個真理找得最苦的，是
陀斯妥也夫斯基，對此，他不太以為然，曾借赫爾曼之口，與流
浪漢討論命運時諷刺道，這「太文學了，彷彿陀斯妥也夫斯基，
是著名的俄羅斯偵探小說家的風格加上神秘主義文字。」他對文
學傾心的，是文本的結構、文字的音樂性、意象的喻意，以及其
描繪現實的可能手法，哪怕這可能只是出於一種荒謬的想像。他
的文學鄉親人物，除普希金之外，是近代意識流派作家別雷。

　　而比之諾貝爾獎文學得主們，納博科夫對文學的情感表露
方式，也缺少某些極其鄭重的形式感和儀式化。似乎，文學只是
他認識和表達世界的一種途徑和方式罷了，除了文學，他還有其
他。他多次炫耀過，自己是一個鱗翅目昆蟲學專家，差不多認識
世界上所有的蝴蝶，並且在許多訪談中口氣不屑地流露說，自己
在蝴蝶研究方面花費的精力和貢獻出的科學價值，遠遠大於文
學。不過，我懷疑這是情不自禁地粉飾與遮蔽。對自己格外看重
的事物，大師也會做尋常人性的掩映。

　　納博科夫大概也從來沒想過要用文學來改造世界，他的題
材雖然變幻多姿，眾說紛紜，相析疑義，卻並不指向任何社會現
實，更沒有諾貝爾獎評委們熱切關注的國際社會局部緊張、令人
焦慮的現實。他與現實的種種磨擦，只是他們家自己的問題（他
們夫婦和兒子三位一體封閉而自足的世界，他的早期俄語小說，
都是兒子翻譯成英語。這讓人不禁想到錢鍾書一家，楊絳先生的

傾情之作《我們仨》，從標題到行文，從來不為第四人費筆墨，
而人們知道，其女兒錢瑗也是有家有室有夫君的），與文學關
係不大，或者說是大的泛出了文學。不像卡夫卡那樣，他個人
面對的現實，也就是整個人類，至少是精神特質相類似者的廣
泛的現實。

　　如此猜度納博科夫與諾貝爾獎，可能有點像赫爾曼擔心流浪
漢赤腳感冒，某種思維度的無聊慣性罷了。小說裏有一句「文學
是愛」，在行文上不著天下不著地之處，嵌在罪犯記憶的邊緣兀
自閃閃發亮，這一類貌似良善體恤的愛意與溫情，落入納博科夫
筆下，是冷峻到與性命隔膜的幽默感。大抵，也荒唐如人們看報
紙上的老薩達姆寫小說。

大師級惡搞

　　一九五九年，納博科夫的著名小說《洛麗塔》，在全世界範圍裏普遍解禁風靡一時，艾柯寫了仿諷之作《乃莉塔》，手法之誇張，情節之荒誕，顛覆之徹底，相比之下，胡戈根據陳凱歌電影《無極》改編的網路短片《一個饅頭引發的血案》，已經算是對原著態度忠厚的了。

　　《乃莉塔》全文不過幾千字，結構與語言都仿製得惟妙惟肖，開端處亦有交代來龍去脈的引子，正文起首，更是文風忠實：「乃莉塔。我青春年少時的鮮花，夜晚的煎熬。我還會再見到你嗎？乃莉塔。乃——莉——塔。三個音節，第二和第三個音節構成昵稱，彷彿跟第一個音節自相矛盾。乃、莉塔。乃莉塔，願我能記住你，直到你的容顏化成泡影，你的居所成為墳墓。」原小說裏，中年男人亨伯特開一輛老爺車，帶著小姑娘洛麗塔遍宿美國汽車旅館的全過程，到了這裏，則是滿臉青春痘的義大利小後生安伯托，無限垂涎一位白髮蒼蒼的八十歲老奶奶，百般哄騙之後，用一輛破自行車帶著她遍遊義大利。原作裏另一個不斷跟蹤而至的戀童癖，在此處，則化身為騎小摩托車反覆出現的童子軍，終於，他也拐走了老奶奶；不久，安伯托重新找到老奶奶，卻發現她被美容，臉上的皺紋一掃而光。目睹對蒼老美感的如此破壞，小後生無限絕望，買了一桿獵槍，去找那個小童子軍，最終，以非法持有槍械和在禁獵季節打獵被判刑六個月。

　　此文讀時讓人嘻笑忘形，難免也會淌下一點哈喇子，但讀完笑完之後，口角也就乾了，因此沒能出現眾口紛紜口水四濺的歡快場面。彼時，納博科夫還活著，而且還是世界文壇上極受矚目的大作家，所到之處亦是媒體追蹤的熱點人物，但是，卻沒有聽說過他對《乃莉塔》有何表態。與陳凱歌相比，他的維權意識顯然還在昏睡不醒，而且也永遠醒不了了。

　　那時艾柯年紀也與胡戈相仿吧，二十七歲，剛出版了一部學術專著《中世紀的藝術與美》，也剛讓他父親認同他放棄法律而從事文學的事業選擇。現如今的艾柯，已經是馳名世界的符號學教授和大師級作家，作品橫跨多種學科，且都有經典性的建樹，他的小說《傅科擺》、《玫瑰之名》、《昨日之島》常常被讀者拿來當作智商測試文本，最時興的全球暢銷小說《達文西密碼》也深受其影響。另外，他那顆長於搞怪的頑童之心，也不時純良地發作一下，居然還著有兒童文學作品數種。不過，他影響最廣泛的，還是一系列的艾柯體混合模仿作品，即散文集《誤讀》和《帶著鮭魚去旅行》。

　　這是艾柯自上世紀五〇年代始，在一家文學雜誌上的兩部專欄結集，《乃莉塔》即是其開篇之作。艾柯自序說明，此雜誌原本充斥著種種先鋒語言實驗與前衛意象討論，因此他有意作些插科打諢、裝瘋賣傻的文字，模仿與嘲弄該雜誌的其他撰稿人作品，第一個被譏諷的納博科夫，並不是最大腕的觸霉頭者。

　　比如，在書中的某出版審讀報告裏，普魯斯特的《追憶似水年華》根本無市場需要，《神曲》風格雜蕪沒人讀，《堂・吉訶德》會擾亂低價書系統，康德的《實踐理性批判》毫無意義，就

連《聖經》也在版權與作品題材和結構上，存在嚴重缺陷，這些統統都是不應予以出版的。

在艾柯的眼中，別人信仰中的天堂情景就像周星馳的無厘頭電影一樣噱頭不斷：從一個密訪天堂被電擊而死的記者筆記本中，人們無意中得知了上帝老人家的近況，那裏也有動亂，有些天使被發配到第十層天的鍋爐房……戲謔、挑釁、怪誕、機智，搞笑之外，還有幾分實用：怎樣提防寡婦、怎樣討論足球、怎樣辨別色情電影、怎樣區分作家與業餘作家……它們來自於個人經驗，也根據事物常識。

艾柯的貌似百無禁忌，來自他的博學多才。他好像上知天文下通地理，知識富裕到能隨處炫技，也因此能隨時破除對知識的迷信，格外注意事物之間最基本與基礎的關係，對世界不悲觀也不樂觀：「出生的人越多，死亡的人也就越多。」刻薄一下，也不過是實話實說，本來嘛，人都是會死的，這是常識。是人們不肯正視或者忘記了的常識。偶爾，遇上胡戈那個「饅頭」式的法律麻煩，就自嘲一下：「他要搞革命，卻又想得到員警許可。」

不過，跟胡戈的遊戲立場不同，艾柯是有意為之，「如果新先鋒派的作品在於把日常生活和文學語言顛覆得面目全非，那麼插科打諢、裝瘋賣傻也應該屬於那個活動的一部分。」如此由混沌仿諷，到意義顛覆，到形式革命，再到形成新文體秩序，也是文藝復興與文學革命的傳統之一，甚至，他認為這個傳統可以追溯到古希臘的喜劇。不過，這已是尋常讀者無力瞻望的深奧背景了。

目前，眾人眼力可及之處，是周星馳《大話西遊》式無厘頭故事遍地開花，讓人眼花繚亂的倒不是故事本身，而是講故事的角度、態度與立場。記得前幾年中國文學先鋒中，曾經時興過

一陣兒艾柯的法國同行羅伯·格里耶的情感零度敘述觀念，認為
應該毫無傾向性地描述，艾柯文論中也有類似觀念，他戲諷與揄
揶的，也都是一本正經或一廂情願的艱難而莊重的敘事作品。不
過，到了惡搞的潮流洶湧澎湃的眼下，艾柯理論與作品相結合地
攜手上市，是出版業的精明營銷，也是無厘頭式敘事者們裝備與
配置要升級換代的需求。

　　只是，艾柯搞笑與搞惡的前提，是知識儲備豐富，手法伎倆
多樣，所以能寫知識，也能寫偽知識；既證明，也證偽。而眼下
的種種所謂顛覆，不過是用一種較輕鬆的一廂情願，代替另一種
較沉重的一廂情願。偶爾招出口水來，也無非是對一個事件的兩
廂不情願罷了。

在生活入口處跌跌撞撞

　　讀美國女作家卡森・麥卡勒斯（一九一七－一九六七），覺得自己是一個空前老實的讀者，對碰到的所有字句，不想、不問、不期待、不挑剔，只是逐字逐句地跟著走，走向哪裡？惟一的方向，就是書本結尾處，字句消失的地方。這中間會有停頓，因為時不時地，與許多種不同的孤獨和被孤獨阻滯的人生邂逅。

　　在她的成名作《心是孤獨的獵手》裏，孤獨既是人生上空獵獵飄揚的旗幟，也是生活裏時時需要穿越的陰霾。它們通過各種嗓音的傾訴，從四面八方匯聚到啞巴辛格的腦海裏，辛格就像一座勾連起無數種孤獨的巴比倫塔。但這卻是一個建在流沙上的巴比倫塔，塔的基座是他的同伴，另一個啞巴希臘人，他病了，他瘋了，他死了；自然，巴比倫塔就崩潰了。

　　那麼絕望的主題，在卡森的筆下卻一點不傷感，甚至，反倒有一種生機勃勃的力量，時時在人物的情感與命運裏湧動。彷彿陀思托耶夫斯基，她的人物情緒沉到「絕望的堅實底層」時，常常就安下心來，享受著「某種強烈而神聖的快樂」，就像卡森本人一生多病卻緊緊抓住生命不放一樣，她的人物，也都對生活充滿熱切渴望。

　　也因此，在美國文學史上，她的《婚禮的成員》裏十二歲的弗蘭淇，比起與之同齡的洛麗塔來，大概更讓人心神不寧。洛麗塔的不朽的形象，是寄託於成人永恆的色欲天地；而弗蘭淇，則是每一個試圖尋找生活入口的人，都曾有過的「成長的煩惱」。從文風上看，這更像是一部兒童不宜的兒童題材文學。

　　根據美國著名傳記作家佛吉尼亞‧斯潘塞‧卡爾的《孤獨的獵手——卡森‧麥卡勒斯傳》的介紹，弗蘭淇的故事，有相當濃郁的精神自傳色彩。在啞巴辛格的世界裏，她曾是一個熱愛音樂的房東小姑娘，而在這裏，她則要用這個年齡段孩子無限旺盛的精力和困惑迷惘的心，獨自承擔起一部長篇的架構。

　　卡森小時候立志當鋼琴演奏家，中學時與她情同母女的鋼琴教師一家遷往異地，讓她由此遭遇到人生第一次重大情感失落。這個天賦異稟的瘦弱女子，魅力十足，卻性格怪異，性取向飄忽，總有很多對環境有腐蝕性的激情揮灑出來，也需要周圍人回饋她無窮的愛。作為通過個人情感與世界建立聯繫確定關係的一類作家，愛，是她給世界的定義和真理。她的愛憎之間，沒有過度，沒有曲線起伏，愛則身心投入，一意孤行；憎則厭惡極至；雖然有過結婚、離婚、又重婚的婚姻經歷，但是，終其一生，都不斷地組合著性別比例各異的「我的我們」的三人行，過著身體與道德雙重孤立的生活。終其一生，她都是一個努力著進入生活的人。

　　《婚禮的成員》裏的弗蘭淇，在哥哥的婚禮前整天幻想的，就是如何跟隨之改變與展開她的生活。在美國南方一個僻靜沉悶的小鎮上，弗蘭淇如同一株盛夏季節裏的綠色植物一樣，生長得熱烈、旺盛、魯莽，但是卻被隔絕在所有人的生活外面：「她不屬於任何一個團體，在這個世上無所歸附。弗蘭淇一個孤魂野鬼，惶惶然地在門及閘之間遊蕩。」所幸，她發現了哥哥的婚禮時，就是「我的我們」的構成之際，於是，「她終於知道自己是誰，並明白她將去向何方。她愛她的哥哥，還有新娘，而她將是婚禮的成員之一。他們三個將投身於這個世界，他們將永遠在一

起。」為此，她冒冒失失地準備服裝，預習待人接物，給自己改名字……這讓她一度覺得，「遇到的每一個人好像都與她相關相聯」了。然而，結果是員警找回了一個走失的小姑娘。

這場婚禮成了弗蘭淇記憶的一個封口，也封住了卡森某些永遠流失的情感。這部十幾萬字的小長篇，她極艱難地寫了五六年，「必須從身體裏把它寫出來，我才能繼續生活。」她說，小說完成，對鋼琴教師當年離開她不能釋懷的情感才得以疏導。

而她更徹底的釋懷，是對上帝創造生命的漫不經心之作。卡森一生為病殘困擾，其小說裏的人物也多有殘障，而她悲天憫人的方式，卻是洞察無常，尊重缺失。在《婚禮的成員》裏最忠誠地陪伴著十二歲弗蘭淇的，是她六歲的小表弟約翰，許多個黑暗的夜晚，他讓她實現了最盼望的事情：有人陪她一起睡。她舐舐他有點汗濕的耳朵，抵著他溫暖細小的後頸，觸到世界的如此溫度與質地，她才能安然入夢。而這個長著大膝蓋戴著小眼鏡的小男孩，卻是上帝很粗心的未完成的作品，他在弗蘭淇四周，不僅要每天東奔西跑地完成自己，還要早早地被上帝收回去。他的身體死於疾病，靈魂終結於弗蘭淇的記憶，他只是卡森曾經東敲西打尋找的生活入口之一。

看卡森的作品與傳記，為人們今天對作家作品的閱讀提供了一種有趣的對照：與卡森努力進入與抵達生活的描述相反，我們日常更容易讀到的，多是用無比熱愛文學的口吻，表達著努力擺脫與逃離生活的願望。通常，這類文字還被冠之一個奇怪的稱謂，叫做「純文學」。

娜拉出走後的易卜生

　　某友，蟄居都市邊緣，沒有職業，只有使命，做徹頭徹尾的自由藝術家，偶爾見他，臉上總掛著一種無謂的高深莫測神情，看眼前綠女紅男苟苟營營，做清高地已從生活出走狀。漸漸地，覺出蹊蹺，發現支撐其日常三餐的，也已不是柴米油鹽，而是一系列或鹹或淡的概念，其最讓人敬重的所謂精神堅守，不過是居住地點的滯留不變，究其緣由，卻是面對不斷變化著的生活的退卻與恐懼。這退卻與恐懼，以堅守的面目示人，到底還是一種體面，而其把對慾望的克制，當作是沒有慾望，如此的自欺欺人，讓人想起晚年易卜生，一個隱在娜拉盛名背後的易卜生。

　　因為《玩偶之家》裏出走的主婦娜拉，易卜生（一八二八年－一九〇六年）成了挪威對世界最大的文化貢獻，二〇〇六年適逢其離世百年，挪威發起了全球性的「易卜生年」紀念活動，中國文化界也因為娜拉出走對五四新文化思潮的直接推波助瀾而積極跟進，並在魯迅《娜拉走後怎樣》所給出的「墮落」、「回來」、「餓死」三種答案之外，無窮盡地繼續探索其他的可能。北京人藝甚至端著對業內師祖的虔敬，要排演一齣《娜拉的兒女們》，讓娜拉當年拋在家裏的孩子，回憶母親出走那天的情形。

　　然而，如果僅有這部社會意義廣泛的《玩偶之家》，今天的易卜生未必能夠安享「現代戲劇之父」的美譽。雖然，在當時，他是毀譽摻半的人物，甚至，晚年劇作被維多利亞式的標準中產

觀眾直接看成醜聞，因為他在其間熱衷於描述的，是中產階級成功人士，在情感與慾望面前的閃轉騰挪。但是後來，這些人往往成了佛洛伊德與許多心理學家鍾愛分析的人性典型個案，就連曾先後做過尼采、里爾克與佛洛伊德三人女朋友的繆斯女神似的莎樂美，也喜歡拿他劇中人物借題發揮著書立說。

　　易卜生出生於挪威海濱小城木材商家庭，性情像多數生活在寒冷地帶的北歐人一樣沉靜多思，幼時父親破產，他十五歲離家做藥店學徒，後來像莎士比亞一樣進了劇院做各種雜役，寫過詩、畫過畫，也寫過劇本，但始終未引起人們注意。三十六歲時他默默無聞地舉家遷至義大利，他五十多歲時完成的《玩偶之家》和《人民公敵》等一批現實主義批判性作品，給他贏得了國際性的聲望。而名氣如春藥，也不斷地給他帶來生活的意外驚奇。一個十八歲的姑娘愛上他，與他相約遠走高飛，他也愛她，但是，在出走之前的最後時刻，彷彿他劇中情節跌宕的最高潮處，六十三歲的他猶豫了，放棄了。終究，他一生浸泡在乏味的中產階級情調裏，更熟悉在客廳沙發一條條裂縫中伸展開的空虛與無聊的體面生活。況且，在骨子裏，他也怕極了流言蜚語。不久，他即以著名劇作家的身份回國定居。而這場戀情，在他晚年的四五部詩性劇作中，散發出曠日持久的影響力：「生活就是與內心怪獸的一場鬥爭，寫作就是評判自己。」

　　喜歡看易卜生戲劇的卡夫卡，曾說他自己的寫作願望，是「寫出完全出自我內心的全部恐懼不安的狀態。」這願望，恰是晚年易卜生的寫作實踐，其劇中人多以自我為中心，事業成功常常以壓抑慾望為代價，然而，終於熬成了躊躇滿志的中產精英，到頭來卻發現，那些被他們拒絕過的誘惑，最終依然會找上門

來，哪怕，瀕臨生命的盡頭時。更麻煩的是，那些讓他們偏離人生航線設置的誘惑，可能，就是真理對人生的考驗！

在其晚年力作《大建築師》裏有一幕，功成名就的大建築師邂逅了他朋友的女兒，這個當年在客廳被他抱吻過的小女孩，搖身一變，成了一個潛伏期的洛麗塔，一瞬間就把志得意滿的他，擊落到人生的虛無之境。在佛洛伊德最喜歡拿來做典型心理病例分析的《羅斯莫莊》裏，男女之愛也不再是愛，而只是人們想要佔有的一種生活經驗。因為對生活心滿意足的愛，他們已經沒有力量付出了，剩下的唯有掠奪，或者放棄。對此，英國作家毛姆的表達則乾脆得多：「人生的大悲劇不是因為人會死，而是因為人會停止愛。」而性的滿足與情的完滿，似乎是易卜生世界裏永遠不能相融匯的兩極。那麼，男女間倘若有愛怎麼辦哪？易卜生的情侶們，常常要非常古典的「殉情」，才能實現理想中的完美人生。而在他收場白式的最後一部《我們死人醒來的時候》裏，終生奮鬥的著名藝術家，到臨終時才獲知一個真理：「只有當我們死而復甦，才明白什麼是無法彌補的損失，並會發現我們其實從未真正生活過。」再一次，他重申了體面的中產階級面紗背後的道德欺騙：名利的浮冰下面，是更深厚更原始的情慾的冰山。

作為傳統向現代過渡的橋樑般文化巨匠，易卜生為現代戲劇注入的，不僅是慾望與情感，還有，面對慾望時的自我道德意識。一面身體力行著對生活的恐懼，一邊專注誠實的自我審判與記錄，他一百年前自我審視的目光，改變了傳統的劇作規則，也將話劇的娛樂與沉溺，變成了藝術與沉思。娜拉出走的標準答案，至今是謎；而易卜生，也依然行進在我們這個時代最飄忽不定的慾望的前面。

純潔有瑕的愛情

　　二〇〇五年的諾貝爾文學獎，頒佈時間曾經延遲了好幾天，據說，原因之一是在土耳其的小說家帕慕克和英國的戲劇家品特之間，眾評委頗躊躇。後來，品特老頭更小眾的精英姿態占了上風。不過，帕慕克也不太失落，沒隔幾天，獲了德國書業和平獎。其實，他早就是歐美各文學獎的熱門人選了，是包攬過法國、義大利、都柏林歐洲三大文學獎的風雲人物，而二〇〇六年的諾獎兜兜轉轉，終於還是落在他名下了。只是評委們給他發證書和獎金之外，還要時不時幫他擺平官司，土耳其國內經常有民族主義人士因為帕慕克的種種言論，把他起訴到法庭上去。用文學手段來狀寫人類的精神理想，難免的，同時就觸動到了幽暗未明的靈魂現狀；在那本為他贏得國際文學聲譽的代表作小說《我的名字叫紅》裏，純真愛情中女主角的面紗底下，也不免有人性的沉渣泛起。

　　一九五二年出生於伊斯坦布爾的帕慕克，大學主修的是建築，所以這譯成中文長達五百多頁的《我的名字叫紅》，很有一種宏大建築的體量，時空格局繁複，文學元素豐沛，敘述角度如《一千零一夜》般搖曳多姿。

　　故事發生於一五九一年，一個細密畫師被殺，同時離鄉十二年的青年黑歸來，與初戀情人謝庫瑞重逢，不久接受蘇丹秘密授意製畫的老畫師也慘死，大街小巷流言四起，宮廷畫師人人自危，蘇丹要求當朝繪畫大師與黑急速偵破此案……最

終，它被證實是一場由繪畫技法與風格之爭，而引發的生存利益與精神信仰的危機。這危機過程中，有宗教、戰爭、權力、藝術、時間、記憶、猜忌、背叛、死亡、愛情……帕慕克炫技似的，幾乎把現代小說能夠涉獵到的主題，都塗抹了一下，因而，使之成為懸疑小說、哲思小說、愛情小說諸多類型兼備的暢銷小說家。

「我是一棵樹：我不想成為一棵樹的本身，而想成為它的意義。」帕慕克的這類小說語言，是今天讀者們最喜好的混合口味，其中有普魯斯特式的沉溺，有卡爾維諾式的寓意，還有艾柯式的智力，總之，抒情的同時，沒忘給予讀者智力上的尊重——義大利作家艾柯目前在中國某些知識份子圈兒裏的流行，是他於文學的抒情功能之外，還記著一些知識常識，讓讀者增加了智力因素的參與。

像智力一樣，感情也是生存的一種基本需要。小說裏被一詠三歎的老畫師的女兒謝庫瑞，丈夫征戰失蹤四年生死未卜，為躲小叔騷擾，帶著兩個幼子住回娘家，適遇舊情人。她是全城矚目的美人，也是所有畫師的夢中人，而在走家串戶的布販子兼媒婆的艾斯特眼中，她漂亮又聰明，正在伺機而動待價而沽。

但是，這樣一個似寡非寡的女人，卻從來沒有男人對她提出過任何貞操的要求，倒是她自己對貞操要求嚴格。老父親在她約會舊情人黑的時候遇害，事關她母子的生計時刻，她一面隱瞞不報，一面立即與失蹤丈夫解除法律關係，又一面馬不停蹄半推半就地嫁給對她忠心耿耿的黑。然後哪，落回到貞操與節烈觀念上大做文章。這個丈夫，要為她復仇、驅鬼，跨過她母子種種願望的滿足，才能夠上得她的床。

　　這樣的貞操，常常也是被當作女性人生智慧來講的。只是，在婚之內外性質迥然。在婚內，是情愛智慧；在婚外，是道德淪喪，屬於性交易了。

　　此番愛情的經歷有多艱難，這個上床的道路就有多艱險。最艱阻之處，是黑被滯宮廷畫庫找破案線索，謝庫瑞帶兒子在家驚嚇不已回到公公之處棲身，待黑找來要他們回去，置身於這個名譽丈夫和依然癡情小叔之間，謝庫瑞母子卻不置可否，只是哭成一團，「然而，艾斯特可不是白癡：我非常清楚謝庫瑞哭泣的目的是為了安撫雙方，並且逃避自己作決定。」會示弱，也像保持貞操一樣的有智慧，似乎，懂得用性與眼淚嫁丈夫的女人，才把自己整個人生的責任，也如同完整無缺的貞操一樣嫁出去。艾斯特的職責，是中國小說裏擅說風月的王婆，在此，她既是男人慾望的同情者，也是女人生存的體恤者，生存的艱辛與慾望的奔湧，經由她的察言觀色，折射出斑斕駁雜的人道之光。

　　謀殺案水落石出，創傷累累的丈夫回家，恰如她在夢中多次見到的失蹤前夫，此刻，大作家帕慕克從容剝蝕人性的筆觸，又揮灑出人類寓言的張力，貞操對謝庫瑞的意義，也由世俗生存方式轉為內心哲思秩序，她用非常規的性愛形式，從生死線上呼喚著黑的生命，而黑的反應，則讓人想到《霍亂時期的愛情》的結尾，面對一位兒孫滿堂的老奶奶，花心老帥哥情比金堅地發誓：我為你一生守身如玉啊。謝庫瑞當然也會因之情迷意亂。

　　不過，「為了讓故事好看並打動人心，沒有任何謊言奧爾罕不敢說出口。」全書最後一句謝庫瑞如此道白，是勘破，也是入彀；世相之上，才有對人世的深刻寓言吧。

里爾克的9.11

　　奧地利詩人里爾克應邀去法國為雕塑家羅丹寫評傳，並為羅丹擔任了五年秘書工作，到達巴黎的那一天，是九月十一日，住所在圖利耶街，他的長篇小說《馬爾特手記》，就很紀實的從這個時間與地點開始，雖然小說出版後，里爾克終身不渝地堅定表示，他本人與小說主人公馬爾特，從來就不是一個人，這個小說形象只是確立他作為現代派文學大師的標識者。

　　著有《杜伊諾哀歌》和《至奧爾菲斯的十四行詩》的大詩人里爾克（一八七五－一九二六），一生背井離鄉，追求的是孤獨感，故鄉設置是恐懼，因此，他被歐洲文化界視為現代存在主義文學的重要源流之一，影響力與寫《荒原》的艾略特可有一比。里爾克的詩晦澀難懂，在中國讀者中的通行證，則是一本薄薄的小冊子《給一個青年詩人的十封信》，其內容論及藝術、生活、職業、愛，都是讓青年人心潮起伏的話題，而且，語調親切文筆優美，有許多熠熠生輝的句子，宛如真理本身，但是，又與人的身體實踐和精神活動密切相關，比如，在第四封信裏他說，「性，是很難的。可是我們份內的事都很難……所不好的是，幾乎一切人都錯用了、浪費了這種經驗，把它放在生命疲倦的地方當作刺激，當作疏散，而不當作向著頂點的聚精會神。」到了第七封信他更總結道：「愛，很好：因為愛是艱難的。」可是，為何而艱難，似乎題目太大不容易展開，只在小冊子兩段《手記》節選，似有管中窺豹之意。十封信的通訊在一九〇二年至一九〇

八年之間，而小說的寫作時間，稍稍錯後一些，是從一九〇四年到一九一〇年，都是六年光景。

《馬爾特手記》屬於那種結構鬆散的筆記體小說，由七十一段筆記體斷片組成，主題分別涉及：恐懼、孤獨、疾病、死亡、童年、愛、上帝等等現代存在主義的種種精神暗流，文脈類似於普魯斯特的內省式寫作，幾乎沒有情節。它講述出身丹麥貴族世家的年輕詩人馬爾特，如何四處漫遊，逐漸學會不帶個人感情傾向的觀察與理解世界，並最終在精神上徹底自我放逐，奔向無涯之境；以及在這個過程，紛雜的人性怎樣在各種際遇裏如面具一般，對他轉過臉來或者背過身去；最後，里爾克索性徹底地改寫了《聖經》裏浪子出走的寓言，他讓在歐洲文化傳統裏任意放蕩歷盡坎坷最後懺悔回家並得到父親寬恕的浪子，以前所未有的姿態跪下，不是求饒，而是抵抗。這個無家可歸的兒子拒絕回到父親身邊：「向他們發誓，他們之間無愛可言。」即使，當他們共同面對著上帝。在里爾克看來，上帝只是為人們提供一個愛的方向，而不是愛的對象。而愛的艱難，恰恰在於如何對待愛的「及物性」。誰能夠確定他與他的愛之間，永無變化，永遠默契？況且，如果那愛的回應與他的期冀根本上南轅北轍！

冥冥之中，里爾克像是一位人類某些精神共同經驗的預言者。發生在二十一世紀初紐約世貿的九·一一，引發的是人們對外部世界不確定性的普遍恐怖；而二十世紀初，里爾克抵達巴黎時的同一天，則充分體驗到了人們對生活連續性支離破碎的內心恐懼。對巴黎滿懷憧憬的里爾克，初來乍到感覺到的，是恐懼之城，貧窮之城，死亡之城。就像紐約九·一一讓世界和平的可

能性受到了深刻挑戰，這一時刻的巴黎，也嚴峻地威脅著里爾克眼前一切景象的真實性，差不多，這也同時是他的人生觀念與藝術倫理：這座城市與這個世界都並非不容置疑的存在，它們的真實性必須通過艱難的感受與創造被人們獲得，而且，還要時時守護住才能安然無恙。因為，恐懼是更加普遍而有力的存在的底色，是無數人生的基調：「恐懼在空氣中無處不在。你吸進了透明純淨的恐懼，但一到你體內，它就沉澱下來，漸漸變硬，變成尖尖的幾何體橫亙在你五臟六腑之間；因為所有在法場上，在刑訊室裏，在瘋人院中，在手術室內，在秋夜的橋拱下著手製造痛苦和驚恐的東西，所有這一切都具有一種頑強的永恆性，堅持自己的權利，都嫉妒一切存在物，眷戀自己可怕的真實性。」

里爾克寫這種人類精神的內在經驗，每每從人們身體意識的浮現狀況上落筆，筆尖觸及恐懼，既便是對之抵禦，也是對之抒情，更是對之實踐：

「因為害怕我的毛毯邊緣突出的細細羊毛線頭會變得像鋼針一樣又硬又尖而生的恐懼；因為害怕我睡衣上的這顆小鈕扣會變得比我的頭還大，會變得又大又重而生的恐懼；因害怕從我床上跌落的這粒麵包屑會像玻璃杯一樣跌碎在地板上，和深深擔憂所有東西都會同時摔得粉碎、永遠粉碎而生的恐懼；因為害怕拆信時撕下的碎片會是任誰也不應該看見的禁物，會是任何筆墨都難以描述的珍寶，藏在房間裏任何一個地方都不夠安全而生的恐懼；因為害怕我入睡之後會把放在火爐前面的煤塊吞進肚裏而生的恐懼；因為害怕某個數字會在我的腦子裏開始長大，越長越

大，直到我體內再也容納不下它而生的恐懼；因為害怕我躺的地方會是花崗岩，會是灰色花崗岩而生的恐懼；因為害怕我會大喊大叫，以致人們湧到我的門口並且最後把門砸開的恐懼；以及由於一切事物都不可言說，我可能什麼也說不出來而生的恐懼，還有其他一些恐懼……許許多多的恐懼……」

對書中這些被列舉出來的恐懼，不知道其他讀者感想如何，我幾乎都多少有過，而且，還可以添上更多，那怕是在光影明亮的大庭廣眾之處。

比如，小說裏馬爾特發高燒，在夜半時刻的燭光裏，如何在搖搖欲墜的安全感上攀緣；而他在黑暗中縮緊身體，生命的邊界就全在雙手的觸感之處。然而，恐懼依然會在毛細血管與肌膚內外遊走。這暗夜景象的剪影效果，就讓我記起幾年前看王菲的一次個人演唱會時，偶爾，一段歌詞與另一段歌詞過渡音效之間，她孤伶伶地立在空曠的舞臺中央，被炫目的強光四面八方的搖曳著，把她與所有的事物都分離開，彷彿溺水時候的本能，她在這溺光時刻，迫於這光線與音樂的壓力，身體即興做出幾個舞姿出來，當時就嚇了我一跳，那全然不是事先預設好的動作，而是有一種自我紐結式的衝突與碰撞，好像某種恐懼，正發生在她身體的內部。她身體裏有一部分，是僵硬的，對眼前的一切都無動於衷，而另一部分卻亢奮不已，時時刻刻隨著音樂的波動此起彼伏。她成了她自已的提線木偶。但是，她的意識層面還掙扎著，半夢半醒的，使她一切的不協調動作，帶有了天真的色彩，一種因為自我力量的不能控制，而不知所措的天真。那一刻，她身體的扭動，似乎，是某一種莫名的力量，在她身體裏兀自發出了光

芒與振動，很美，也美得突兀、陰鬱、痛楚，甚至，身影間有幾
條猙獰的線條，凌厲地漏出來。這些按照里爾克的解釋就是：
「當一個人為恐懼攫住時，就必須採取一些行動來對抗恐懼。」

　　恐懼就居住在我們身體裏，等待著任何可能的時機現形。所
以，里爾克才寫道，馬爾特看到一個孕婦的腹部，立即恐懼地想
到，裏面懷著的，其實是一個孩子和一個死。這樣的誅心之論，
是語多刻薄的魯迅說過的，但是，看到一個詩人這樣再說一遍，
不免還是驚心。不過，詩人也許正是借助於恐懼的力量，來穿越
死亡對生命的終極遮蔽，智利女詩人皮扎尼克對其父親一生都懷
有愛恨交織的複雜情感，父親終於離世的時候，她寫自己的悲
傷，竟像是對恐懼的頌揚：「恐懼還算好，它懲罰我，僅僅在我
不覺得哀痛的時刻。我幾乎不可能感覺更好了，我在等待每一次
懲罰。必須要到達它的底部。儘管有那些恐懼，我的感覺仍非常
之好，我必須要到達它的底部。」而且，在她當時的作品中，恐
懼處處掩映：「它戴著黑色的帽子，像藏匿在我血液裏的老鼠，
有著冰涼的嘴唇，侵吞了我的各種慾望。」這一切的結果，是詩
人在死亡的意象中，預習著自己的生命終結──「父親的死使我
的死更加真實。」

　　而詩人的真實死因，也可能緣自最尋常的鮮花之美。

　　正是所謂有危險的美，便是這樣潛伏的恐懼隨時發作，里爾
克自己的死亡實踐，就是修剪玫瑰時，被花刺破手指，感染敗血
症而與世長辭。

異樣時空

書房故事

　　還不識字的時候，我就住書房裏了。

　　這絕對不說明我本人對書有著先天的強烈渴望與熱愛，實在是因為我們家太窮了，除了這樣一間佈滿書架的房子之外，再也沒有其他可以存身的地方了——父母都是教書匠，書本是他們的土地、陽光、糧食，把一些被稱為知識的東西，從書架上，搬運到教室、搬運到學生腦袋裏，就是他們的謀生之道。事實上，整棟房子，我父母具有署名權與冠名權的，也就只有那些架上的書，和上不了架的我。其餘的桌、椅、板凳、書架，還有床，甚至放臉盆的架子、門後面的衣帽鉤，都是公家的，都在邊邊角角的地方，用紅色或者白色的油漆，噴上了單位的名字，全稱，或者簡稱縮寫。如果搬家，他們能夠搬走的，也還是架上的書和架下面的我——也許，這是我與書本們和平共處最和睦的時期，我還不識字，我們在同一片藍天下互不相擾，同屬公有制經濟時代極少數的私人物品。

　　如此歷史背景下，可能很難對書房產生一個清晰明確的科學概念。因此，我從來不能正確地區別書本與現實的界線，不能區分在書房內外的生活。同樣，在現實與幻想之間，也無法保持適當的距離。這就像是一個夢遊的人，雖然周遭是真實無比的事物，但是他的身與心是分離在世界不同維度裏的。許多年過去了，我才發現，這種先天不足的物質匱缺的環境，讓我損失的最徹底的，還不是人情世故方面的分寸感，而是與周圍事物相處的根本的親和力——我不會講任何一種方言。長久的與書本同處一

室，沒有接受到直接來自於土地的語言，在無知無覺中接受的只能是被各種規範過的語言——一個不會講方言的人，是在任何土地上都生不出根鬚的人。

如今，用沒有原創力的語言回憶往事，不自覺間就可能是對讀過的某一本書中情景的複習和套用。比如記憶裏的書房，就非常類似於林海音的《城南舊事》，在人物與場景中，有年輕的女瘋子，有躡手躡腳的小偷，有良善的保姆，有廢墟般寂寥的院落——還有相彷彿的大背景：一個風雲變幻的動盪時代……

當然，這純屬巧合，林海音藉此懷戀的，是她自己的童年。而我更懷想的，是帶給我這一切的那個人，母親。她的時間終止在某個春天的上午，滿世界正颳著浩浩蕩蕩的風。風把她的時間吹盡了。從那一時刻起，我的時間地圖上的許多線條，都通向書房的門、窗和院落。那是我的時間開始的地方。

這也是我很長時間寫不出這篇文章的原因。情難自禁地對母親的追憶，讓我本來就不牢固的記憶力，不斷恍惚，不斷在恍惚間生出紛繁的枝葉，在母親與書房之間搖搖晃晃的往事的枝葉。母親與書房交替著出現，在遙遠模糊的地方懸浮著。記憶直接變成了一種疼痛。一種潛伏在記憶經由的所有視覺、嗅覺、聲音和詞語裏，隨時可能發作的疼痛。我費了很大的力氣，儘量地克制著時隱時現、時強時弱的疼痛，才努力地勘探出記憶中的物質成分，並且一一把它們落實下來。這樣的時候，我會很功利地理解普魯斯特，把記憶中的疼痛移植到紙上，會是比較有效的減痛法。

與母親在現實時空裏的關係的終結，使母親成為了我的無處不在的背景。空曠的，寥廓的，縹緲的，不可企及的背景。此刻，母親在書房深處。一間間連結過去，就是別人家的書房了。這是一個

非常狹窄、非常單調的世界，我曾經認為書架與書本，是同房子、樹木、圍牆、土地、冬天的雪花、夏天的雨水一樣，到處都有的。

但是，那時候視野裏身影最多的人不是母親，而是保姆，一個識字不多，牙齒也不多的老婦人，她用沾點唾液的手指，一頁頁拈開小畫書的時候，我的目光便忙碌地在畫書與她漏風的口齒之間往返不休，熱切地期盼著進入別人的故事中去。

那時候的每一天都無限漫長，常常要靠看樹蔭下的螞蟻打架，來消耗時日，假如能進入別人的故事中去就是非常幸福的時光了——對在書架之間生長的人，這是想像力最平庸的一類了。但是，這卻是我學習識字的原動力。

等到終於有能力獨自面對書本故事的時候，卻到了全中國孩子基本沒有書讀的時代。我們當時在中國最古老的教書先生孔子的老家曲阜，對這位老祖宗的批判，累及到其幾千年後的同行們。老祖宗廟裏碑匾破毀的同時，我們家的書也越來越少了。一段時間裏幾乎沒有。

不能讀書上的故事，就看現實裏的戲劇，看《城南舊事》的文革版。後來看北京孟京輝的先鋒話劇，不論多麼激烈與誇張的言行，都會生出舊夢重溫之感。文革版的一切，都有極飽滿的荒誕感。可是，並不僅僅因為歷史上的政治遊戲。

比如女瘋子，母親同事的女兒。一年四季著紅棉襖紅棉褲，頭戴紅絨線花。冬天裏遠遠就望見一堆花團錦簇，還不太覺得多麼奇怪。到了三伏天的大太陽底下，看見她在一大團紅棉花裏癡癡笑，便狀若厲鬼。依稀聽說，是因為戀愛不成瘋掉的。那是一場什麼樣的風花雪月？不知道。愛情與瘋狂，距離我們的心智與體能都還很遙遠。

　　距離近的是做小偷兒。有人在夏天最燠熱的夜晚，入室行竊，盜走某鄰人家最貴重的物品，棉被。大人們在說什麼虎落平川被狗欺，那家主人曾經是傳聞裏的鐵道游擊隊的幾個著名「飛虎」之一。那賊果然會飛簷走壁麼？於是興高彩烈地模仿。東家不偷西家不盜，專竊公家——一座落滿塵埃的圖書館。還根本不曉得孔乙己的事蹟哪，懵懂間就已經做出盜書不算盜的行徑了，真是天下書生心曲款通。打開一扇扇搖搖欲墜的窗戶，縱身一躍，就是一片書架的森林。啊？原來還有房子是專住書本不住人的！接著，小偷變成汪洋大盜。

　　小小偷兒拖著贓物，卻不曉得要藏好，管它看懂看不懂的，譬如一個書裏的莫名其妙的插圖，有人有猴非人非猴的，也好玩得很呀（十幾年後我與它再度邂逅，才知道那是赫胥黎的《天演論》）。這樣夜以繼日地尋歡其中，沒幾日，即被發覺被查處，罰做家務勞動好多天。我與書本有可能產生的最親密關係，從此在歲月深處斷絕。

　　此後的很長時間，我對書架森林與家裏的餐桌都失去了熱情，而對野生植物的興趣超乎尋常起來。在那座圖書館的外面，一片雜草叢生的荒蕪的大院裏，像神農遍嚐百草，我把無數種植物的葉、花、果、籽、皮、莖、根、鬚，統統都放進嘴裏嚐一嚐。奇怪的是，竟沒有給毒死，也沒有中過毒。至今，我對許多花的認識，不是色與香，而是口味，甜的、辣的、苦的、麻的、酸的……就是沒有鹹的，所以一直我都吃比較少的鹽，認為鹹是一種不太自然的味道。有一次人家叫我去欣賞曇花一現。也是在書房門前，月朗星稀的夜晚，豐碩的花苞已漫散出香甜的氣息，目不轉睛地等它的燦然一現，可是等著等著，鬼差神遣似的，我

竟伸手摘了三朵將開未開的花，蘯進了廚房，再轉入書房，即端給眾人一道現實主義與唯美主義相結合的革命浪漫主義大菜：雞蛋炒曇花。並附特別聲明：花兒絕對鮮嫩，都還沒有開過哪。

很長時候，我都是一個沉默寡言的人，而且，時常抗拒一日三餐，就如同抗拒那些令人不滿的現實。真正的讀書人，是用心智、用藝術、用憤世嫉俗來對抗現實的。而我的企圖，卻是在食譜上擴展我對現實世界的懦弱的好奇心。

這可以視作為我與書及書房關係的真實狀寫：貌似唯美，實則物質功利。而且，緣於行動能力的低下，我只能拿同樣沒有行動能力的植物作伐。至於後來的所謂好讀書，也不過是物質貧乏時代一種變相的貪欲。用別人的豐富經驗，餵養與填充自己營養不良的幻想。

物質匱缺、耽於幻想、想像力平庸、處世愚鈍，就是我的理想主義與唯美主義的全部基礎，除了待在書本間，或者偶爾地食花嚼草，又能夠做什麼？實際上，從出生到長大，從一個地名到另一個地名，我一直就是有書本的房子裏的附庸物。但是，如今想到這一切，不過是對其中某個地名與母親的紛亂的憶想片斷而已。那個地名，是母親一生與我相處最長久的地方。

而如今，我也算是擁有一處可以稱為書房的空間了，但它實際的樣子，更像是倉庫。我只有偶爾出入其間。而我與書本的關係，跟我與男人的關係一樣──我們對彼此都沒有幻想了。至少，是互相很少有影響力了。

這樣也很好，很平等，像是回到還不識字的時候，彼此互不相擾，又同在一片藍天下。

視線陡峭的閱讀：由茨維塔耶娃想到的

題記：

　　內心天賦與語言之間相平衡，這就是詩人

　　　　　　　　　　　　　　　　——茨維塔耶娃

1

　　把自己關在一個簡靜的世界裏流淚，為著茨維塔耶娃的一首詩，〈眼淚，眼淚，活命的水〉：

眼淚，眼淚，

——是活命的水

眼淚，眼淚，

——是美好的災難

你們從灼熱的核心沸騰起來，

你們從灼熱的歲月裏流淌出來。

上帝的憤怒廣闊而又慷慨，

人類也秉有這一點。

　　在茨維塔耶娃面前流淚，可以有非常堂皇的理由。

　　一個女人因為經歷過的痛苦與災難，就足以得到人們充分的敬重。雖然，這並不太能夠確定，人們敬重的到底是苦難還是女人。有時候，女人的種種個人不幸際遇也會喚起格外的同情，而

這同情的起落點，只不過是旁觀者潛意識裏居高臨下的個人處境優越感。但是，茨維塔耶娃所遭遇的的個人苦難，卻是她非凡才華的出發點，是她穿越一個時代，與人類共同命運的銜接之處。正是經由那些動盪的歷史時刻，她悠遠而遼闊的啼血歌唱，會成為人類的共同記憶。因此，諾貝爾文學獎得主布羅茨基，曾經在一九九二年的一次國際研討會議上宣稱：在我們這個世紀，再沒有比茨維塔耶娃更偉大的詩人了。此前，有人問布羅茨基，她是俄羅斯最偉大的詩人嗎？他的答覆是：她是全世界最偉大的詩人。

　　一八九二年十月八日茨維塔耶娃出生於莫斯科，父親是莫斯科大學藝術史教授，母親有波蘭貴族血統，是極具天賦的鋼琴家，她給孩子們講童話，讀詩歌，彈鋼琴，她在茨維塔耶娃十四歲時因病去世，但對女兒的影響持續一生：「有了這樣的一位母親，我能做的就只有一件事：成為一名詩人。這樣做是為了解除她給予我的才幹，這種才幹會把我扼殺，或者把我變成人類一切規則的冒犯者。」

　　茨維塔耶娃六歲開始寫詩，十六歲發表作品，十八歲出版的第一部詩集，已透露出其一生的藝術主題：生命、死亡、愛情、友誼、藝術、自然、上帝。一九一二年初，她與一名民粹派分子的後代謝爾蓋・艾伏隆結婚，一九一七年她創作了幾部詩化劇本，都未能上演；同年丈夫艾伏隆參軍應徵入伍，一去杳然。一九一九年秋，俄羅斯時局動盪戰火四起，她不得不把兩個女兒送到育嬰院，不久，大女兒病重被送回，小女兒餓死在那裏。一九二二年艾伏隆脫下軍裝流亡國外，茨維塔耶娃獲准出國與之團聚，在德國柏林生活了兩年半，後遷居法國巴黎，在那裏生活了近十四年。流亡歲月也是她的創作最豐沛的時期。其中，一九二六年春，經由帕斯捷爾納克的介紹，她與奧地利詩人里爾

克開始通信。隨後他們三人之間的通信，構成了世界文學史一段
奇異的三角戀佳話；那些紙面上的熱烈親吻和擁抱，近乎極致地
表達出人類情慾所能夠抵達的精神高度。一九三九年六月，茨維
塔耶娃帶兒子返回蘇聯，同年八月，先期回國的女兒被捕流放，
十月丈夫被控反政府遭槍決。一九四一年八月，德國納粹逼近莫
斯科，茨維塔耶娃和兒子移居小城葉拉堡，在那裏她期望能謀求
在作協食堂當一個洗碗工，但被拒絕了。精神與經濟的雙重危機
讓她徹底絕望，八月三十一日，她自縊身亡。時年四十九歲。

　　至今都有人說，詩歌讓茨維塔耶娃的生命輝煌，但為詩歌而
生活的信念把她推上了十字架。可是事實上，生逢其時，為不為
詩歌，都有數不清的無辜性命被犧牲。戰亂，從來不是因為詩歌
而興起的，但是戰亂之後，對它的記錄卻是人類恢宏史詩的基本
形式之一。詩人，是這一切無辜者最用心最動情的哭泣者；是所
有人類的孩子中，將哭喊聲傳遞的最有力最長久最遙遠的寵兒。
並且，以此成為下一次精神苦難與社會災害的預警人。

　　而在當時，詩人明智與絕望的選擇，殊途同歸於沉默。暫時
的或者永久的沉默。差不多同一時期，與茨維塔耶娃際遇極相似
的阿赫瑪托娃，正同樣以寡婦和寡母的雙重身份，繼續著她後來
最著名的組詩《安魂曲》的創作，那也可以視之其自傳：她的兒
子被捕了，她帶著給他的包裹，四處奔波，詢問兒子生死未卜的
命運。與茨維塔耶娃相比，安赫瑪托娃有著無限溫和的忍耐。在
長達十八年對兒子的等待中，她用詩歌濃縮著漫長的時代，也濃
縮了時間的煎熬。當然不是用筆和紙。它們只能寫在她記憶中。
而且，女詩人對自己的記憶也並不十分相信，它們還分別保存在
其他七位摯友的腦袋裏，每隔一段時間她便私下與其中的某人晤

面，請他或者她輕聲朗誦，做修改、定稿、重新記憶。始終，安
赫瑪托娃面對著現實，明晰地記錄與抒發，因之，布羅茨基形容
她的勇氣與從容，是「那一代作家中的簡‧奧斯丁」。在更多人
眼裏，她是「俄羅斯文學的月亮，是哭泣的繆斯」。

　　但是，茨維塔耶娃的性格孤傲、剛烈、極端，她不屑於這樣
的委屈：

　　　　我拒絕──存在。
　　　　在惡人的瘋人院裏
　　　　我拒絕──生活。
　　　　跟廣場上的惡狼在一起
　　　　我拒絕──哀號……

　　拒絕，就是茨維塔耶娃的命運，在國家、民族、時代這一類
的大詞之外。與之同時代的俄羅斯著名作家愛倫堡評價她：「始
終懷疑藝術的權力，同時又離不開藝術。」她一生追求的，是渴
望通過詞與詞的奇妙組合，來恢復人們在日常生活裏中斷了的內
在精神聯繫。這聯絡，首先是對身體的確定。

2

　　詩歌進入茨維塔耶娃的心靈，是通過普希金的肚子：

　　「普希金是一位詩人，而丹特士是位法國人。丹特士仇視
普希金，因為他自己不會寫詩，於是向普希金挑起決鬥，也就是
把他騙到雪地裏，然後朝他肚子開槍。於是，在我只有三歲時就
牢牢記住，詩人有肚子，於是回憶起我見過的所有詩人，我對詩

人的肚子，對這些常常吃不飽飯的肚子，對使普希金送了命的肚子的操心程度絲毫不遜於我對詩人心靈的關注。……確切地說，『肚子』這個詞對我有一種神聖感，即使是最常見的『肚子疼』也會讓我神情高度緊張，同情萬分，沒有絲毫的幽默感。這一槍著實打傷了我們所有人的肚子。」

這位在茨維塔耶娃的世界裏一出場就死亡，或者說，就已經不朽的普希金，當時，在茨維塔耶娃母親臥室掛著的一幅畫《決鬥》上，這是一幅只有黑白兩種顏色的畫：「在白雪皚皚的大地上進行著黑暗的勾當：惡棍成就了一件永恆的黑暗勾當——殺害詩人。」普希金正被兩個黑衣人架著拖向雪橇，而槍殺了他的人，背對他們，向畫面另一個方向走去，如同肇事逃逸。這個悲劇性的時刻，讓小小年紀的茨維塔耶娃，於一瞬間就建立起了她基本的生命價值和文學觀念；並且，通過肚子，一個小孩子能夠準確感認的具體部位，她清晰地確定了身體與詩歌的基礎關係、生命與精神的根本關聯，以及，彼此間的感情傳遞與深刻表達。

肉身的疼痛，總是對生命狀況的警醒，提示危險，也預示災難。而在人類的童年時期，許多起因不明難以具名的疼痛，有些，是在曲折地表達心理現實的困難時刻。

記得，小時候不願去上學就假裝過生病，「肚子疼」，也許是小孩子能夠想到的最原始也最智慧的方法。是不是每個孩子都使用過這種消極的法寶：用身體的即興病態，抗拒現實堅硬的秩序？

但是，對疼痛的準確感知與模糊表達，也需要有一個學習和練習的過程。

肚子疼，是它的初級課程。與感冒發燒相比，感冒要流涕，發燒則有體溫計水銀柱的測量，都不太好控制；只有肚子疼，它隔著

肚皮潛伏著人們對它的各種想像與猜測裏，比較抽象，也比較好操作，可以根據不同程度的需要，情緒化地靈活表達：只是有點疼，可能是著涼了，可能早餐不太好消化，可能吃進一口冷氣，可能寶塔糖正在打蛔蟲……總之，只要不用去上學就行，而不必看醫生。

同樣靈活而有效的，還有頭疼。那要稍稍長大一些才能學會適當使用。但我在分辨「頭疼」與「頭暈」上，曾經頗費力氣。至今，我仍然搞不太清楚自己對「頭」的發現，起先是通過它的「疼」還是它的「暈」。很有過一些具體而詳實的經驗之後，才知道，那種在腦袋內部兀自攪擾、鑽動、敲擊、震盪、跳躍、……種種的不能安然穩定，是頭疼；而讓人覺得身外的世界，不時在黑漆漆地底子隱隱閃動明滅不定的金星，還有不斷產生的旋轉、傾斜，倒塌，就是頭暈了。總之，它們是身體與世界的兩種不同方位形式，間或，交錯紐結如麻花，讓人疼一會兒再暈一會兒。似乎，在做人的虛偽性上，肚子疼比較原始而低級，而頭疼則相對進化程度高一些。也因此，在日常口語裏，人們多數會說技術手段上不好處理的事情「讓人頭疼」，也有不怎麼上檯面的心事棘手，偶爾地，才是「氣得肚子疼」。好像，頭疼與思想相關，而肚子疼與感情關聯。

現在我的身體已經自行領會並掌握了頭疼的要點與特徵，但是在實際應用中，肚子疼的次數與持續時間上，比例還是遠遠大於頭疼。這似乎表明，在我身體各種功能的智慧表現上，原始性依然占了上風。不過，這種原始性也處於持續緩慢的進化中。有時，它悄悄地朝著心臟的方向靠近，化裝成胃疼的樣子，時不時需要用手去撫一下，像是那裏面有一個不容易解開的心結。此刻，突然想到那個著名捧心狀美女西施，原來那類綿延不斷的疼

痛感，竟也可以是一種人生的扮相。後來，還真在精神分析學家書本上找到理論支持。據說，疼痛感由創傷、個性、處境三方面因素。疼痛程度取決於人的體質和精神狀態、受教育程度、家庭環境和社會環境。曾有一個極端的例子，說一個女人年輕時傷及坐骨神經，按理說必然會引發疼痛，而她竟沒有，及至五十年後她丈夫去世，半個世紀以前預計的疼痛才終於出現。醫生說，這些年她調動了中樞神經系統的能量，抑制住了疼痛，現在她的憂傷切斷了這能量來源。但是，更多的例子與之相反，有些人把暫時的身體疼痛感持續保持下來，當作一種多愁善感的生活方式。

此時，正是這些虛實難辨的肚子疼的經驗底子，茨維塔耶娃對普希金的回憶直截了當地喚醒我的本能通感：文學，正是我們身體的一種肚子疼，一種或短暫或持久的精神的疾病。是精神對身體現實的叛離。是身體對生活的不斷尋找和重返。是從疼痛出發，以毒攻毒，滌蕩進入心身的毒素（或者，它也可能是一種程度更深入的致幻方式）。

3

讀詩，但從不寫詩。讀，是因為愛，有許多模糊、混亂、蠻橫的愛的力量需要釋放；不寫，也是因為愛，深情、隱忍、抵制著魯莽而輕浮的力量的氾濫。但是，我愛詩人，愛得無怨無悔、無所期待、沒有條件；同時，也愛得自私、任性、勢利、放蕩、胡作非為。自然，會遭受朋友的抨擊。

朋友愛詩，只愛古詩；愛的詩人，只活在古代。那是一種純良而神聖的愛。如果需要在阿赫瑪托娃與茨維塔耶娃這同時代的兩位繆斯之間作選擇，她一定是前者的「粉絲」。

　　阿赫瑪托娃的詩，風格古典，格律嚴謹，韻腳整齊，措辭高尚，雖然身處亂世，但一生的主題是愛情，格調始終有一種高雅潔淨的「室內性」。即便是為俄羅斯民族命運代言的巔峰之作《安魂曲》，其寬厚而激越的抒情曲調，依然保持著她一生所努力嚴格遵循的「在人間作客」這種自我角色規定的詞語規則。從某種角度來說，阿赫瑪托娃是可以學習的，她作品中的美學趣味與人生況味，具有人們對國家命運和個人際遇的普遍理解。甚至，借助一些宗教情感的輔佐，再經過一些文學體例的練習，就可以形成一種風格化的範式，內容樸素，形式流行，成為較為規範、體面、有教養、有情致的公眾情緒通道。她對人們的同情，是深刻的；而人們對她的愛戴，是廣泛的。

　　況且，阿赫瑪托娃還擁有一個女詩人罕見的驚人美貌。曾有無數藝術家為她作畫、攝影和雕塑。而人們題獻給她的詩歌，加起來遠遠超過她自己全部作品的數目。這一切，使阿赫瑪托娃比茨維塔耶娃更為深入人心，也更為廣泛地流布於世。

　　茨維塔耶娃的形象則普通得多。她前額很高，眼睛很大，眼神卻迷惘無力，是個近視眼。她的言行往往又倨傲又羞澀，沒有鮮明的女性氣質。愛倫堡第一次見到她，正值她二十五歲風華：卻「頭髮剪成短短的娃娃頭，不知是像一位嬌小姐，還是像一個鄉下小伙子。」她非常崇拜比她年齡稍長的阿赫瑪托娃，後者詩作與彼得堡的關係，啟發了她要做一個莫斯科詩人決心。並且，她以一個天才對另一個天才的敬意，獻詩給阿赫瑪托娃，真摯地稱頌其是「繆斯中最美麗的繆斯」，是「金嘴唇的安娜」，名字深沉優美如同「一個巨大的歡息」。

　　然而，在這兩位惺惺相惜彼此充滿敬意的天才女詩人之間，最重要的區別，不是詩風和容貌，而是她們本人與時代和生活之間的關係。

　　阿赫瑪托娃本質上有一種由古典詩歌傳統裏繼承而來的樸素，始終表裏如一身心和諧──她的內心、身體與環境之間，沒有意識上的裂痕。她從不懷疑藝術的權利，也不會質疑詩人在生活的位置。她的詩也與她的生活同步，她與她的時代同步。

　　而茨維塔耶娃則時常陷入種種荒謬的疏離感中，內心難以獲得完整的統一感，從來就是「時代」的根本質疑者，曾公開支持《齊瓦哥醫生》作者帕斯捷爾納克在當時提出的聳人聽聞的觀點：「時代是為人而存在的，而不是人為時代而存在。」並且，以此作為對藝術的「現代性」的定義和命名。

　　今天，被普世藝術家們當作藝術真理的現代性，在茨維塔耶娃的時代，往往是藝術創作與人生現實的災難性。茨維塔耶娃格外敏感地意識到內心的種種裂痕，在自身與環境之間，人與時代之間，生離與死別之間，僑鄉與故國之間，還有，詩歌與生活之間，她懷疑：「詞能代替思想，韻律能代替感情嗎？」因此，她毫不猶豫地舉起詞語的利斧，砍殺人生的真相，也砍殺自己對生命的經驗：「詞產生詞，韻律產生韻律，詩行產生詩行……」這中間的精神增值何在？而「詩人的榮譽在我看來同廣告差不多，目的都是為了錢……詩人個人生活的醜陋，這代表了詩人整個生活的一半的私生活之醜陋，僅僅是詩人另一半生活的洗潔劑，是為了使那一半生活變得純淨。生活中很骯髒，詩稿上則是很純淨。生活中很喧鬧，詩稿上則是很寧靜……榮譽是有寄生性的。榮譽裏有什麼美妙的東西？只有這個詞本身。」

　　所以，在流派紛呈的俄羅斯文學白銀時期，她無黨無派，終生被流放在遍佈塵埃的詞語中。

　　這，是我對茨維塔耶娃的愛，也是我對詩人的愛。

　　詩人，是我一切紛亂複雜情緒的放逐之地。與別人對詩歌的淨手焚香的虔敬不同，詩人和詩，我都當作心身清理排毒的秘笈來用。甚至，有時就是以毒攻毒的大挪移，在那些善惡不可分辨的駁雜斑斕之境，找尋新的生命能量。我會把一切不合乎社會規則與感情規範的情緒，胡亂拋灑出來。反正，世間已有約定俗成的共識，詩人天生應該超越現實，言行中應該有比例適量的不正常。而這諸般的超越與不正常，正是能夠理解與接受我的紛繁情緒、不良感情、非分思想的基礎。然後，經由詩人與詩意的種種殺菌消炎清熱解毒，我再懷著一個清潔無菌的心靈，去繼續有浮塵繚繞的庸常人生之旅。

　　請原諒，如果您是一位詩人，而您又不能同意上述如此言行，那就對不起了，您就不是我所熱愛和需要的詩人，但這並不妨礙您繼續去做別處的和別人的詩人。反正，能夠找到被民眾愛戴和被民眾需要的詩人，都是好詩人。不然，便是披著華麗詞藻外套的偽詩人。

　　正是經由一個又一個詩人，茨維塔耶娃如一道審視的目光，漸漸迫近，刺穿生活，成為我內心疆域裏一個驕傲的標識。

4

　　讀茨維塔耶娃，有時候，會覺得正在與某些時刻的自己相對視：那種尖銳——首先是傷害到自己的尖銳；那種不妥協——與某些現實人物與事物對峙般地堅持；還有隱秘的激情——來歷不

明也毫無出路的寒熱症發作般的激情！當然，還要有孤獨──自
我承當的孤獨，不推諉感情、不肯與人分攤的孤獨。

　　但是，茨維塔耶娃真是驕傲，太驕傲了。不像阿赫瑪托娃，
懂得語態節制裏的人性張力與情感彈性，能用詩歌調動出世人共
同經驗中的感同身受，為她伸張來一個時代的正義和榮譽。一個
天才與其所處的時代，常常會有些彼此過不去的時刻，彼此之間
磨擦而產生的強烈電光，照亮了歷史的某個瞬間，也照亮了後人
的某種思想，而在當時，這一道道強光，卻註定是產生在無垠的
黑暗中。對茨維塔耶娃來說，時局的頻頻變故，更像是提供給她
做天才的一個時代背景，她拒絕縹緲的溫暖幻想，更不博取世人
的平庸同情，既使是抒發流亡異國的鄉愁，她也不肯向母語討取
虛擬的溫情：

　　　　我不會陶醉於祖國的語言，
　　　　也不會陶醉於它乳白的召喚，
　　　　使用什麼語言而不為路人
　　　　理解──在我全然無所謂！
　　　　（貪婪地吞噬報紙的讀者，
　　　　和擠奶工人混淆在一起）
　　　　他屬於二十世紀的人，
　　　　至於我──屬於所有的世紀。

　　這就像一個女人說她的愛情屬於所有人的時候，不會有人出
來表示感激的領受。其時，她正深陷孤寂，飢寒交迫，更沒有話
語權，就連同時僑居國外的俄羅斯僑民辦刊物，也不願刊載她的

作品。不過，茨維塔耶娃並不期待眾人的領受與分享，哪怕在死
亡面前：

> 我將乘車穿過一條條街道，
> 把莫斯科留在後面。
> 您也將步履蹣跚地跟在後頭，
> 但在路上卻不只一人落後。
> 第一個土塊將敲響棺材蓋，──
> 一場自私、孤獨的夢
> 終將獲得解答……
> 剛死的貴婦馬林娜
> 從今以後什麼也不需要啦……

　　當意識到莫斯科是她的詩歌之根時，她就如此驕傲地預設出
自己未來的葬禮。從此她什麼也不需要了，死亡，只不過是一種
終結孤獨的形式而已。她的詩歌與回憶錄《你的死》中，親人朋
友的死都與憂傷深邃的情感相伴，惟有對她自己的死亡預設毫無
傷懷，只有驕傲。

　　誰都看得出來，這不是一個溫潤如玉的完美女人，甚至不
是一個生活中容易與人相處的女人。但是，她對自己在世間的使
命，另有任職。普希金的肚子讓她發現了身體和詩歌的存在，俄
羅斯傳統童話裏神秘的「鬼」，讓她體驗生命與心靈的鏈結形
式。那也是她生命裏神聖的時刻，七歲，第一次正式做東正教
懺悔儀式，她驚奇的發現：「上帝是生疏的，鬼則是親近的；
上帝冷若冰霜，鬼則熱情洋溢。他們中誰也不善良，同時誰也

不惡毒。但我只愛其中的一個，另一個我卻不愛；因為我只瞭解其中的一個，另一個我並不瞭解。他們中的一個愛我，理解我」。並且，這個「鬼」「粉碎了我的每一個幸福愛情之夢，用那一套獨特的評判抨擊了我的愛情遐想，那驕傲的神情徹底擊潰了我的愛情幻想，要使我成為一名詩人，而不是一個可愛的女人。」

茨維塔耶娃未能成為向一個男人表示愛情的可愛女人，而是做了一個為人類表達愛情的詩人。在她的詩歌、散文隨筆、回憶錄、書信和戲劇，她的名字和筆跡經過的地方，我不斷地用黑的紅的綠的藍的筆痕，劃一下，再劃一下。一句，一行，一段，一頁，一章！思緒如一葉扁舟，緊緊跟在她湍急河水般文字中隨波逐流。這，絕不是因為她的文字有多麼了不起的優異，按照許多中外優秀的作文標準，她有很多可以商榷的表述句式；而且，她那難以阻遏的不斷噴湧而至的激情，從身體直接湧向筆端的激情，也使她字裏行間佈滿了令人疑惑與難解的間竭與跳躍。當她一九二八年出版一部詩集時，就曾有人如此評論說她的作品「充滿了真正的慾望，詩是如此豐滿，幾乎是令人驚心動魄的豐滿，以致於它們使脆弱的人都感到害怕——到了這種茨維塔耶娃拽著他們走的高度，他們連呼吸都不順暢了。」她情感的強度，也令人眩暈：「茨維塔耶娃的詩是不折不扣的最高意義上的色情之作，它們輻射出愛意並且滲透著愛意，它們向世界撲過去並且似乎想要把整個世界擁入懷中。」

對此，她的反應則是一種輕描淡寫：「我不是為眾人寫作，不是為某一個人寫作，也不是為自己而寫作。我只為事物本身而寫作。事物通過我的筆，自己書寫自己。」

5

　　在我近年的閱讀史上，茨維塔耶娃是一個過程完整的事件。
從突然奪眶而出的眼淚開始，經由童年記憶裏的肚子疼，她樸實
又尖銳的詞語，用幾個夜晚的長度，重新丈量與劃分了黑暗與光
明的昏晨時區。

　　尤其，是她的回憶錄。與其散文隨筆相比，前者比後者更接
近於通常讀者想像的散文與隨筆文體。而後者個性尖利的風格，
帶著對資質平庸讀者的不屑和拒絕。也許，由於時光的過濾和打
磨，她重返往事的筆調，不自覺間目光柔軟溫和下來：母親與音
樂，普希金與詩，恐懼與鬼，大海與水……溫情的目光帶來了溫暖
的語調，連同父異母姐姐對她的刻骨仇恨，也有著暖烘烘的溫度。

　　這仇恨，來自於血液中天生的激情，姐姐的母親病逝後，父
親娶了茨維塔耶娃的母親。這個熱愛藝術的母親，如同普希金詩
體小說《奧涅金》裏的女主角塔尼亞娜，鍾情而堅貞。茨維塔耶
娃在小說和自家身世裏發現、證實並實踐了自己一生的愛情模範
──先是勇敢而謙卑地表達愛情，然後再驕傲而堅毅地被拒絕。
愛倫堡旁觀她對生活的情感，總是「愛上了自己生活中的一切事
物，然而，是以分別，而不是相會；是以決裂，而不是結合去
愛。」

　　「愛，是無比珍貴的不自由！」茨維塔耶娃鄙視以詩人的名
義逃避生活，也不認為孤獨是藝術的綱領；雖然，這個該被詛咒
的孤獨，就是她個人命運的基礎內容。

　　由身體的具體疼痛出發，尋找現實生活的真實感情，在她記
敘的無數個生離死別中，有一位跛足女詩人：「在這位年輕的執

教於中學的跛足姑娘身上，蘊藏著一種非中學式的咄咄逼人、冷酷無情的稟賦。它非但不受跛足的牽制，反而如珀伽索斯（希臘神話中的飛馬）一般，在大地上疾馳如飛。這種稟賦原本孤獨地隱藏在深處，噬咬著燒灼著她的身體。」這超凡脫俗的高潔品格和自焚般的隱秘激情，近乎鏡像，映照出茨維塔耶娃，也會照出你、我或者其他什麼人：「對於裹在這具軀體當中的她而言，愛情是沒有指望的。不，更進一步說：是她身體上的自然表像，在證明著無望的愛情。」總有一些熱烈而頑固的感情，會進入到某些生命軀殼裏久久盤桓，不再離去。

　　似乎越是難以實現的愛情，越具有貞潔優雅的詩性。而對同樣不易獲取的金錢，人們的態度則全然相同。在愛情、友情、親情稠濃的地方，「金錢算什麼！別提它。」在文學的世界裏，金錢是一個多麼渺小、卑微、丟臉和無聊的字眼啊，它微不足道，代表著精神的空虛和行為的無聊。我見過太多視金錢為糞土的人。對金錢的鄙視，對他們並不困難，也沒有障礙——他們口袋裏沒有，心裏也就無處容納；好像金錢是人類文明的粗鄙的私生子，而對它的藐視精神，以及物質的窘寒現實，則成了其人類文明血系嫡親的清白明證。甚至，我曾看到他們用抽象的精神財富，委瑣微妙地移花接木，換算成了桀驁不馴的清高，偽造出一種對物質世界居高臨下的俯就感。

　　為什麼要視如之糞土？大家知道它明明不是。如同侮辱一個美麗的女人是婊子，而來自每個人類排泄物的糞土一詞，在此間也飽含意淫。為什麼不能把錢當作錢，就像把人當人一樣？

　　我相信金錢也有它自己的尊嚴。為什麼對金錢的誠實就比對藝術的誠實廉價？如果說，金錢是手段是過程而不是目的，那

麼，藝術哪？它的偉大的要實現的目的是什麼？金錢是一個讓無
數詩人或義憤或沉默或故作不屑的詞，只有茨維塔耶娃老實不客
氣地說：「當我完成一部作品時，將它送到別人手上時，我到底
想得到什麼？我的朋友，我想得到的是金錢，而且想儘量多得一
些。金錢使我能夠繼續寫作。金錢將是我明天的詩作。錢使我從
出版商、編輯部、房主、店鋪老闆和捐贈藝術的慈善家那裏贖回
自由的心靈，金錢是我的自由，是我的書桌。金錢除了是我書桌
外，還是我詩作的風景畫，是我創作『忒修斯』時熱切期盼的古
希臘景致；是我即將創作『掃羅』（古以色列第一代國王）詩篇
時如此嚮往的巴勒斯坦的土地；是那駛向遠方，奔向廣闊的大海
的輪船與火車。」是啊，金錢和藝術都讓人奔向無盡頭的遠方。

　　但是，人世間最遙遠的地方，卻只有語言能夠抵達。那也
是茨維塔耶娃的目的地。她一生都渴望用語言的力量進入現實生
活內部，並在那裏建立一個新的王國：「來自外部的一切饋贈對
我都是有益的，因為我置身於身外世界，就像一粒塵沙一樣渺
小。而對於我來說，這個外部世界是一刻也不能沒有的。不能輕
描淡寫地談論失重現象。我的目的便是給事物以重量，使之確立
下來。為了使我身上那『輕飄飄的東西』（譬如，心靈）具有分
量，必須從外部世界的語言辭彙和生活習性中獲取點東西；必須
獲得為世界所公認、所確立的重量標準……對於詩人來講，最可
怕、最兇惡（同時也是最值得重視和尊敬的！）的敵人就是外在
的東西。詩人只有在認知的過程中才能戰勝這個敵人。將可視的
外在現象征服，使之服務於不可視的內在情緒──這就是詩人的
生活。」為此，她保持著高度自覺的意識和挑剔審慎的目光，時
刻警惕著語言的失衡。

　　然而，語言的失衡，在今天，不僅是社會貧富不均狀況的簡易口語版，也是畸形繁榮的文學現實。曾經，在電話裏聽一位作家抱怨人們給他的掌聲不夠熱烈，言辭如同一個被時代拋在後面的棄婦，聲音裏滿是怨怒和忿恨，而且一再說明其作品如何如何地具有「真先鋒性」和「大悲劇性」。聽著聽著不禁啞然，就其品質而言，先鋒性與悲劇性兩個詞，已屬不達標濫用了，卻仍嫌不足，再冠之「真」和「大」的分量。往後，如果再不夠哪，是不是像毒癮深重的人，需要不斷地加大劑量，真真先鋒性，大大悲劇性，直至，真真真……先鋒性，大大大……悲劇性。

　　這差不多是我們已知的現實語境悲劇了。語言豐富的內涵與層次，被稀釋為扁平化視覺圖，語言的微妙意味和刺激性，由於不加限制與限量的使用，敏感度大大降低，甚至成為完全脫敏的娛樂脫口秀。人們那些欲辯忘言欲語又止的真摯思想與樸素感情，還能靠什麼來傳遞？

　　也許，只有回到茨維塔耶娃了，回到在所有時代流浪的語言的鄉愁裏：

　　　我在時代旁邊出生
　　　你的願求徒勞無益！
　　　不過是片時為王……
　　　時代啊！我走過了你。

不同時段的敬和愛

　　近來閱讀經歷中，比較興奮與放肆的，是芥川龍之介；而收神斂容潛心靜讀的，是王鼎鈞先生。對芥川，大抵可以說是有點愛欲；對王鼎鈞先生，則不敢動用這樣誇張佻達的字眼，而是一種深深地敬意。

　　已知的芥川龍之介，是兩年前從朋友處討來的，中國世界語出版社一九九八年的兩卷本，小說與散文各一卷，收的都是他最著名的作品，比如被黑澤明演繹過的《羅生門》。從中得知，芥川似乎先天就具備優秀作家內在的分裂感與擴張力：對世界的秩序有著某種嚴謹的內心要求，而文字之間，卻無處不瀰散著一種不羈的浪人氣質。也因此，會隱約地生出私情般的愛，即興隨意的、潦草凌亂的、語無倫次的、一見鍾情的、不排除始亂終棄的，愛情——有似曾相識的親近感，來自芥川文字表達出的生命特質——與這個世界某些隱秘邏輯的糾葛不休。他的失戀、孤獨、冷漠、騷動、苦悶、厭世，也都是文學青年曾經熱衷的生活體驗。

　　當然，一定還會有一位尚未被知曉的芥川，在《芥川龍之介全集》裏，是山東文藝出版社的五卷本，每本都有厚厚的八百多頁，像是夏天可以隨時潛身往返的午夜假面舞會，可以處處與熟悉又陌生的魂靈，相逢相識相見歡。

　　讀海外華語世界裏的知名作家王鼎鈞先生，則是讀做人處世的規矩。老先生並非行文立規矩，但筆觸所至，時時處處讓人懂得，世態常情確有規矩在；也曉得了我們這一代，甚至包括我

們的父兄們，如何在五四新文化運動一次又一次地衝擊之下，從古老而美好的傳統裏，一節節地蛻變而出，終於以支離破碎的面孔，零零星星地與傳統文化的嫋嫋餘韻倉促邂逅，誠恐誠惶中時時多有唐突。

與王鼎鈞先生亦是如此結識。得緣，在某年秋天的齊魯晚報國際華語作家筆會上，與著名散文家劉荒田先生相識，承蒙他的熱忱，打探得王老先生的近況。曾聞得他是海外極富聲譽的散文大家，山東蘭陵人，抗戰末期棄學從軍，後赴臺灣，年過半百後移居美國，著作散文、小說和戲劇近四十種，風格多樣，題材豐富，是海外華語文壇公認的重量級作家。如今，他已經是一位年過古稀的老者，鄉愁濃厚，但身體不大經得住千里萬里回鄉路的顛簸了。奇怪的，在故土家鄉，王鼎鈞聲名卻比不過詞藻華麗寫了一首短詩〈鄉愁〉的余光中。於是，請劉荒田先生從中協助，想著儘早儘快盡可能的，讓的作品回到故鄉。這便是此後青未了副刊上陸續刊載的《未晚隨筆》。作為報紙文學版編輯，那可謂是幸福的時刻。除了職業上的得意之外，更重要的，是他的作品，修正了印象中對散文作品的某種標準與成見，懂得了人情世故對於文章家的真正意味。有時候，文筆優美不過是中小學生作文的標準，而有見識有情趣，方是書寫要義。

但是，另有一種程度更深入的震動，則來自他的回憶錄四部曲之一《昨天的雲》和之二《怒目少年》。兩部書的來路，亦帶著溫潤謙和的君子風韻。此前，在電子郵件來往中，偶爾曾表露過想讀到先生他新著回憶錄的念頭，三四月間，突然接到來自臺灣的一個橘黃色的大郵包，兩部書中，還附著爾雅出版社的出版人、著名作家隱地先生的信，說這是王鼎鈞先生特囑他，新書

甫出旋即寄往。而它們帶來的閱讀經驗，則是曠世的傳統鄉土
文化斜陽裏的脈脈餘暉。儘管，那是一個國破家亡民族危難的
時代。最切膚的體會，與正在做散文集《情人眼》責編的吳兵
交流，則是我們這一輩的無知與無禮，想想與老先生郵件來往
中的言辭，無論如何用心，總脫不盡底子上的傲慢、幼稚與莽
撞，不得不向老人家坦白：在這樣溫文爾雅的字句面前，我們
就像是未開化的野蠻人！似乎，這也可以沿續至他筆下動盪歲月
裏的國民性。

　　對王鼎鈞先生的敬意，也因閱讀的展開而漸漸深厚濃重。
他記述的童年和少年，是從一九二五年出生到一九四五年抗戰勝
利，他說「我不是在寫歷史，歷史如雲，我只是抬頭看過；歷史
如雷，我只是掩耳聽過。」但是，那些煙雲與雷鳴，今天依然在
我們的天空中變幻。

　　比如，抗戰時創辦國立二十二中學的李仙洲將軍，在書裏，
是神一樣人物，英武、神氣、有膽識、有情義，救助了當時一大
批山東淪陷區失學青少年。可是，在上世紀八十年代中期，有機
會見到他時，剛做學習著上崗的體育記者，對他的採訪，就是他
為什麼能活得這麼長久。那時，他已經九十多歲，對他歷史背景
的瞭解，僅僅來自電影《南征北戰》裏的敗將李軍長，像一個卡
通人物一樣誇張地負隅頑抗，聲嘶力竭地命令加乞求：「兄弟
們，堅持，堅持最後五分鐘。」當時，看到這位慈眉善目的老人
家，最想問的是：果真有這麼一位軍長嗎？但是，問出來卻是：
您的養生之道是什麼？沒有經歷情感的教育與措辭的教養，我們
對有呼吸有體溫的歷史人物，像對發黃紙頁與膠片上的歷史一樣
無知與粗魯。

　　猜想老先生選擇《情人眼》（山東畫報出版社）當作在山東老家出版的第一部作品，大抵也情有獨寄之處。從書裏獲知，他的抒情，亦是「心情微近中年」才開始。中年，總該是知曉分寸與本分所在了。是不是正因此，愛芥川，屬尚存青春晚期心態；敬王鼎鈞先生，則是已近中年正午心境了？

穿過你的黑雲的我的血肉之軀

　　海外作家王鼎鈞先生回憶錄四部曲之三《關山奪路》，對喜歡讀史的人，深具挑戰意味：有史料，而無史觀；有生死經歷，而無是非論斷。即使，是不講究史觀的人，也另有一番生逢亂世的旨趣，回到一個烽火連天的歲月裏，將心比心，以命索命，隨著一個流亡文學青年，做種種苟全性命狀，同時，重建為人處世的立場。

　　讀它，偶爾會想到日本學者竹內好眼中的魯迅：「歷史並非空虛的時間形成，如果沒有無數為了自我確立而進行殊死搏鬥的緊張瞬間，不僅會失掉自我，而且也將失掉歷史。」那是一個時時刻刻處於激烈抗爭又彷徨無措狀態中的魯迅。魯迅並不是王鼎鈞喜歡的作家，流亡中的文學青年王鼎鈞讀到他的時候，他已經是駕鶴西行的大師級人物，早已不再彷徨，被鑄為旗幟般的民族魂了。從小接受基督教家庭教育的王鼎鈞，不喜歡至死「一個也不饒恕」的魯迅，除了作家的天性氣質不相符合之外，魯迅也不如擅寫流亡的郁達夫對那時的王鼎鈞妥貼實用，「郁達夫教我們怎麼流亡，怎樣在流亡中保持小資產階級的憂鬱，無產階級的堅忍，資產階級的詩情畫意。」但是，那一個個魯迅曾與之殊死搏鬥追索自我的歷史的「緊張瞬間」，在王鼎鈞的流亡路線圖上，亦是無時不在的慘烈現實，做什麼品質的人，做什麼格調的事，彼時，心靈圖就是生死路，千千萬萬的王鼎鈞們如飄蓬浮萍，進退失據，承受著比魯迅當年的彷徨更具體而實際的歷史辛酸和沉痛。

記得羅大佑有一首歌，叫做〈穿過你的黑髮的我的手〉，照例是曲調很抒情，情感很掙扎的羅式風格，此刻，目睹青年王鼎鈞在他的時代裏面的六千七百公里穿行而過，也是文字起伏，情緒延宕，處處可見精神創痕的糾葛紐結。他是用個人的血肉之軀，來穿越歷史的槍林彈雨。然而，就像歌裏吟唱的主角並非那隻「手」，王鼎鈞特別強調這煌煌幾十萬字的著作，不叫自傳，叫回憶錄：「我是借自己的受想行識反映一代眾生的存在。希望讀者能瞭解、能關心那個時代，那是中國人最重要的集體經驗。」這經驗，與正在被熱播電視連續劇《亮劍》和《歷史的天空》交匯重疊，僅僅，幻化為大英雄熱血賁張的人性一側。

山東蘭陵籍的王鼎鈞，一九二五年出生，一生顛沛流離，離家、離鄉、去國，如今定居紐約，是馳名海外的華語世界重量級作家，其零星散佈於故國鄉土間的作品，多是重親情富禪意的文字，帶著溫暖的勵志況味。他的回憶錄第一冊《昨天的雲》，寫故鄉、家庭和抗戰初期的遭遇；第二冊《怒目少年》，寫抗戰後期到大後方做流亡學生。這兩部讓人讀到中國人日常生活文化傳統如何在支離破碎的國土上，如星殘火燼，使與傳統文化氤氳睽違久遠的讀者驚歎不已。而第三冊《關山奪路》，距離上一部出版相隔十三年，作者自稱是「磨了十三年的刀」，它的出版人、臺灣知名作家隱地則說：「王鼎鈞在使用他等了一輩子的寫作自由。」書中處處有揭露大膽和批評犀利，立場卻是「出乎其類，拔乎其萃」，向世人表明了一個優秀作家與他所經歷的時代之間，最為豐沛飽滿的書寫可能。危機、衝突、命懸一線與荒誕不經，既是普通人的命運，也是動盪時代的本質。人類歷史的轉捩點，是大人物們講動機的周旋處，落到小

人物的存身地，則處處是在大人物動機的實際效果裏輾轉求生的受磨難。

　　大時代的蹉跎與小人物的多舛，是作家們普遍熱衷的文學母題，年逾八旬的王鼎鈞也還繼續著，親歷歷史的底下，是文學對他的時代與人生的深刻慰藉：「以後我還要寫第四本，寫我在臺灣看到什麼，學到什麼，付出什麼。我要用這四本書顯示我那一代中國人的因果糾結，生死流轉。」而讀者在哀痛的歷史因果難辨之際，順其文勢開闔起落，體驗到的，恰是王鼎鈞心目中的某種文學理想狀態：比如「小說，尤其是長篇小說，常常要糾纏不清，渾沌不明，敘述的過程即是風景，過程比目的更重要，『感覺』比理解更重要」。

　　往往，這也正是人們感受歷史真實的「信」與「達」時刻。

黃發有在濟南的課外活動片斷

　　黃發有博士一九九九年秋天來到山東濟南，不久，在本埠晚報副刊開設專欄，曰《紙上的故鄉》，每週一刊，都是客家人自古至今的傳奇，滿紙煙雲，筆法從容老道，又詩意端然，讓一向被通俗報紙副刊文風輕薄慣了的讀者們，一時為攪擾其中的歷史溫情與文字神性，大為顛倒。不時，就有男有女有老有少，尋至那編輯處，表示要或寫信或致電，或者「找個清雅場所，邊吃邊聊」──都渴慕認識認識「黃老先生」。

　　伊時，這「黃老先生」還真在友人前面時不時地滄桑感一下，且態度極誠懇：「老了，老了，真是老了，我今年都過三十歲生日了，已經三十多了。」給眾人又可氣又可樂：人家都是倚老賣老，他這簡直就是倚少賣老──最常碰頭聚飯的一圈兒人裏，他年數最小！大家索性就「黃老，黃老」地叫了他好一陣兒。反正，他確有一種溫文爾雅嚴謹守信的老派知識份子的氣質。

　　學問大而年數小，其間做人做事的心理空間也許就多幾層張力。他做大學教授，聽說他批作業格外反抄襲，與學生交流格外坦誠，態度並不格外親切。想想大學校園裏，現代派小後生們多半處世機靈，而三十多四十多甚至五十歲還在讀研攻博的蒼茫面孔，對待青年才俊也往往油滑。黃發有那時常常叫嚷的「老了，老了」，現在想想，可能有一點自我警惕與自我提醒的意思吧。但，這只是一種猜測，沒有問過他。

　　倒是他會常常問眾人，叫眾人猜。大概，做教授也不能老
是很嚴肅，終於還有一些繃不住的性情。有一陣子，他似乎熱衷
於腦筋急轉彎。比如，他先笑嘻嘻地設置問題：說現在有一隻老
虎，是和你同一條道路上朝著同一個方向走，你是願意走在老虎
的什麼位置？Ａ：前面；Ｂ：後面；Ｃ：並肩同行？聽者皆愣一
下，有人質疑：這算什麼問題，有點八卦呀？他便煞有介事地解
釋：這是測性格的、或測情商測血型星座的之類之類。並且也很
誠懇地表示，是有點八卦，接著又跟上一句挺玄的：它也有點道
理的。於是，大家便在他逐一垂詢下，依各自喜好選定ＡＢＣ。
然後，他的笑意就詭譎起來，還有點抱歉似的羞澀：嘿嘿，不好
意思。標準答案揭曉，大家哄然嗔之，原來，根本不管什麼性格
情商血型星座之類的事兒，只是憑著他的智商，設個無厘頭思維
陷阱，促狹一回。

　　如此兩次三番下來，對這個腦筋急轉彎時期的黃發有，都
提高了警惕，每次他笑嘻嘻提出一個好玩有趣的選擇題，上過當
的人，都矜持無語作壁上觀。但他卻頗能會心會意地向無語者笑
笑，將之引為同謀，一起看答案揭曉時的嗔怪笑話──沒辦法，
比較常聯絡的一群人裏面，誰讓黃發有是那個最聰明的？鄰校一
個跟他著名程度差不多但比他老幾歲的年輕教授，家裏的電腦出
毛病，常常指定黃發有做維修專家。互相交流什麼網站上有什麼
樣最新的最好玩的事情，更是他的長項。對大家奉若神明的網上
事宜，他總會眼睛眯一眯，不以為然的隨便一說，就破除了一個
迷信，我們私底下再交流時，就互相背誦黃發有語錄。友人甲
道：發有說這樣這樣。友人乙道：發有那樣那樣說。有時，發有
甲與發有乙內容衝突版本不相容，甲乙就一起沮喪和惆悵，更覺

得他厲害：什麼時候我們能像他那樣資訊廣闊，又學有專攻，還會百般變通？

　　然後，我們大家一起進入黃發有的短訊時期。幾次開會碰到，臺上講得無聊，台下聽得無奈，咫尺之外，發有的短訊笑話啟動。散佈會場各處的幾個人，一個個大姆指亂忙，轉來轉去，常常，都是從黃發有那裏批發來的。誰的手機短訊笑話資源枯竭了，就會問：發有，最近有什麼好笑話。他也可能會說：嘿，近來好的真不多。——他對手機笑話也是講究「信、達、雅」的，有專業精神。

　　真的，別看他常跟大家嘿嘿地笑著，心無芥蒂，時不時，就聽到他極尖銳清冷的學術聲音，夾在各樣各種的轉述與反響之中，熱熱鬧鬧地喧囂一陣。二〇〇三年，他的《真實的背面》一出，《小說月報》、《小說選刊》和《中華文學選刊》國內三大小說選刊，均為他的評析觸動，一一出來表態；二〇〇四年各種文學獎項湧現，人們多叫好，他卻說，文學獎以前是意識形態作用多，現在又多了商業化侵蝕，更有說不清道不明的人情在裏面；新概念作文，他是評委，說話也不客氣：有些作品連模仿都不是，八〇後還需要用實力證明自己；還有文學期刊的現狀、中篇小說的出路、網路暢銷小說的價值……在這幾年的一切文學熱點中，差不多都能聽到他有點特別的聲音，但距離那鬧哄哄的新聞現場頗有分寸，挺卓然的。而且，語音專業，無雜質。

　　只有點奇怪的是，他這麼一棵南方嘉木，在濟南這個格調散漫的北方城市裏，看上去獨秀於林無枝無蔓的，可有一些頗有響動的文化新聞事件，最初卻是他漫不經心了無痕跡地接緣於中的。像山東報紙發行最大的一家報社舉辦的世界華文作家筆會，

他應是始作俑者之一，雖然從頭到腳他無影無蹤。他的課題裏，有對現代傳媒的研究，曉得其命穴軟肋何在，卻並不像一些同類研究者，以為掌握了獨門秘笈就出來笑傲江湖。如今頻頻亮相媒體和頻頻痛罵媒體的教授一樣多。黃發有之於現代媒體，是冷眼關注靜心研究，而從他與媒體的自覺疏離狀上看，隱約還有一種極質樸的悲憫──不僅是對媒體，也是對整個世界。

　　總之，眾人對黃發有教授佩服得緊，平素裏與之交往，卻偏偏拿出一副不太當回事的尋常架式來──不敢表示崇拜。搞個人崇拜，不論對誰，他都不贊同。具體到他，一則是出身客家人，客家人身世漂泊，崇尚獨立與自由，拒絕給別人當偶像；二則曾經聽他表示過，要做老派的君子，而君子不黨，也不會叫人們因為崇拜他而拉幫結派。

　　關於黃發有的客家身世，在上個世紀的部分，中國近現代史上一些著名章節裏的遠景場面有所呈現。在他血液的上游，曾有一些歷史劇似的人物命運戲劇性跌宕起伏。跨過這個風雲變幻的百年再往歷史深處看，建議閱讀黃發有學術隨筆集《客家漫步》，在書裏，黃發有與他的祖輩先人、童年記憶、故土鄉親一起，在過去了的遼闊時空裏沉浮。文風深情，而節制；思緒冷峻，又溫暖；很好看。是一個跟書本外面不一樣的黃發有。書外的黃發有，跟友人在一起，基本上是一個客家文化形象代言者，目力所及，很少有事物能逃過客家文化遺痕。到一家餐館，菜單剛打開，就說：這個是客家的。改天換一家店，還來不及坐下，指著人家走廊裏的小擺設：這也是客家風格。一次去K歌，他唱閩語歌，雨季流溪一樣嘩嘩歡淌，大家誇獎說：真不錯呀發有。他不緊不慢地一嘿嘿：當然，這是客家的。

　　此後，大家各忙各的，竟許久未謀面。再見到他，已經是過了一個大年的春節之後。一眼能看出來的變化，發生在髮型上，從原先有些走直線拐直角的個性強調，柔順了不少，有點順勢而下的意思了。臉上依然掛著不緊不慢的笑意。笑意裏，高智商的促狹，也像髮型一樣就勢梳理下來了，另外多出的來一層寬厚的包容。至少，在我們說一些比較笨的話時，他笑容裏譏諷的成分，不那麼直接了，依然會心會意，理解地笑一笑，是溫良恭儉的底色。

　　他已經升級做了黃南北的爸爸，這是他又矜持又驕傲的事情。剛說了一兩句，他就說，自從我在家裏抱孩子之後，就沒有見過你們。給他這樣一說，讓我們生出一些愧疚來，雖然，我們也積極參加過對他女兒這個名字的討論，但對黃南北父親當年的擇偶問題，並沒有提供太像樣的建設性意見，還老拿時下一些什麼白領呀麗人呀之類的時尚概念企圖干擾他，可他始終都沒理會這些浮淺的干擾：我就是一個老派的人，就要找一個讀書的女子。如今，黃發有的願望已經修為正果，還結出了一朵可愛的花。

　　某天，與他通電話，這端話說完等著對方說，半天沒聲音，以為是線路出故障了，使勁喂了兩聲，才聽到他克制地回覆：在聽，在聽哪，在餵小孩吃奶哪。應該對這端的莽撞有點不悅吧。這端趕緊抱歉地恍然重複：在餵小孩吃奶呀。那頭說：她喜愛一手抱著奶瓶一手抓著電話線。嘿嘿。

　　這一聲「嘿嘿」，音節徐徐拉長，語速漸漸放慢。像是歲月長河的小浪花嘩啦一響回閃一段慢鏡頭，「黃老先生」來到山東濟南，轉眼間，幾年功夫就過去了。雖然，他還是一點兒都不老。

　　只是又一轉眼間，他已經離開濟南，到南京做博導教授去了。

詩意繪畫的實踐者

　　最初遇到王勇的畫，是在朋友開的書店裏。那天因為與朋友有一個小聚會，到了那家書店的三樓，只覺得那空間比平素更零亂或者潦草一些，及坐定了，聽人閑說，眼睛就碰到了它們，先是東面的牆上，不知為什麼覺得自己坐姿稍有點擠似的，扭身側一下，視線在西面牆上，又被撞了一下，不軟不硬的，而且是從很多的方向上來的。心說，是誰啊，把畫掛成這個樣子，太擁擠了。再四下裏張望，似乎在向南一面有窗的牆壁間，也有，但是不太確定，因為是背向南坐著的，可能會扭扭頭，全然轉身的動作像是沒有過。

　　席間，有人就某本書的事情講套話，聽不聽的都一樣，心緒便極散漫，目光有一搭無一搭地在畫間跳來跳去。畫面上無非是花、女子、風景，油畫尋常的內容了。

　　但，幾眼看下來，就有點想笑，曉得一進屋子那凌亂或者潦草的所在了。是因為它們，對這屋子的一種非常直接的定性或定調。而在當時，花們的熱烈色彩，風景們的很印象派的印象，又都被插身其間的幾個女人當作了背景。於是，這空間裏便因為它們的放射性元素，被東一道西一道地切割開不少層次來，而那幾個女人，最抓人的（是「抓」人，不是「撩」人），是她們的眼睛，都是形狀大大，眼神直直的，可是，你不會感覺她看到你，那神情似乎已經劃開眼前的空間，穿越過去，到了一個不知什麼所在的地方，正做著明淨又喧嘩的夢。是，喧嘩，畫裏有很大的聲音哪。只是，也並沒有通常這類畫中人物的甜媚的幻想狀。不禁多看幾眼，心裏生出

喜歡來，覺得這大睜著眼睛的女子們，從畫圖上浮凸出來的時候，個個都理直氣壯的。或者，有點像那種生性淘氣的小男孩的信手塗鴉，一筆一筆抹下去，他相信他筆下再現的就是他看到的事物本身——還沒有經過成人的風情化處理的事物本身。

向朋友問及此畫，卻被其反問：你看這些畫覺得如何？

大抵是為了表敘上的方便吧，就說一句：哦，挺有自己想法的，顏色用的挺乾淨也挺響亮，有點像馬蒂斯。

這時提到馬蒂斯，只是因為模糊地記得，好像馬蒂斯是那一批世界級大畫家裏畫圖極具質樸感的人。而這些畫，自然類原有色彩較多，過渡調的色彩少，或者說，用我們熟識的自然色彩多一些，而那些因人們現實曖昧心緒需求而調製出來的中間色彩少一些。友人的態度，似乎也在這色彩印象上應和著，彼此還說些什麼不記得了。

至於牆上的畫，卻一直一直在腦袋裏晃呀晃的，直晃成一片片印象派似的色彩。

所以，上面的這番記憶，有哪些是原初的，哪些是見到畫家本人之後，又轟隆隆地從記憶庫存底部翻捲覆蓋上來的，已難以辨識。

但是，卻明白了一件事，那就是他的畫，從一開始就是與空間有關係，有所交流，甚至，有侵擾空間的力量。也許，跟我的長於情緒記憶有關，我記憶色彩，是記憶色彩本身的力量感。

此後過了很長一段時間，被朋友帶著初到王勇的畫室。交談之際，驚訝不已於他的天真。天真在我看來是一種品質，而不是可能修養與營造的境界，而他能很自信地把這天真記錄到對女人形體的認識上。那天他還拿出了自己的詩。在他的一組詩裏，語

詞景象也如廣角的鏡頭，很開闊也很有細節地敘述了與他內心對應的世界和情感的風景。從這些長長的詩句間，還可以讓人感覺到他對遣詞造句的某種熱忱與耐心。原來王勇早年在朋友中是以詩人著稱的，他在我們日常所居的都市生活裏，盡其最大的可能使用著現代漢語最恆定的語義區域，認真而苛刻。這讓我對濟南的深度，產生新的理解。他是我對濟南的一個發現。

當天的夜晚裏，那些畫，花朵，女人，港灣，居家生活……還有架上的素描，一次次浮蕩在光芒震顫的眼睛裏。像對文學作品一樣，在記憶裏歸類，發覺他的題材並不多。但是，這題材不多的畫們，卻每一張都有那麼多的話在說。腦袋枕下的，不是尋常的枕頭，而是那些畫裏的語言，在這簡靜的夜晚裏，正在茂盛生長著的語言，色彩繽紛的強烈敘述著什麼，彼此間，還不時的提高聲線，放大聲量，爭搶般地說。唉，吵死了。翻一下身，又發覺眼睛裏也擁擠不堪。色彩如洶湧的河水一樣，迴旋著奔騰而至。

然而，這樣的視覺與語言表意上的吵鬧，卻是讓人會心會意極為有趣的，似乎彼此在概念上有著不言而喻的通、透、達。拂落蒙蔽在種種僵化的詞語上的概念的塵埃，似乎，是我們各自對自己的都有要求的人生任務，或者藝術使命。

比如，王勇認為每個人都會畫畫。

是嗎？我懷疑，我更相信天賦的力量，上帝給予的力量。

於是，王勇問：繪畫是什麼？

繪畫是一種視覺經驗。脫口而出，沒走腦袋。

顯然，這是一個大而化之的公共概念，它既沒有具體的疆域邊界，也缺少內在的功能上的穩定性。沒有邊界，也就沒有具體內容所指；缺少穩定性，也就無力支援功能的傳遞。

　　然後，王勇從他窗臺改製的書架上取出馬蒂斯的畫冊，翻到《啟航》那一頁，來說明繪畫在定義上的飽滿內容。

　　那幅《啟航》，畫面上只有極簡單的藍白二色，大小三角一對。

　　但是，卻百分百的符合定義：

　　色彩關係，空間關係，有構圖，有面積和體積表達，有明暗，有大小，有點、線、面……總之，這裏面，有一種很完整的敘述內容與言說方式的關係。至此，也就知道了他的畫之所以語言豐沛，果然是從基本概念上自然生成而來的。而且，他已經以此方式告訴了我什麼是繪畫，剩下的，無非就是往這個大框子裏添一些分類的方式罷了。

　　例如，以品類分、以材料分、以題材分、以功能分……可以按照任何一種需求而分類了。

　　由此想到，這個定義，其實是規定了事物語言意義的最小值和最大值之間的範圍。藝術語言的最小值與最大值，某種角度上講就是，最小值以下，不達標，完全在藝術門檻之外；越接近於最大值，藝術的品質越純良，而向最大值的衝擊，就是創造力的問題了，看它推出什麼樣的新的領域和高度了。

　　那一時期，我正與一個朋友嘗試著在文學的某些區域內談論著「文體」與「文體意識」的種種概念，事實上我們是企圖以談論概念的方式來清理與逃離概念，而此時邂逅王勇的畫，以及他的一首詩，再以及他本人，也許堪稱在我對藝術種種觀念的認識過程中的一個事件，它側應與催化了某些藝術觀念的生成與生長，因此可以說，它綿延許久，又來勢迅猛，而盡力梳理一下，其最富啟發意義的作用，是作為一段未知的道路的啟程處：不久之後，我也拿起了畫筆。

此後逐漸地知道，在朋友之中的王勇，往往被當作一個特別的人，喜歡讀書、寫作、沉思冥想，在日常生活中對各類語言的功能運用，保持著特立獨行的認知方式和認真態度。及至他鋪天蓋地轟轟烈烈地推出數千幅畫作，這種火山似的能量噴發與綿延不斷的創作實力，理所當然地被朋友們視之為天才，而且，不同類型與年齡段的畫家們看了他的畫，也都深有感觸，非常贊同這種天才說。

將某種震撼眾人的舉止言行歸之於天才，雖然是充分溢美，卻也是有點不大動腦筋的說法。一個人和他的作品應該成為什麼樣子，以及他怎麼才能夠成為與呈現出來這個樣子，即使石破天驚的突變之際，這中間總會有一個內在的不斷醞釀積蓄過程。在成千上萬的畫家之中，區別一個畫家與另一個畫家的，風格與流派的紛繁歧路底下，根本在此。

在此意義上，數千幅畫作背後的畫家王勇，與繪畫的關聯，可謂源遠流長又波折連綿。上小學第一堂美術課，他把太陽畫扁了，讓老師給打發出教室去看太陽；後來再想學畫的時候，又被達‧芬奇筆記的深奧著述給嚇住了，直至他對繪畫觀念的認識，將小學美術課的教程和達‧芬奇的理論各歸其位，把它們放到各自應該待著的歷史位置上，然後拿起畫筆，直接去畫他自己想畫的畫。這樣的直接，既是觀念的，也是情感的，表現在畫面，更是直接的創造。這種創造的力量，每每近似於一種石破天驚的創世之舉，所以王勇的畫面圖景，直接連續到人類藝術史的主流——表達內心世界，表現精神生活。他最喜歡的一個故事是，古馬其頓帝國的征服者亞歷山大曾經去探望哲學家第歐根尼，他問一無所有如乞丐狀曬著太陽的第歐根尼：有什麼需要我為您做的？其得到的回答是：有的。請你走開，讓太陽直接照在我身上。亞歷山大的征服只是對外部世界

的一次短暫勝利，而第歐根尼則克服掉對外在物質的欲念，更深遠而長久地發掘與實現著人類內在自我精神的詩意和力量，與外部時空的有限疆域相比，內心詩意可以有無窮盡的表達。

所以，王勇的畫面似乎題材無限，山和水、太陽和小鳥、花朵和女孩、夜空和雪花、樹木和岩石、河流和村莊、青藏高原和陝北高坡……通常人們在詩歌中能夠經常讀到的字詞，好像都可以被他繪製成不同色調的圖案，並且是摒棄掉人們慣常依靠的種種文學性暗示與輔助，完全實現為繪畫性的視覺化，色彩斑斕的、天真爛漫的、熱忱真摯的視覺化。在它們面前，觀者情不自禁地發出驚奇、驚喜，甚或震撼之驚歎——很新奇的一種強烈感受：在未曾見過的陌生畫面上，處處流露出人類共同的詩意情感；偶爾，還影影綽綽地瞥到自己內心的某種隱秘情緒。看王勇的畫，會不時地讓人想到普魯斯特的筆觸，綿密又疏闊，恍惚又從容，極具個性化的直接抒發，恰恰是逾越瑣碎與隱秘的個體經驗，抵達了人類共同情感的心靈畫面。不過，這裏對普魯斯特的借喻，只是從視覺到文字的語言轉述上的一種權宜之辭。其實，這位與印象派畫家生活在一個共同時代的法國現代文學大師，是最早警惕文學對繪畫多餘饒舌的明眼人。

曾經有一位臺灣畫家問王勇：你畫了這麼多，而且畫幅都很大，靈感與衝動從哪裡來？一番交談之後，臺灣畫家恍然大悟，他眼前這位畫家本質上是一個詩人，畫作都來自於詩意的精神，以及其心靈內部語言的選擇。也因此，有藝術評論家高度評介：「在王勇筆下，意象選擇、語言運用、形象構建都依據一種形而上的精神原則。」

實際上，繪畫對於王勇來說，不僅僅是藝術實踐上的創造，更是一種認識理論上的探索。他曾多年致力於研究語言模式的規

律，如今知行合一，繪畫作為藝術語言的一個類別，使他用豐沛
的創作實踐，重新度量了自己的繪畫道路，他認為：首先，所有
的人都會畫畫。認為藝術屬於少數具有特殊天賦的人所獨有，是
對藝術的誤解；其次，繪畫是心靈的活動。如果一幅畫沒有承載
相應的精神和情感因素，這幅畫值得我們去注視嗎；再者，沒有
什麼比心靈自由更為可貴，因為心靈自由才會導致不同的表達方
式。如果由此說到一個畫家的責任，其最初和最終的責任就是創
造不同的畫面……實事上，王勇是用自己的實踐與畫作，向人們
再次證明了現代繪畫藝術的基石所在。

　　人類為什麼會有繪畫這件事？在古往今來汗牛充棟的相關論
述中，大概能找出一萬個理由。一個人為什麼畫畫？呆坐半天差
不多能想出一百條理由吧。把這個畫畫的人具體到王勇，他為什
麼畫畫？他會說，藝術有多少種作用就存在多少個理由。那麼最
重要的一個呢？想來，應該就是那個「最初與最終的責任」了。
這決定著王勇對題材、構圖、色彩、技法和情感表達的取向，也
決定著他最持久的畫面張力與創作動力，既是對種種畫面關係和
諧與豐富性的探索，也是對精神與情感的純粹性的追求。

做一個濟南知識份子的美麗與哀愁

　　此處對「濟南知識份子」的理解，請參照「紐約知識份子」一詞的本土適用範圍。本人生性老土又愛慕虛榮，常常奮力追趕時尚以遮羞，勉力趨於時代生活最熱火朝天的邊緣處，曉得了現如今的知識份子多以國際化為榮，凡事講「全球化」與「地球村」，就像江湖上英雄不問出處，漸漸的，就也無所謂故鄉。因此，在濟南做了二十多年的戶籍在冊居民，從來沒覺得有過對它愛或者不愛的感情問題，只是，很偶然地動了塵念，決定要愛濟南。

　　當然，是自作多情。這個古老的北方省會城市，已經擁有過許多著名的文人雅士們鄭重其事的愛意了，今天，它好像也並不稀罕什麼人的格外青睞，所以，此刻對它的這愛，便帶著示愛之人卑微靈魂基因的標誌。在眼下的時興的種種讀城圖文裏，對它多情的讚美與嚴厲的批評，都是它給人們的一個自我彰顯的機會，而永遠不會是人們給它什麼光榮。像這些年間經濟迅疾發展的中國任何一座大中城市，它日趨膨脹的軀體上，充斥著來揩它油沾它光的外來移民。

　　我之愛濟南，亦是一時輕狂。就像住在濟南的大多數外來居民，我大抵屬於偶然而盲目地進入到它地界上討生計的人，與這座城市並沒有產生過什麼刻骨銘心的共同命運。愛一個人或者一個城市，而不能進入其命運的軌道，不能成為其命運的一部分，這愛便是癡狂了。癡狂的情感表達起來，往往要用深刻而嚴肅的

多些形式化的戲劇橋段，要咬牙切齒與聲嘶力竭地：第一是表示決心，情感上的徹底；第二是表示所使用的力量，要盡可能牽動出較大動作的篇幅；第三，這個濟南擱到個人情感的小格局裏，還真不是那麼好消化的，不如此動心、動情、動容，這份愛大抵還真難以啟齒。

這情緣萌動時刻是某個夏天傍晚，與男女友人各一名去登千佛山，藉著晚上八九點鐘的大月亮，隔岸觀火一般看著山下四周圍的燈火，想像中在黃河泰山之間生長出的一大片櫛比鱗次的高樓大廈與混凝土森林，竟不過如一個小漁港似的，東一簇西一堆地頂著幾片薄薄地光亮，沉沉地泊在無邊黑暗裏！

這就是濟南？

現實記憶裏那些霓虹燈徹夜閃爍的地方，種種想像中浮華、繁榮、奢靡，不過如幾個燈紅酒綠的泡沫，星星點點地綴在其間。

霎那間，不免有一種既文藝腔又憤青氣的鄉愁襲上心頭：這許多年，我們對濟南現實版圖的忽略與無視，很可能就是我們對自身經歷區域的失憶，或者，根本就拒絕記憶吧。日復一日廝混其間，逃離還來不及哪，要記住它什麼？

彼時，我們腳下不遠，就是著名的觀景之處「齊煙九點」，傳說過去天氣晴好時，從這裏放眼遠眺，能看到濟南方圓百十里的九大景點，印象中，這兒也就應該是趙孟頫作《鵲華秋色圖》的心理站立點。《鵲華秋色圖》上的濟南，風光壯美，河水遼闊，水畔有樹木蔥蘢，農舍宛然，遠處鵲華兩山雙峰突起，係中國美術史上罕見的寫實經典。據說宋太祖趙匡胤之子的十世孫趙孟頫，被元世祖為籠絡人心搜訪遺逸從浙江湖州請出，自三十三

歲任職濟南，至四十二歲時才回了一次老家，遇到了好友周密
（字公謹）敘說彼此遊歷，周生長在湖州，祖籍山東但從未來
過，於是趙為「公謹說齊之山川，獨華不注知名，見於左氏，
《左傳》其狀又峻峭」，索性畫了這幅圖。因此，這也是古代知
識份子間彼此介紹轉述中的一種濟南形象。

在夏夜的千佛山上感傷於濟南版圖的狹窄局促，想著與老舍
老殘們眼中的景象起共鳴，大抵本身就是一種枉然。季節根本就
不對嘛。

濟南因地勢所限夏季氣候燠熱，為此很讓東部沿海地區人們
所睨視。此刻，坐在千佛山寂然無風的石階上，憶想古今中外知
識份子記憶影像裏的濟南，竟多是秋冬季。趙孟頫的秋華圖自不
必說，劉鶚《老殘遊記》裏的晚清社會公共知識份子兼遊方郎中
老殘，在濟南聽黑妞白妞說書、給人瞧病、幫官府破案，都是發
生在秋冬季的故事；老舍的名篇《濟南的冬天》之前還有一篇，
叫做《濟南的秋天》。上世紀五十年代，沈從文來濟南看文物，
也是深秋時節，他住在先前舊址上的山東省博物館裏，就著昏黃
的電燈光寫家書，事靡巨細地告訴愛妻張兆和，他白天穿著單衣
到千佛山逛廟會，已經感覺薄涼了。

有個叫衛禮賢的德國傳教士，以漢學家的身份給其國內讀
者介紹他所喜歡的濟南：「那時的濟南府仍是一個老式的中國城
市，城外也沒有塵土飛揚、環境嘈雜、自成一體的異族人居住
區。城面的千佛山上滿是寺院和廟宇，濟南府就在山腳下。這座
城市有眾多的泉眼，清澈的泉水從城市的每一個角落裏流淌出
來。寺廟和茶館隨處可見，寂靜的河岸由於擺滿小攤的市場和喧
囂的人聲而生機勃勃。眾多的泉水滙成消息，幾乎從每一條街道

旁流過，因此濟南是中國清潔的城市之一……城中的小溪在城北匯集到一處，這就是荷葉田田的大明湖。」只說荷葉田田，沒有提到荷花，應該還不太到夏天吧。

　　然而，這一切能夠進入千古文章的濟南，都是經由遊人的目光而來，不是從本地長住居民目光伸出來的。看看題在大明湖趵突泉千佛山這類地標式景點上的名勝字跡，也少有本土知識份子的筆墨。「生活在別處」，米蘭·昆德拉小說能夠在中國圖書市場長期滯留於暢銷書榜，實在是點破了一例古今通則。

　　記得上世紀八十年代中期初初來到濟南，跟年輕的同事一起去轉報戶口，那個座落在鬧市區的小派出所的院子中央，有兩株開始掛果的石榴樹，四周建築的格局也很溫馨，老城住家四合院式的，來來往往的人臉上多掛著尋常過日子的溫和氣。等著辦什麼手續的時候，坐在一個門階上，抬頭看見院子天井上面，藍藍的天空飄著疏散的細雲，聽見旁邊有人話語裏瀰散出濃重的濟南口音，心裏想：這是一種不太容易掌握的口音吧。然後，就在這個城市裏工作、生活、戀愛……然而，戀愛的內容，總是兩個陌生人漸走漸近，這過程卻似乎與濟南沒有多大的關係。雖然，它盡其所能，也盡兩個陌生人的想像力，提供了戀愛應有的氣氛和場景，但，它更像是一塊隨時可替換的很縹緲的背景板。發生在濟南的戀愛，也完全可以發生在別的城市裏吧。我始終困惑於：這是戀愛的不得法，還是愛情從來就對其時代背景很超越？倒是看王小波與李銀河夫婦當年合著的中國人性愛三部曲，裏面提到幾處同性戀者集中出沒的場所，才對濟南深不可測的情天恨海生出一些驚歎來。可這個王小波被猛男壯漢相看中意之事的發生地濟南，也隔著我們老遠了，是隔世憑空的一段傳奇而已。

　　而每每由外地返濟，一腳踏出火車站，立即有一種情緒上的跌落感。周身的空氣，佈滿了某種陳舊的塵埃；街巷小販的叫賣聲裏，口音紛雜渾濁如幻聽一般。整個人被一種像做夢一樣熟悉又難以置信的感覺包裹住，要急急地擠進公車裏，坐過好幾站才能夠重新適合過來──這是濟南啊。漸漸地，體會出這其實是一種短暫的心理失重，是從非實現中回到實現時空的一種恍惚的被喚醒過程。是濟南對其居民與遊客的一種厚重而親切的甄別方式。

　　濟南是一座老城，不斷推陳出新的軀殼底下，芯子裏是一顆老式嫂娘的心，雖也很有母性包容，終究還屬於平輩，人們在遠處難免會對之寄託些綺思麗想，一旦挨近了，常常看到是另一派無辜之相，舊貌新顏斑駁其間，甚至，愚鈍裏又露出精刮勢利的模樣哪──它自有炎涼習性，自有磨耗時光的節奏，自有生活方式，人們對之說土論洋，在各自記憶裏城市與鄉鎮曖昧接壤的時光之處，展開一次次城鄉文化邂逅，一場場感情糾葛，一個個謀生故事，總之，遠近而來的人到濟南，並不是要專程來愛它，而是因為它政治經濟文化的省會城市位置或者其他名利上的便當，來利用與使用它的，然而，它當真被用起來，卻翻雲覆雨陰晴不定難如人意。嫂娘到底不是娘，母性的包容裏更有母性的世故，與一廂情願的想像遠不相符。

　　於是，便有來自魯東魯西魯南魯北的鄉愁，一小片一小片地在這塊魯中腹地上面浮蕩起來，有時候還非常醒目驚心，像濟南最陽關的經十路大道上偶爾撒落的冥紙錢，讓人晴天白日裏好端端地走著路，突然就遇著另一個時空的魂靈，驟然想到了悠遠的往事：我們這是從哪裡來啊，要往哪裡去啊？反正，眼下的濟南，雖有花柳繁華地，卻非溫柔富貴鄉──由此，中小知識份子們的愛

恨交織的批評功能煥然勃發出來（居住在濟南的大知識份子量少質優，早已個個修練成精，目光穿城而過，胸懷中國放眼世界，指點全球化的文化江湖去了。況且，做同等款型的知識份子，如果心滿意足地表示能被濟南的現實生活所容納，則其知識份子的身份與成色，就堪可懷疑了）。而主動批評，意味著自覺排斥，不肯相容，是選擇在現實的「外面」和「邊緣」，是「生活在別處」。於是，往昔記憶裏恬淡清貧的鄉村生活方式，成了最大的人性道德，而眼前聚斂財富的城市生活方式，則可能是最大的文化不道德了——尋常繁華城市最標誌化的浮花浪蕊，此時成了最墮落的象徵。

其實，這墮落也很粗糙，帶著城鎮化經濟疾速膨脹又疾速消解的泡沫風格。濟南原本就是一個缺少細節的城市，女人臉上的胭脂上也少有微妙的層次感，表情爽快一下，披掛一身的赤橙紅綠色彩就能彼此衝撞起來。這是一個很陽剛的城市，兩性間的情愛糾纏，氣力稍稍一大，就直抵生死而論。而作為慾望意象的性，這附在女人大腿和口紅的洪水猛獸，最洶湧澎湃的地方，卻似並不在城市最核心區。而在小街陋巷弱勢群體集中的地方，匹夫匹婦們幽暗簡陋的慾望，需求急切，又觸手可及，性保健品生意鋪天蓋地。而這保健要推銷的，恰恰是大中小知識份子們對健康的反面理解。這真讓人懷念心身潔淨坐在村頭老歪脖子樹下，聽爺爺奶奶講故事的純潔無瑕童真年代，那時節，哪裡知道勞動人民也有性慾的問題啊！

村頭的老歪脖子樹，還有幾棵老態龍鍾地立在那裏吧，瞇著眼睛曬太陽的老奶奶和癟著嘴巴說古的老爺爺，偶爾還身影落寞地坐在樹底下。可是，住在濟南府裏滿懷鄉愁的人，並沒有幾個肯重返那歪脖子樹下。人們懷念的，也並不是那棵生在他家屋東

頭的槐樹榆樹楊柳樹，而是更抽象、朦朧、意蘊含糊，可供精神
自戀與自慰的樹。恰如諾貝爾文學獎得主帕慕克在其代表作《我
的名字叫紅》裏所聲稱的那樣：「我是一棵樹。但我不想成為一棵
樹的本身，而想成為它的意義。」而當真生在濟南城裏的樹，因為
數量的少，非但沒有受到物以稀為貴的待遇，反而因為不成規模，
被整體的忽視掉。時不時就聽到人抱怨：除了幾個刻板無趣沒格調
的公園，在濟南連一片綠都看不見。不看，怎麼就看得見？我就看
見住所附近的立交橋邊，有幾株法桐，樹桿光光地植在那裏，一年
二年三年，悄無聲息地頂著枝枝條條的疏離綠意，好不容易能撐出
幾片綠蔭了，城建道路一拓寬，就給連根撥走了。每次路經此地，
就覺得視線裏突然塌落一下，也彷彿落到一種鄉愁裏，這個立交橋
頭，就等於是我的村頭了吧。但是，心裏往後想，腳尖卻一點兒也
沒耽誤向前走。現代性的鄉愁多半是「制式鄉愁」，塗塗抹抹地
詩化個人歷史與情感記憶的詩化：懷念並非那個具體的祖籍、村
莊、歪脖樹、老屋子，只不過是因為現實裏的失落，喚起了懷舊
的衝動，又不肯當真回頭，到底是急欲逃脫的貧窮、封閉、蒙昧
的地方才出來的啊。如果有能力有機遇，離開濟南也無妨，去北
京上海，甚至去巴黎紐約，成功人生的目標，就是追求更大、更
遠、更有地理張力的鄉愁。不過，倘若所有深深懷念村頭老歪脖
樹的人當真統統返鄉的話，濟南還真能乾淨許多，也清靜許多，
至少，到了冬天，有可能更接近老舍筆下的那種搖籃情景。

　　這種種的不滿與鄉愁，說到底，是我們的生活內部伸出來
一個舊日時光的小尾巴，是情緒記憶的偶爾返祖，是雖然落下戶
口但還沒有落下心身真正進入濟南。做遊客，可以通過感官的體
驗，用一座建築，一條街道，一處風景，一餐美食⋯⋯用一塊記

憶碎片就足以進入它，也足夠帶走它，但我們不是遊客，而要與它年復一年朝夕相處。伯爾的《愛爾蘭日記》裏倒給出一種移民隨鄉入俗速成法，就是掏出腰包來消費，通過錢幣變物質，將帶著自己體溫的鈔票，替代自己的凡胎肉身，融入居住城市內部的流通中去。但是，我們在這裏掙來，又在這裏花掉——太像來去無痕的一晌歡情了，朝雲暮雨，自生自滅，發生在哪裡也無所謂。

好在，待到秋風乍起，天氣變涼，濟南一下子就生出些許變化來，總算如早晚溫差一樣多幾個層次了。比如，趵突泉復湧就發生在秋天。水從濟南腹部裏湧出來，開始若有若無，布著一層水汽，池面上的空氣裏有細微的波波折折，如夢，有可視可觸的超現實感。此前，我們已經知道的確有許多地面的水，被想方設法重新導入地下，再按照事先設計的路線，流回眼前。一連三年多了，趵突泉好像一鍋文火熬煮的清湯，翻捲出一層層清淺的漣漪，波向四周池邊，也撩撥著天下人的好奇心。只是，偌大一個城市要拿出多少的人力、物力、財力，來保持與維繫這一鍋清湯？濟南將自己的命脈與靈性，繫在這一汪清池中，是不是一腔癡情妄想哪。偶爾，與友人談及濟南諸名勝，大家竟都不覺得跟自己有什麼關係，更記不清有多久沒遊過大明湖，沒登過千佛山，沒觀過趵突泉了。有人說，就這樣朝九晚五的生活，換一個城市，大概也沒什麼特殊的兩樣吧。

也許，濟南這個地方，需要待到離開它，才會覺出它不同其他地方的種種的好。恰如陳辭老調裏很俗套的愛。先前咬著後槽牙發了老半天狠聲稱要愛濟南，到這會兒，卻真正疑心那老舍下筆落墨寫濟南的秋天與冬天時，心裏大概知道：他在濟南不會長久住下來吧。

雌雄天才

伍迪‧艾倫的娼妓

　　約了友人，到一家書店裏見面，友人尚未至，先看到了伍迪‧艾倫，攜著《門薩的娼妓》。娼妓，雖然是人類最古老的職業之一，可它提供的服務消費形式，永遠停滯在最原始初級的階段，所以，到了文明社會裏，未免讓不斷進化中的人類，對之生出一些帶行業歧視的形容，更何況，已經進化到「紐約知識份子」程度的人。但是，伍迪‧艾倫的娼妓此處賣的不是「淫」，而是對於文化知識的飽脹感與厭食症。飽暖之後，所思所想，大多都有一個相去不遠的大方向。

　　這就涉及到紐約知識份子的處世觀，敏感的、多疑的、起伏不定的，也是時尚文化界的一塊動感地帶。

　　近幾年，紐約知識份子與公共知識份子，是個交錯重疊著出現的概念，很有時尚色彩，且精英人物紛紜變幻。拘於個人的眼界，對之較鮮明的印象，起先由留洋畫家陳丹青帶來，然後經憤世作家桑塔格豐富，現在被喜劇電影人伍迪‧艾倫搞笑。當然了，他們誰跟誰，都不是一回事兒。陳丹青在紐約主要是練習了重新發現中國，學會以胡蘭成的腔調唱傳統文化頌歌，五嶽歸來不看山一般。桑塔格認為自己與卡夫卡、波特萊爾一類同屬與現實格格不入的土星氣質文人，堅持跟誰都過不去的文化立場：不負責擔當世界混亂的現實，卻自以為有義務指手畫腳，要為它另立一套理想的俗世社會遊戲規則。到了亦編亦導亦演的電影明星伍迪‧艾倫那裏，「生活

是喜劇，還是悲劇？」這真是很囉唆、也很有搞頭的一齣齣幽默劇。

在藝術電影粉絲眼裏，伍迪・艾倫可是大名鼎鼎，被稱為卓別林之後最傑出的喜劇天才。雖然，其影片題材沒有卓老前輩那麼社會化和有控訴力。但是，也是一個邁進古稀之年的老傢伙了，還差不多能每隔十五個月左右，就能推出一部以性、死亡、道德為題材的獨立電影，讓不怎麼瞧得起好萊塢的歐洲人，覺得他是最有文化的美國人。跟大部分視感沉悶又費腦筋的藝術電影相比，他也實在是好看──《子彈穿越百老匯》，看過了想忘都不容易：又絮叨又幽默，且，富有自嘲精神。在這本《門薩的娼妓》裏，文風亦如是。

如果說，他在電影裏還照顧到中產及小資觀眾，他在文字裏設定的讀者，好像就是些知識越多越反動的人了。他在書裏戲仿經典文本、挖苦學院理論、刻薄學術人物。噢，那個娼妓，就是以色情服務的應召方式，來跟知識份子們聊普魯斯特、葉芝、梅爾維爾的。有價格的，長篇小說一百，短篇小說五十元；若要聊及各種各樣文學的主義，還要另外再加錢。他的獨門絕技，是在誇張的嘲諷與尖刻的批判裏，不時湧動出絲絲縷縷的無奈與傷感，這既是與其影片表現手法接壤的地方，也是他幽默的獨樹一幟的親和力──將人性的局限，化為了藝術風格。儘管，他的譏諷入木三分，但有那些瀰漫其間游移不定的細膩感傷，終將一副副邦迪創可貼，及時敷在被刺出血痕的部位上。似乎，這也是發達國家的社會生活法則，凡事話可以說得清堅決斷，做起來卻是改革少而改良多。

知識改變命運，是我們沒太多知識的人的願望；對於已經不以知識的多寡作為謀生策略的伍迪・艾倫們，迷信知識的生活，

便成了笑料百出的人生。目下，人們對教育及其體制多有話講，嫌其灌輸生硬之外，還有抹殺性靈之說。不過，看到伍迪·艾倫和娼妓的嚴肅文學研討，倒證實了我們發展中國家的一個日常道理：等有了足夠的錢，才有資格拿錢不當回事兒。破除知識的迷信，先得攢出足夠的知識，來培養對之迷信判斷與破除的能力。

　　這紐約知識份子，亦非天生就有俯瞰天下的優越感。偶爾翻書，想起《洪堡的禮物》裏才華橫溢而不滿現實的男一號，據說，其原型便是一個典型紐約知識份子。有美國文學研究者說，上世紀三〇年代經濟大蕭條時的一群富有才華的知識青年，沒錢上大學，又找不到工作，失業待業的日子過久了，牢騷出無數花樣，終成資本主義現實的批評家，專職的，且多有任性言行。

左看，右看，用桑塔格的視線

喜歡蘇珊·桑塔格，總有點「坎普」——在小資與各類各款嚴肅的文藝界大師之間，這是一個相當大的空間，足夠各種曖昧的凡人心思在其中搖搖晃晃遊遊蕩蕩了。儘管，她本人的立場，是認為「坎普」純屬現代社會多元基因雜交出來的一種文化怪胎。不過，對於我們，打著紅旗反紅旗，從來都是一種普世性的思想策略與生存傳統。

紐約知識份子桑塔格，有著紐約知識份子中的女魯迅的意味。魯迅終身與幽暗的國民性糾葛；桑塔格一生致力於的，是剝落現代文化符碼對現實世界和普通人生的粉飾。她生前最後一篇發表出來的文章，是關於阿布格萊布監獄的虐囚事件：它為什麼會發生？它以圖片新聞的面目出現為什麼如此強烈地吸引了世人的目光？人們在那些殘忍的照片上看到的，對應了自己內心的哪一類情感體驗？此文譯名《旁觀他人受刑》，為陳耀成譯其二〇〇三年著作《旁觀他人之痛苦》的附錄部分。當時似乎是海外最新中文版的桑塔格。能先讀到它，係友人的割愛相讓——彷彿，全世界喜歡桑塔格的人，是能夠彼此認出來的。究竟，被她的文字照耀過的人，在這個人人油滑處世的時代裏，都另有一條參照的視線。

桑塔格的言行，一向很酷。有時候，她甚至會被認為是要酷。海灣戰爭時，她曾經以絕對另類的反戰狀態，（彼時的「另類」，還是一個真正醒目鮮明的褒義詞）在瓦爾特保衛過的薩拉

熱窩，在美軍的炮火中，排演《等待果陀》，同時，等待著遙遙無期的世界和平。其實哪，她跟上世紀第一次世界大戰爆發前的維尼吉亞・伍爾芙一樣，並不相信世界和平；而她們相信的是，雄性的嗜血，是人類戰爭永恆的緣起之一。此書開始便是借伍爾芙的一雙慧目，打量起今天遍佈各類媒體的戰爭及其他災難性的影像。一貫尖銳大膽的文風底下，真的酷，因為是向死而生。

攝影機鏡頭，常常被操作者謂曰「歷史的眼睛」，屹立於千災萬難之前，自是八風不動，而那畫面，卻總是讓人七情上臉。桑塔格跟各路文藝前衛人士走得近，先鋒的理論唬不住她，人性的頑疾自是她的研究專業：構圖，在鏡頭背後的世道人心裏，亦是本能。

先前，只認為在各種各樣的文字裏，佈滿了歪曲和粉飾。桑塔格的成名作《反對闡釋》，講的就是文字的種種生硬歸納，對於物質世界生活的侵犯與腐蝕；而在其後更著名的《疾病的隱喻》裏，她又就文字與思想，以及身體痛疼之間的象徵關係，做了種種情感上的撕裂與經驗化的整理。而在這《旁觀他人之痛苦》中，她則粉碎了人們對於災難新聞影像的虛幻的善良之心——人們啊，是根據現實利益的需求或者內心願望的趨向，對災難圖像做一廂情願的解讀，甚至，成為一種資訊消費的品類，它還有著龐大的生產輸出與市場期待：「遠遠地，通過攝影這媒體，現代生活提供了無數機會讓人去旁觀及利用——他人的苦痛。……作為他國災劫的旁觀者，是一種典型的現代經驗，這經驗是由近一個半世紀以來一種名叫『記者』的特殊專業遊客奉獻給我們的。戰爭如今已成為我們客廳中的聲色奇觀。有關別處事件的資訊，即所謂『新聞』，重點都在衝突與暴力——『有血

流，領先售』。」而發生在阿布格萊布監獄的虐囚，則說明，即使是在現代社會管理制度很經典的地方，製作殘暴場面的圖片，已經被視為「搞笑」的公眾娛樂，此醜聞的肇始，就是擺POSE貼在互聯網上的惡作劇遊戲。

而存身現代媒體，讀到這樣的誅心之論，自然生出一層道德上的歉疚。但，這樣的歉疚，卻是道德上更深重的虛偽。對殘暴場面的觀看和聽聞的拒絕，並不僅是內心善良承受力的脆弱，而與之相伴的有教養與體面表示，也可能非常犬儒，是對社會和諧表面的偽飾想像。現代戰爭，冷兵器時期的熱血拼殺已經近乎絕跡了；而在以輸出意識形態為目的的戰事裏，即便是第三國的新聞消費者，在玉石俱焚的戰燹烽煙中，也會心存一個巨大的疑問，問世界，問戰爭雙方，也問自己。

不錯，在桑塔格的目光裏，經常會發現左搖右擺皆不是，直面世界的道路，往往只有一條又狹窄又崎嶇的空間，要想通過，思想的力量之外，還需要情感的勇氣。

曾經，有一個美國華裔女作家張純如，年僅三十六歲時飲彈身亡。她著作有《南京大屠殺》，根據極詳盡的史料寫成，而考慮到世人普遍的對人類罪惡的承受能力，有相當多的極端慘絕人寰的罪行，她濾了下來，只獨自面對，最終淤為無法消化的憂鬱，憤然離世。還有一個美國聯邦女法醫，與張純如同樣年輕，同樣吞槍自殺。在她生前工作的現場，男同事們因為極端的犯罪變態場面紛紛起身，離開，嘔吐；唯有她，兢兢業業的完成工作之後，徹底棄世。她們都是親眼目睹過人類極端暴戾行為的人。然而，竟有無行文人出來說，她們是文化受虐心態的實踐者。

　　周星馳在血肉橫飛的無厘頭電影裏，威脅人時，最狠的一句是：叫你死得很難看。如今，這已接近災難新聞影像的一種現實：死亡，難有尊嚴了。想想印度洋海嘯時，人們對每天刷新的死亡人數的微妙心理——千里之外的慘相和災難，對於人們究竟意味著什麼？不久後，在海嘯地區，小販當街推銷的災難影像光碟，竟成了一種獵奇物。在死亡前面，人們到底想看的是什麼？像是「九·一一」雙子塔樓被撞擊的一瞬，現場直播式的舉世矚目，彷彿現代媒體的本能反應；而在此後的挖掘與清理，對那些永遠破碎其中的性命，因為有了真切的痛惜感，媒體鏡頭總算自覺緘默，世貿廢墟上模糊的血肉，終於為在浮世裏的倉皇離去保持了尊嚴。

　　是不是，在鏡頭止步的地方，死亡與生命，才持有同樣的尊嚴？報告文學作家祖慰，到世界上第一個安樂死合法的國家荷蘭，請求採訪一例，說過自己也覺得唐突，不想竟被同意，人家唯一的條件就是：禁止拍照。過去，形容人有某種擅長與內行是一種「會」，會吃會唱會功夫會生活。如今，竟真還看到一個會死的人，絕症不治，選定一個時間，告別親朋好友，聽著柴可夫斯基的樂曲，安然飛升。祖慰寫得優美沉靜，讀起來依然動魄驚心。

　　只是，在鏡頭無所不至影像日漸充塞的天地間，文字的道路，也越來越崎嶇，越來越任重道遠。最終，抵達事物真相的，是影像？文字？或者，它就是這兩者之間擠壓與交錯著的細小空隙間吧。

與發情期的天才相處

　　與薩特共事三十年的《現代》雜誌女秘書的回憶錄《喂，我給您接薩特》，上了許多書店的排行榜，買來讀了，覺得，即使把它放到處世勵志類的圖書堆兒裏，也有打榜的實力內容與實用價值，這就是：怎樣與發情期的天才相處。

　　用情慾視角看世相，當然庸俗。但是，女秘書傑爾曼娜曉得自己的位置，就是將一切可能打擾天才們的庸俗事兒，擋在他們門外。而「在這個編輯、作家、評論家和新聞女專員沸反盈天的世界裏，愛情、詭計、私情之多，言情刊物就是有一千多版面也可以寫滿。」她這樣說，是因為有時她的工作，也包括頗感尷尬地為薩特某段私情跑腿付賬。在薩特複雜混亂的情史上，尋常人眼裏高深莫測的知識，有時可以直接用於催情。而其思想夥伴波伏娃的一段壞脾氣裏，則可能是另一個女人的身影正妖嬈起伏。偶爾，女秘書本人，也成為某個天才加浪子的情慾目標之一。

　　據說，在地球上所有的生物中，唯有人類的發情期是一年四季沒有限定的。傑爾曼娜工作經歷的傳奇性，於這種人為的不確定因素之外，還有非人力所為的時代動盪感。她為什麼非做這個風口浪尖上的女秘書？實在的，那也恰逢一個正處於風口浪尖上的時代。

　　一九四五年，第二次世界大戰尾聲，薩特預見到戰後文化思想界必有一番大論戰，創辦《現代》雜誌，撰稿人都是法國及歐洲文化界的一時俊傑，至今，它依然是「回答時代的一切挑戰，包容世界的一切矛盾」的著名學術雜誌。

　　然而，尚未創刊前，雜誌編委們做的第一件事情，就是一口氣炒掉七個女秘書。直到傑爾曼娜臨時來頂替一下，結果，一替三十年，直到過了六十六歲才退休。她後來總結說，「這是個對世界、價值和社會實行大清算，對過去的恐怖與未來的憂慮提出疑問的時期，《現代》是個大湯鍋，那個時期的大思想都在裏面煎熬。至關重要的是不要跌到湯鍋裏，要注意火候。」但在當時，她失婚、失業、除了一個要靠她養活的小女兒，一無所有，靠著女友的同情，才做得這臨時工，怎麼捧住飯碗？天才自然是不理會這世故，薩特友好地邀她共餐，她卻用心留意婉拒掉：「我對以前幾名秘書跌落的陷阱看得太清楚了。他們隨隨便便的邀請，表面的誠懇，薩特遐邇聞名的令人產生幻想的親近，使她們昏了頭，以為自己入了他們一夥，可以稱兄道弟；這在文人之間是不可原諒的錯誤。」

　　這番又勢利又刻薄的經驗，應該是世襲來的，傑爾曼娜出身書香門第，父親是詩人、劇作家、評論家、雜誌主編，屬全巴黎文化界的聞人。只是，她不知為什麼討了母親的厭惡，十四歲竟讓她輟學在家看弟妹了。倒正是這非精英知識份子的成長經歷，成就了她與這些又敏感又心不在焉的天才們的共事基礎：「薩特和他的夥伴們，以及一切圍繞他們轉的人，所有這些傑出的教授、哲學家、作家，政治界、文化界、經濟界的理論家和評論家，都脆弱得叫人難以置信。」而她這一本書的大部分內容，就是以日常軼事的形式，講天才們的種種脆弱、敏感、心不在焉。

　　而呈現這些脆弱的底色，則是傑爾曼娜的迷人的處世智慧了。雖然，天才的資質認證需要歷史，但是，與自以為天才的人相處著共事，卻常常是我們眼前的尋常現實。傑爾曼娜和《現

代》的啟發性，於存在主義哲學思潮之外的是，且不論天才們成色如何，有時候，要想讓某種飄蕩在天空的美好思想落實到人間，確是需要一些格外的世故心才行。

假如童年永不消失

　　寫過《娛樂至死》的美國媒體文化研究者尼爾‧波茲曼，
還著有一本《童年的消逝》，全書開篇就說，「在我落筆之時，
十二三歲的少女正是美國收入最豐厚的模特兒。」彼時，應在這
書初版的一九八二年之前不太久，而此刻，在許多書店的暢銷書
榜上，最勾人心魂的，是寫十二歲的房東女兒《洛麗塔》的新版
全譯本。

　　中國古代的聖賢早就警示人們：「惟女子與小人難養」，這
些在異邦合二為一的「女小人」似乎驗證了先賢的預言。而她們
這一年齡段所獨具的清麗嫵媚和誘人純真，業已成為現代社會裏
無限商機中最生動的一部分。也因此，尼爾‧波茲曼頗為憂慮地
指出，人類正處於一個兒童成人化的時代，並對「童年」的概念
與品質，在定義上進行了一番曲折繁雜的講究。

　　尼爾‧波茲曼以為，十八世紀之前，人類缺乏同情兒童所
必要的心理機制，雖然古希臘是人類文明的童年，可它流傳下來
的塑像裏從來沒有一個兒童的形象，發現「童年」的，是文藝復
興；文藝復興讓人欲的表達力復蘇，也喚醒了羞恥感；「沒有高
度發達的羞恥心，童年便不可能存在。」而如何保持這種羞恥
感，則機制運行複雜，大致說來，它需要一個兒童與其所生活的
時代，在知識結構、知識傳播結構、適於知識傳播的意識結構
上，互相匹配。至此，他的論調裏難免就有點「知識越多越反
動」的意味了，特別是在性的方面：「這意味著他們有機會接觸

到從前密藏的成人資訊的果實時，他們已經被逐出兒童這個樂園了。」

可是，假如童年永不消逝，卻也未必總是美妙。雖然，童年與人生總有詩意，是人生裏最明淨的理想境界，許多大部頭的文藝小說名著，對現實的灰敗與不滿，也往往採用拒絕長大的孩童視角，比如《喧嘩與騷動》與《鐵皮鼓》，看天地人世的蒼茫，有令人痛徹至骨的無助與荒謬。但是，對經驗油滑的二三流寫家，照此套路描畫，不免時時露出狗眼看人低的處世習性來，無非，是人生沒有擔當的無能懦怯的春秋自照。

所以，碰到某某成年人被讚許有「童心」和「孩子氣」，則不妨生出一點警惕心來。誇什麼人像孩子，一是其率性無忌的純淨性情與言行，也喚發了自己曾經有過的純情年代的記憶；二是那成人在俗世事務繁文縟禮面前的簡潔爽性，實在也為中規中矩的人們吐一口悶氣出來。不過，要當心的卻是這率性背面的另一個現實：永遠不肯長大，做事像孩子一樣的不負責。看來，童年也是一把雙面刃。按照尼爾‧波茲曼的說法，童年是一個相對近代的人性發明，它的誕生，是因為文字與印刷媒介，在兒童與成人之間，強加上了一條條分界線。可是，如今現代媒體卻使這些界線越來越模糊了，而電視則乾脆把成人的性秘密和暴力問題變成娛樂，把新聞與廣告定位在十歲孩子的智力水平。尼爾‧波茲曼在為兒童心智成人化憂慮的同時，我們在成人世界裏，也不斷遭遇著精神狀態低幼化的成人。看看那些所謂口述實錄的都市情感故事，那些曲折離奇又想像平庸的男女之間，佈滿了大齡「鄰家小女生」與資深「陽光男孩」的傳奇，多半如同小孩子對貓貓狗狗的寵愛與捉弄，愛死恨死

無聊死，卻娛樂活了世人的心。無聊，才有文藝，而娛樂，已成
產業。

　　眼下，在上下班必經的一個大超市門口，時常就會飄一耳朵
很流行的歌：「我不想我不想不想長大，長大後世界就沒有花，
我不想我不想不想長大，我寧願永遠又笨又傻……」在尼爾・波
茲曼寫下預言二十多年之後的今天，人們與其說是正在與消逝的
童年告別，不如說正與偽童年進行著熱烈的商業擁抱。

鮑勃・狄倫的聲、色、模糊時間

　　對一個開車走路才聽一點電臺音樂的人，與其說是聽流行音樂，不如說是習慣了一種有流行音效的日常生活，所以，不敢說聽過鮑勃・狄倫，但也不敢說沒有聽過，他的《像一塊滾石》太有名了，曾經被流行音樂最權威的《滾石》雜誌，排在有史以來最偉大的五百首歌曲的榜首位置！誰知道哪天擠在如水車流中搶過紅綠燈的時候，某個讓人突然心動的煙酒嗓是不是他哪？在城市越來越擁堵的道路上，聽電臺音樂，潛意識裏就是渴望它能夠偶爾飄出一段很疏離的激憤與很糙的憂傷來。

　　讀鮑勃・狄倫回憶錄的第一卷《像一塊滾石》，卻感覺，他在所有的時代都不算是很適合做電臺音樂，但是，在上世紀六〇年代以來，各個時代的大街上，都會像汽車尾氣一樣，飄浮著他那一類狂放不羈的靈魂。也因此，他「酷」得很嚴肅，而且缺乏形式感，所以，也就好理解了他在中國，為什麼從來沒有像貓王與披頭四那樣有廣泛的市場。

　　鮑勃・狄倫家是從俄羅斯移民到美國的猶太人，一九四一年出生，其個人經歷迷霧重重，曾經被冠之以抗議歌手、民謠教父、美國的良心，六〇年代精神代言人、搖滾宗師、桂冠詩人……但是，在這本回憶錄中，他指責人們把他塗抹成「叛逆的佛陀、抗議的牧師、不同政見的沙皇、拒絕服從的公爵、寄生蟲的領袖、變節者的國王，無政府的主教……」那麼，他以為自己是誰：「一個民謠音樂家，用噙著淚水的眼睛注視著灰色的煙

霧，寫一些在朦朧光亮中飄浮的歌謠。」這些，正是非狄倫歌迷們看此書的有趣處：有爭辯、有詩意、有挫敗、有奇蹟、還有人情和世故，總之，有一個成功人士與現實相處的各種方式——幻想性，距離感，功能化，符號化。

　　給人印象最深刻的，還是鮑勃‧狄倫時時刻刻對大街上各類風景的關注。他從這裏看生活，我們從這裏看他和他的內心世界。第一次從錄音室出來：「散亂的一縷縷地飄著，雪花在閃著紅色燈光的街上打著轉，城裏的人都穿著臃腫，急匆匆地來來回回走著。」第一次到「世界的首都」紐約，找到住所的第一件事也是看窗外：「路對面有個穿皮夾克的傢伙正在給一輛積滿雪的黑色水星蒙克雷爾車鏟去冰霜。他後面，一位身著紫色袍子的牧師穿過敞開的大門……」順著他的視線，我們能夠讀到他經歷的城市、街道、酒吧、音樂棚、俱樂部、劇院、體育場，看到形形色色的人，聽到各種各樣風格的民間流行音樂，甚至，還會多少瞭解到一些搖滾樂的唱法，但是，這多數都是他透過門窗向人們傳遞的時代風貌，我們卻看不到鮑勃‧狄倫的人個生活場景，甚至連時間也被故意模糊掉了，娶妻生子離異再婚，他人生歲月裏的季節性、時令性也被模糊掉了——且是文風極普魯斯特式的模糊。這卻保證了它的文學品質。

　　個人的情感真相，是人類心靈的永恆秘密之一，鮑勃‧狄倫看此「真相」，有一種東方式的圓滑思維，但最終，他並沒有讓自己繞過去：「真相是我腦子裏所想的最後一件東西，即使有這樣的東西存在，我也不希望它留在我家裏。俄狄浦斯去尋找真相，當他找到時，真相摧毀了他。這是個非常殘酷的笑話。真相不過如此。」也因此，他的方式，是「把黑暗當作一種有力的音

樂武器」。有時候，鮑勃‧狄倫提供的更像是某種瀰漫情緒的輕靈背景，為人生裏絲絲縷縷不可名狀的情感，編織成一種文字綿密的窠臼。

是啊，許多時候，黑暗才是人與人之間能夠彼此溫暖的背景。愛，或者做愛，不是因為它能夠使人們生活的堅強，恰恰相反，而是它能夠允許人們軟弱。甚至，給予人們種種的內心虛榮和行為墮落以合乎情理的名義。愛，使人們的軟弱、妥協、屈服，也使人們能夠放棄、放逐、放縱。是不是，也正是在這個意義上，年輕的神秘主義女哲學家薇拉才說：「愛是我們卑賤的標誌」。只是，這些軟弱、虛榮、墮落、妥協、屈服，倒多半順應著人們內心最真實的渴望。現實生活的多數時間，實在是人們敢於正視與回應這些內心真實情景的時刻太少了。所謂堅強，倒成了對它們的刻意迴避與努力克制它們。於是，愛，就顯示出某種彌足珍貴，況且，它又常常借著以忘我，或者自我捨棄，犧牲現實利益的情形出現。也所以，愛是永遠回家，也是永遠回不到家，因為，總是在路上。而且，並不真正朝向家的方向。

比如，鮑勃‧狄倫最著名的〈像一塊滾石〉歌詞裏，滾石的方向，就是永不朝向家的方向。

我們與薩義德的《格格不入》

　　在電視新聞裏，看到加沙猶太人定居點的單邊強行搬遷，有些年輕釘子戶難捨家園故土的激烈表現，很讓人動容。歷史一幕幕重演，有時候，只是主角配角簡單對調一下而已。想起薩義德，就是五十多年前被強行驅走的一個巴勒斯坦人。

　　閑翻薩義德的《格格不入》，因一句小注被觸動。當薩義德被通知他這部回憶錄即將用中文出版時，他說：「很高興我的書會到中文讀者手上。這使我好奇這本書會不會使中文讀者產生共鳴？或者該說，書中的什麼會使中文讀者產生共鳴？我真的很好奇，想要知道。」薩義德，先天就生活在兩種語言之間，阿拉伯語與英語，也曾生活在文化制度完全不同的國度裏。作為一個語言分裂而身世漂泊的人，他實在太知道語種之間的巨大縫隙與轉換奧妙。因此，他的這種好奇，不僅有其動盪生涯的思維慣性，亦是一種對世界新維度的探究。

　　一九三五年出生於耶路撒冷的薩義德，在埃及和黎巴嫩長大，身為阿拉伯人而是基督教徒，生為巴勒斯坦人卻持美國護照，一九六三年起任美國哥倫比亞大學的文學教授。到二〇〇三年謝世時，已經驚動東西方文化界了。彼時，他已經是當今世界最具影響力的文學與文化批評家之一，是「東方主義」在西方世界最雄辯的代言人。而對中國知識份子們來說，他更像是全球化語境下的一面多稜鏡，頗能在不同角度的文化訴訟裏，提供多種證詞。但，薩義德並未成為一座巴比倫塔，至少在語言的層面

上，能夠讓全世界對美國強勢文化政策不滿的人聯合起來，他這本回憶錄裏的自我成長經歷，所表明的是：語言，可以使天塹變通途；也可能全然相反。

如同所有回憶錄的寫作，首先是懷舊，薩義德的方式更直截了當：「必須用手來寫」。手寫，在普遍電腦寫作的時代，很具姿態地意味著：用手度過時間，用手走時間經過的道路：親歷、緩慢、確認記憶。然而，他的記憶卻常常恍惚不定：語言的性質，決定人生的經驗範圍。而薩義德不知道在阿拉伯語和英語之間哪是母語！他對自己經歷的結論性的總結，是與現實世界處處「格格不入」的「流亡」。流亡，在古代大抵是特別恐懼的懲罰手段，想想蘇東坡之於天涯海角，林則徐之於邊陲遠疆，不僅是遠離熟悉的生活和地域，而且意味著離鄉背井的心靈遊蕩，「一直與環境衝突，對於過去難以釋懷，對於現在和未來滿懷悲苦」，因此，薩義德將這種「格格不入」的「流亡」，定義為「最悲慘的命運之一」，並以此在其名著《知識份子論》中，開啟他對現代知識份子的命運議題。

薩義德到底是一個關心種族政治的人，他的回憶裏，世界政治風雲與他的生活太直接了。他的熱情，同樣直接投射到他的家族與阿拉伯人國際際遇上。他對美利堅帝國主義的種種控訴，已是他為人處世的一種姿態。不過，我對於他的興趣，與對卡夫卡相似，是他們對於父母和父母所代表的傳統的控制，竭力逃避與擺脫——當然，亦是一本漫長的心靈流亡史。他們都重溫歷史的荒誕，努力掙扎著和解，最終無奈地與宿命正視。似乎，與人生大小環境種種具體而瑣碎的格格不入，是他們的文學實踐出發與抵達的形式。而時至今日，這也成了全球現代化進程中，人類的處境和命運。

　　由此，「流亡」的過程可以被文學地理解為一條「成長」的道路。薩爾曼・拉什迪對此書的推薦就是：「一幅跨文化的、常常是令人痛苦的成長肖像。」隔著種族、隔著生死，看這成長的意義，不是為了種族爭鬥，不是改變世界，而僅僅是為了盡可能真實而透徹地認識世界。讀回憶錄的好處就是，看一個上了年紀的人，活得越久，越認識到此間智慧，人前背後的話，就說得越明白或越含混。

　　在薩義德的回憶錄中，特別溫暖與悲涼的，就是與父母魂靈的和解：「他去世之後二十年，我接受心理分析治療，在埋怨父親對我的態度之際，體驗到一種頓悟。我情難自禁，為我們兩人流下哀傷與遺憾的眼淚，我為那些年裏充滿壓抑鬱積的衝突而淚下。他的專橫苛刻和完全不善於表達感情，與我的自憐與自衛聯合將我們分開得那麼遙遠。我激動不已，因為我驀然看出，那些年裏，他如何表達自己，卻由於氣質與背景而心餘力絀。也許，出於俄狄浦斯式的原因，我妨礙了他。也許，母親以她愛恨的技巧，破壞了他親近的努力。無論是否如此，父親與我之間的隔閡都緊鎖於長久的無言中。」

　　曾經，母親就是他所有語言的源泉。阿拉伯語是無限母愛的一部分，而「英語在我身上部署了一種陳述和規範的修辭，至今不去。我母親只要離開阿拉伯語而說起英語，就生出一種比較客觀而且嚴肅，驅走她阿拉伯語那種充滿寬縱和音樂性的親昵。」「我畢生保持這種多重認同——大多彼此衝突——而從無安頓的意識，同時痛切得那股絕望的感覺。」這樣的母親，會讓人想到耶利內克的《鋼琴教師》裏的母親，也是一個被控訴的專制對象。這種控訴，還曾經發生在我所在這棟寫字樓的員工餐廳裏。

某一天午餐時，聽到一個女孩子向同伴抱怨自己母親貪婪的操縱慾，她清醒而狹隘地訴說這母愛的投資成本與利潤期許的關係，而且，不斷表示想從這血緣契約上逃走。怎麼可能？

　　所以，從最大師級的導演伯格曼，到最濫情的好萊塢電影，都喜歡以人際溝通的挫折與努力做主題。在格格不入的語言的、文化的、價值的、際遇的背景下，做無窮無盡的溝通和悲喜劇嘗試，正彷彿人類對抗命運的俄狄浦斯式的努力。

　　是不是，文學性或者文藝化的臨時覆蓋與片刻麻醉，對因種種格格不入，而產生的卑微而蒙昧的人生痛楚，總能換取一點點緩解和安慰？

看他們怎樣看女人

據說，有一種色鬼看女人，目光很有穿透力，落到女人身上，能讓被看者產生沒穿衣服似的赤裸感。後來，在影碟《大開眼戒》裏，大師級導演庫布里克用特定鏡頭，緊緊盯著全裸的妮可‧基曼，把這個全球著名的金髮美女看得兩頰緋紅，直讓其小帥哥夫君阿湯戲裏戲外都生出疑心。那鏡頭，用活色生香來形容，已經遠遠不夠了。影片拍攝完不久，老庫布里克心臟病發作倏然離世，真讓人覺得，即使是對大藝術家來說，看女人的人體美，也可能是一樁奪魂攝魄的事情。

這看與被看之間，從審美意義上出發，常常會出現些許你死我活的精神和生命力的較量，而冷杉與葉冰編譯的《靈魂與裸體的對話》（山東畫報出版社）一書，則充滿了對看者的同情與體恤，同時也記錄了他們與被看女人們的關聯，其中，有愛慕、迷戀、慾望，也有漠然、冷峻、憎恨，以及內心糾葛和視覺驚嚇——這既是描述藝術家看女人，也是讓我們看藝術家的看。

書中文字，有一種很講效率的實惠風格，譯者的忠實轉述與編者的簡潔綜述兼備，講西方現代十位藝術家與其作品模特之間種種關係，那些女性身體的原型如何落入畫面與雕塑，其間經由哪些苦悶的青春、壓抑的性慾、迷惘的表達……堪稱文圖並茂。況且，這十位本身就是藝術史上的傳奇人物：馬約爾、博納爾、希勒、馬蒂斯、畢卡索、莫迪里亞尼、帕辛、拉歇茲、巴爾蒂斯和珀爾斯坦。

　　看他們作品，偶爾，會想到庖丁解牛，有著技術儲備上的遊刃有餘，因之能無限變形而不走神。不像平常人看女人，如果目光紀實，一眼一眼全到肉，直接會被罵成是流氓。雖然，流氓也可能是一個有情人，表達的方式太直接，一點兒也不藝術，絲毫沒有致幻性。這十位卻是個個都能讓人如幻如夢。這夢，有時如最黑的夜晚裏最噩的夢。他們作品裏的女人，有維納斯、仙女、宮女、貴婦人、女像柱、浴女、妓女、處女、舞女、新嫁娘、女房東、妻子、情人、姐妹……分別來自他們的理想、幻覺與現實生活，有他們深愛的，也有他們不愛的。最深情的是博納爾，一生只畫自己的裸體妻，模樣越畫越模糊，到晚年直如畫夢中人一般；另一個要數拉歇茲，一輩子又為初戀娶來的太太雕像，尊尊體態壯麗，貌若地母。最熾烈的是希勒，用春宮的題材，表達出來的，卻是在慾望之境的左突右衝，筆墨火熱而邪性，結果年紀輕輕就自焚似的夭折。命運類似於莫迪里亞尼。

　　酗酒、吸毒、患肺結核的莫迪里亞尼，個人生活的頹廢氣質和作品人物的修飾感，因為最大程度上契合當代小資對都市放蕩文藝生活的想像，已經成為經典文藝偶像。尤其人們聽說他畫筆下長著天鵝般優雅的長脖子女子形象，來自他妻子讓娜，而小鳥依人樣的讓娜在他病逝後立即跳樓身亡，這愛情的傳奇，曾讓無數心懷藝術之夢的年輕人，站在畫布前，也情不自禁幻想著面前有一個這樣又理想審美又生活實用又浪漫殉情的讓娜。然而，這恰是莫迪里亞尼的生命悲劇所在：他對女人從來是尋歡浪子，讓娜只是天生碰巧長成他理想的樣子，他娶來這夢鄉中的新娘，美夢成真，也大吃苦頭。他對她態度粗暴，她則孩子氣地對整個世界一切棄權，從來不會照顧孩子，甚至到他病重之際也想不到要

請醫生，只是與他一樣無助而絕望，眼睜睜地看他死，然後自己再死。由此，再看他畫作中那些大大的茫然空洞的眼神，想必別有意味了。

以女人做題材又無動於衷的，是馬蒂斯和珀爾斯坦，面對有體溫的模特，好像是他們從世間萬物中選出的一種便利的表達視角而已。馬約爾更有一種冷靜超然的神經，在女人身體輪廓上，追求的竟是一種不動聲色的「科學與客觀」。曾在小說《呼嘯山莊》中看到過巴爾蒂斯的插圖，精神極叛逆的少男少女遊蕩荒野的形象，讓人過目難忘。人類青春期的意識向身體外逃離的精神特徵，落實在巴爾蒂斯筆下，女人身體的存在，恰是她們自己會忘記的，他畫面中常有一個敘事能力很強的環境，人物正在裏面做著什麼，出了神。

談女人形象的種種而不談性，不免虛偽。這書裏的性，最隱晦的是帕辛，就其靈魂的方位而言，他也是這十位中距離我們今天最切近的一個，每部作品都有在精神虛無與物質細節交鋒之處行走的痕跡，到了終於走不過去的時候，便決絕辭世；最直白的性，出自最大名鼎鼎的畢卡索，尤其他晚年蝕刻畫裏的性，沉溺又超然，狂野又端然，歡喜又諷刺，色情又滑稽——此時，有沒有模特兒已經無所謂，性的行為與藝術的行為，在種種交合的意象小圖中，老實不客氣地向世人交代出他對人類生活的基礎認識。

模特、裸體、女人、性，藝術家不同的眼光，可以被當作不同的道路與橋樑，讓人們看人間的不同色彩，也看人類精神生活的某些來龍去脈。

羅蘭・巴特的憐憫與瘋狂

　　寫於一九七九年春夏的《明室》，也許是法國當代思想大師、符號學家、解構主義者羅蘭・巴特（一九一五－一九八〇）的最後一部著作，在這部副標題為「攝影縱橫談」的專著的近尾處，羅蘭・巴特形容照片在他心裏激起的極端情感：「我會發瘋似地進入照片的場景，進到圖像裏面去，用雙臂去圍攏已經死亡和將要死去的東西，像尼采——一八八九年一月三日，尼采哭著撲向一匹被殺死的馬，抱住馬脖子：由於憐憫，他瘋了。」

　　寫下這話的次年二月二十五日，羅蘭・巴特穿過法蘭西學院門口的路時，被一輛洗衣店的小卡車撞倒，他被立即送進醫院，傷情很快好轉，還能接待來訪者，但至三月二十六日，他卻突然逝世了。此時，距離他登上其學術事業頂峰，進入法蘭西學院，僅有兩年。不過，也有人認為這種倏然離去，恰恰契合他優雅神秘的形式主義氣質。

　　讀羅蘭・巴特，前幾年也算是文化界裏的一股時尚風，他的代表性作品《神話學》、《符號學原理》、《符號帝國》、《戀人絮語》、《顯義與晦義》、《S／Z》，都曾給在循規蹈矩的知識結構中長大的中國小知們，帶來了不同程度的思緒迷惘與表達狂喜。而他在哲學上對尼采思想的繼承，則另有一種優雅風度與溫柔敘述。即便是譏諷與批判，隔著國別與語種看上去，也帶有雅謔的文字遊戲感。現在，我們知道，如此文風，部分的原因來自其同性戀情感類型，更多的可能，與他一生離不開的母親有關。

一九七八年發生的事情，比進入法蘭西學院更重要的，就是他母親的去世，在《明室》中，他說：「我所失去的，並非一個母親，而是一種本質；也不是一種本質，而是一種優良品格（靈魂）：雖非不可或缺，但卻無可替代。沒有母親我可以生活，（遲早我們每一個都要過這種日子），但我剩下來的生活，一定是、而且一直到生命的盡頭都將是『卑劣的』（沒有優良品格）。」

　　這幾句，也是寫作《明室》的起止點，母親逝後，在對她的照片整理中，讓他發現了一條通過照片認識世界的道路，這條道路可以通向自己身體的基因起點，也可以通向距離身體無限遙遠的異國他鄉；只要眼前的照片上有 STUDIUM 和 PUNCHTUM 的局部與細節，讓目光與心緒有所停滯牽絆，產生「愛」。STUDIUM 和 PUNCHTUM 是文中不時出現的兩個拉丁文的關鍵字，很難有對應的譯文，從上下文語境中猜測，大抵有專注、流暢、艱澀、刺目……之類恍惚斑斕的詞義，這也非常符合這位符號學大師的一貫作文風格，然而，又終究另有一種痛徹肺腑的悲傷之情，時時浮溢。羅蘭・巴特一生對攝影的著述很多，唯有這一部，在攝影這項典型的化學與物理交匯點的現代工業產品上，他從頭到底強調的，是當人的身體被定格在照片上，消除其中種種不自然因素的，只能「是愛，是至愛。」因此，《明室》更像是羅蘭・巴特對母親的情感回憶錄，他從母親五歲時開始來重新認識她，進而重新解讀人像照片對於歷史、家庭、友人、私人性、公眾生活的種種意味。在他所有作品中，這大概也是用情最深的一部了。

　　然而，有意思的是瑪格麗特・杜拉斯對他的看法，她在《物質生活》裏坦言：「不瞭解女人，不曾接觸一個女人的身體，也

許從沒有讀過女人寫過的書，女人寫的詩，這樣的作家在從事文學工作，他是在自欺欺人。人們對類似的既成事實不能無所知，他也不能成為他同類人進行思考的主人。羅蘭・巴特，我同本人有過友誼，但我始終不能欣賞他。我覺得他永遠屬於那一種一式不變的教授思想方式，非常嚴謹，又有強烈的偏見。他的書《神話學》系列，我看過以後，就無法再讀了。在他死後，我曾設法讀他那本關於攝影學的書，這一次我仍然讀不下去，除去其中關於他母親一章，寫得很美。這位可敬的母親，曾經是他的同伴，是他像沙漠一樣的一生中唯一一個英雄人物。」此時的杜拉斯，應該是背倚年輕情人酗酒成性的老太婆了，但依然是一個用血肉之軀放縱激情的女作家，也依然沒有耐性去理會另一種優雅而隱秘的激情。她文字間那種尖銳的絕望與攪拌著沮喪的悲哀，同羅蘭・巴特的洞若觀火、冷靜、機智的世相解構，是向著世界的不同方位進行的。

　　也因此，有人形容羅蘭・巴特是「優雅的尼采」，而尼采因對世界的憐憫而發瘋，羅蘭・巴特一生追求與熱愛的是知識，被母親離世激發出的情感，激越而起，一下子直抵出情深無限的憐憫之心，要保持住他最後優雅之態，似乎，也唯有溘然謝幕了。

神秘陌生人

　　有的書，看過與沒看過，做人處世的態度會不一樣。比如早些時候，對評論家白燁與時尚新銳韓寒之間的那場口角風波，眾說紛紜各有褒貶，而讀過讓·科克托《陌生人日記》的人，多半只是會意一笑：有八○後文學教父之譽的中年白燁，不覺間已趨老之將至；而八○後代表性人物青年韓寒，也無非還在重蹈覆轍。如今，聽說已經當上爹的韓寒，對當年那場口角已有致謙之意。青春期再長再強倔，也抵不過人生的基本規則吧。且看，科克托如何說。

　　「年輕人是不義的，他理應如此。他會為了抵抗比他力量更強大的人而自我防衛。先將自己託付於他，再採取防衛戒備。總有一天，他將抗拒之。」論及是非之外，年輕小後生臉上又漠然又誇張的藐視，一面是對對方的不屑；另一面，提示對方和眾人目光聚焦過來，矚目他正在不斷生長著的力量。這樣老少咸宜的經驗，就是科克托的自身體會。

　　但是，這本由十幾篇隨筆組成的《陌生人日記》裏，可供尋常人生參考的，似乎僅此一例，科克托更熱衷的，是表現藝術的種種真理。而藝術的真理，往往要以現實的荒誕做基石，建立起自己的奢靡王國。所以，二十世紀的法國藝術全才讓·科克托（一八八九－一九六三）的一生，萬花筒似地讓人眼花繚亂，他是詩人、小說家、畫家、電影導演、戲劇家、音樂評論家，也是天才、浪子、人生智者、優雅貴族、吸毒者、同性戀、叛逆者……總之，是十九世紀的頹靡氣質與二十世紀的叛逆精神的一個傳奇混血兒。

　　此外，他還是經典時尚極品人士。一九五五年當選法蘭西學院院士的時候，他那把特製的院士劍，上面鑲嵌的祖母綠、鑽石和紅寶石，是香奈兒和弗朗辛・維斯維爾贈送的。皮爾・卡丹的崛起，最初的機遇是給科克托導演的著名先鋒派電影《美女與野獸》設計服裝。迪奧也是科克托的崇拜者，時不時就拿他的繪畫來做服飾設計靈感之源。作為巴黎時尚界的風向標，科克托太時髦太超現實了，因此也被許多嚴肅的法蘭西知識份子批評為「浮華王子」，奢美有餘，分量不足；終其一生給人遊戲之感，徒有才華，卻輕盈無為。

　　然而，《陌生人日記》開篇向一位神學家獻詞，說：「時間是種種角度積成的一種現象」，表明了這位波特萊爾式巴黎貴族公子另有一顆沉鬱之心。

　　「我並非你們想像的那樣」，他筆鋒犀利地談論著時間、記憶、靈感、友誼、死亡、謊言，同時，也反覆訴說著一個縈繞心頭的憂慮。還從來不曾見有精英公眾人物，如此坦誠地極力洗刷自己的神秘色彩，他坦言自己的人生，就像其自編自導自演的最後一部電影《俄耳甫斯的遺囑》男主角，是「一腳踏在生裏，一腳踏在死裏」；而「我所有的一切都來自於童年」。這個童年在一個巴黎上流社會富有人家度過，到他十歲時遽然中斷，那年，他任律師兼業餘畫師的父親自殺而亡。驟然而至的死亡，成了他一生都無法擺脫的魔咒，並且成了他作品中循環出現的主題。偶爾，他索性反其道而行之，聲稱自己一生就是一個無休無止、無法結束的童年。

　　科克托少年時最著名的玩伴，是偉大的自囚者普魯斯特。普魯斯特躺在床上，戴著手套，衣著整齊，和他聊天，還為他朗讀

世界文學史上的名篇《追憶似水年華》中的「在斯萬家那邊」，可讀得挺糟糕。很久之後，科克托後悔認識他太早，因為自己年少無知，全然不懂這相識裏可能具有的偉大意義。但他真實的人生，就是這樣一個個稍縱即逝的瞬間。

青年時科克托最斑斕的友誼中，有與畢卡索的相處。兩人表面上如膠似漆，私底下則各有盤算，二十世紀上半葉的超現實主義藝術陣營裏，精明的廣告人與貪婪的吸血鬼都互相鼓吹，為的是拓展人類藝術新時空。為此，科克托甚至重新定義「小偷」的名詞。

科克托為人們貢獻出來的最負盛名的小偷，是聖·熱內。他發起作家請願使屢次盜竊的熱內脫離牢獄，而薩特為這個著名小偷的書寫序，越寫越長，滔滔不絕地寫成五六百頁的《聖·熱內：戲子與殉道者》，成為存在主義的範本。這時，科克托已成為整個事件中的隱退者。

而隱退修行，也是科克托的神秘身份之一。全球暢銷小說《達·芬奇密碼》中牛頓等人秘密加入的那個郇山隱修會，科克托生前一直是這個隱修會的大師。

如此傳奇的人生，收場也收得匪夷所思：科克托雖有斷袖之癖，一往情深的卻是女歌手愛迪·庇亞芙。她是上世紀三〇年代全世界酬金最高的歌星，後半生沉浸於酒精和鴉片，但是科克托的至親和知己。一九六三年十月十一日，七十四歲的科克托正在一家小教堂畫壁畫，庇亞芙的死訊突至，他神情立即黯然：「今天是我在世上的最後一天。」言畢暈倒在地，心臟病發作，撒手人寰。

此後許多年，他是浮雲，是流言，也是譎詭世相，待眾人步入二十一世紀的門檻內，驀然回首，這個陌生人恰是整個西方現代派藝術潮流的弄潮兒。

莎樂美的情遇

　　廣為人知的莎樂美，出自一則聖經故事，她是一個美貌妖媚的年輕女子，會跳一種七層紗舞。這個故事被唯美主義的實踐者王爾德寫成舞臺劇後，添加了許多愛慾情仇：希律王愛莎樂美，莎樂美愛先知約翰，約翰愛上帝。結果，最經典的愛情場景是，約翰死於莎樂美極端的愛，莎樂美抱著他被希律王砍下來的頭顱，狂吻不已。由此，莎樂美之吻，成了世間追求人生頹廢美感的男人們的慾望與噩夢，她雖然聲名遠播，但只是一個停滯於繪畫、書寫與表演的文藝形象，僅供想像。

　　另有一個肉身凡胎的莎樂美，是真的讓許多文化精英男人們又愛又怕，讓天才哲學家尼采患上「厭女症」的就是她。一八八二年，他們彼此初見，孤獨的哲學家開口說的第一句話是：「我們是從哪顆星球上一起掉到這裏的？」尼采之與女人最著名的是告誡：如果你要去找女人，一定要記得拿著鞭子。而實事上，那條長柄鞭子是拿在莎樂美的右手上的——她在馬車上坐著，左手抓著繫在尼采與好友保爾・瑞手臂上的繩子，他們則像並駕齊驅的兩匹馬一樣，拉著那輛雙輪車——拍這張著名的三人行照片是尼采的主意，彼時，他正在策劃著向莎爾美的求婚。但是，求婚失敗，莎樂美拒絕了他，尼采的頭疼病和厭女症同時發作。而莎樂美一生追求的，是知識，關於人類精神本質的知識；情遇，只是她邂逅知識的一種方式。

　　眼下，關於露・莎樂美（一八六一－一九三七）的種種讀物與著作，在坊間散佈成一股小小的潮流，它們無一例外的都提到，她是尼采的追求者、里爾克的情人、弗洛伊德的密友，還有，曾經與音樂家瓦格納、文學家托爾斯泰和斯特林堡交往深厚，總之，被看作專門「征服天才的女性」的莎樂美，是十九世紀晚期歐洲大陸知識沙龍共享的玫瑰。然而，在其傳記與回憶錄作家眼中，她融貴族小姐的高雅、知識女性的獨立、交際花的放浪於一身，既激發了男友與情人的靈感，也打擊了他們的癡情；莎樂美的私生活更令人迷惑，從現代版的古希臘妓女到心理分析病史研究對象，人們對她說什麼的都有──「我既不能根據楷模來塑造我的人生，也不能把我的人生塑造成任何人的楷模」，莎樂美從生到死，都是拒絕歸屬的人。

　　擁有驚人美貌和過人才華的莎樂美，家世顯赫，生為俄羅斯將軍之女，落生時沙皇親自執筆賀文，但她自小性情孤僻，晚年時回憶自己的出生，也落落寡歡如天界謫仙：「從完滿的宇宙掉入這個世界，就像掉入一個正在剝奪你的神聖的空間。」她認為「在出生前一秒鐘，我們是一切，和一切事物都沒有區別」，人的誕生是神的墮落的結果。

　　有此思想前提，就難怪尼采對之一見鍾情，而她也能夠根據自己對尼采哲學的深刻理解，寫出文辭卓然體系獨特的哲學家思想傳記《情遇尼采》，那時，她三十三歲，距離他們初識，已經十二年過去，她毫不掩飾對他的精神崇拜，不嫁他，是因為他雖然具有上帝般的品質，但終究不是上帝本人。性格倔強追求完美的莎樂美，終生喜歡結識知識淵博的男人，做他們的學生，由此伸展而來的師生戀，也差不多是她愛情生涯的主要形式了。

　　與其說莎樂美愛他們，不如說是在知識與精神的層面深入地
學習並理解他們，然後，再離開他們，走向更具挑戰處，所以，
莎樂美的深情，與他們所具備的知識在一起。即便是小她十四歲
的里爾克，在詩歌創作上也堪稱她的老師，後來這個心靈敏感身
體脆弱的二十世紀歐洲詩歌耀眼明星，因為患敗血症身亡，時年
六十五歲的莎樂美痛惜不已，寫下了《與里爾克一起漫遊俄羅
斯》。像《情遇尼采》一樣，書中的私人情誼讓位給思想與才華
的轉介，她要人們讀的，是詩人的成長、成就和價值。而事實
上，世界上也確實是再沒有一個人能夠像莎樂美一樣和詩人在精
神上如此親密無間，也唯獨她才有此力量，向詩人的孤獨感發出
人性的呼喊。兩人的情侶關係結束後，里爾克依然在信中情感熾
烈地寫道：「我時常對自己說，只有通過你我才能接觸人性，在
你身上，人性向我轉過臉來，感覺到我的存在，朝著我呼吸；一
旦離開你，我就背朝人性遠去，再也無力使人性認識我了。」而
莎樂美也一次次落落大方地回報這情誼：「我親愛、親愛的老
弟！」這類慷慨的精神支持與熱烈交流，在《師從佛洛伊德》中
也體現明確，佛洛伊德用自己發明的一種心理活動機制，差不多
能夠一廂情願地解釋全世界人的怪異之夢，但在他看來，莎樂美
生命最後二十五年雖然貢獻給了精神分析學，而她的個性卻是一
個真正的謎。

　　這個謎，就是信仰與愛欲的糾葛交織，自初戀起就被深埋在
她的生活和思想裏。

　　莎樂美十七歲情竇初開，愛戀的是大她十五歲的博學牧師，
彷彿重演中世紀愛洛綺絲和阿貝拉爾神父的情境，當對方拋家別
業要娶她時，她卻戲劇性的如逃跑新娘一樣逃開了。尼采被拒絕

之後，他的好友保爾瑞曾經與她兄妹般同居一處，不久，莎樂美與一位才華橫溢脾氣古怪的文學教授閃電結合，卻是無性婚姻。對方以死相挾，莎樂美並無妥協，這樁持續四十多年的婚姻，始終有名無實。在與男人的一切交往關係中，制定規則的一方，是莎樂美。此後，她在不斷的情遇之中追求知識，享受著絕對的性愛自由，並鼓勵丈夫找代理妻子，丈夫果真與女管家生了幾個孩子，有一個在莎樂美晚年還真做了她的女兒。在今天看來也是驚世駭俗的情史，在當時俄羅斯知識界某個層面上，卻是流行的理想人生範式，人們樂意在無性婚姻的表面之下，追求知識與信仰的高度一致，讓愛情的神聖性與世俗性合二為一，各自擁有絕對的自由，似乎，也恰是後來薩特與波伏特的終生的情感合作與道德實踐。

　　頗有意味的是，堪稱女權主義師奶級代表人物的莎樂美，一生傳奇落到今天世人的眼中，只剩下了獵服名男人的業績，甚至有書評說，可惜莎樂美到底局限於歷史的腳步，書寫情遇從來不敢書寫到身體。可明明是，莎樂美一筆一畫寫得最多的，就是身體！是人的身體的疾病與精神的關聯——人類精神生活最活躍的部分，就是對寄宿著疾病的身體的逃離；她終生追求的知識，就是這逃離的路徑。

　　超越過她自己時代的莎樂美，今天，依然在這個時代的前面，在無數男女精英知識份子的前面。

達利的意淫和我們的夢

　　超現實主義者達利（一九〇四－一九八九）晚年快要離開人世的時候，在與友人的談話中，宣佈了他身後的最大心願：「我想讓整個世界帶上綠帽子。」並以此句，作為其回憶錄性質的《瘋狂的眼球——薩爾瓦多・達利難以言說的自白》一書的結束語，可見其對這個想法是有點當真的。

　　稍稍瞭解這個現代藝術怪傑的人都知道，對達利來說，是流芳百世還是遺臭萬年並沒有什麼區別，他恐懼的只是淡出人類視野終至被遺忘。而且，說出如此意淫大話的達利，事實上是想得多做得少，其終生的性實踐對象，唯有老婆加利一人，堪稱從一而終。

　　不過，在性能力方面假裝玩世不恭的花花公子大帥哥，也是達利慣常的人生扮相。一九三八年在英國倫敦，寫過《一個陌生女人來信》的著名作家茨威格，把當時超現實主義陣營最才華橫溢的當家小生達利，介紹給精神分析學大師佛洛伊德，兩個曠世天才會晤，沒有碰出火花，甚至，達利覺得吃虧。因為此前，達利認為佛洛伊德是唯一有資格、有能力與他的偏執一爭高下的人，並為這次見面做了許多形象與語言上的準備。但是聽完他的一番慷慨陳辭，佛洛伊德轉身對茨威格說：「多麼狂熱啊！多麼完美的一個西班牙型。」在他眼中，達利只是一個典型病例，而不是一個特立獨行的人；同時，他對達利的個性也沒興趣，只想用他來證明自己的理論。據此，達利給

他畫了一幅線條混亂筆觸蠻橫的肖像,認為自己的收穫,遠遠不如他從自己這裏得到的。次年,佛洛伊德病故,達利又作了一幅《佛洛伊德的變態多形》,上面有一個可愛的大眼睛孩子,模樣俊俏,性別不詳,嘴裏銜著一隻黑乎乎的死耗子,意味深長,也很噁心。

達利畫的是孩子和耗子,不是噁心,但是看著就是噁心。這噁心的成因,跟意淫差不多,是由畫家的筆觸與觀者的心理達成的同謀。而終其一生,意淫就是達利源源不斷地創作靈感,也是他給人類表現藝術貢獻的新領域和新思維。此前西方繪畫的性暗示的偷窺視角,已經不能滿足二十世紀觀眾更貪婪、更近切的趣味需求,追求更有質感與刺激性的呈現方式,便成為現代文藝表現的重要主題。佛洛伊德也是應時而生,其理論可以成為世界文藝思潮的簡易版,他認為性是人類最後一塊自己可能親身抵達的精神秘境。

佛洛伊德曾被超現實主義奉為自己的守護神,用其弒父理論來解釋達利作品意圖,也不是一點兒不靠譜。況且,達利對他自己的親爹,自幼就是一個明目張膽的弒父者,用咳嗽、哭喊、絕食、自戕、隨地大小便、冒犯校規、衝撞師長,一切能讓父親感到恐懼、憤怒、羞愧和厭惡的事情,他都樂此不疲,這也是他讓父親真切的感覺到他存在的方式。不然,他就覺得自己被忽視,甚至可能在世界上並不存在他這麼一個人。這也事出有因。達利出生前三年,有個七歲的哥哥生病夭折,因此父母對他便格外當心。但這份好心被早熟敏感的達利當成驢肝肺,他認為自己是很委屈地與哥哥合用一個身體,父母對他的關愛,其實至少有一半

是給哥哥的。於是，確立自我意識，驅逐哥哥幽靈，抗拒父親監護，便成了他自設的人生任務與藝術使命。

西班牙小青年達利凡事都與父親對著幹，只有一件事忠實地繼承了父親的秉性，那就是對性病的無限恐懼。因此，他雖然在言行上極度放浪形骸，但是，於性事一途，絕對的閉關自守。曾有過一次維持了五年的戀愛，亦始終守身如頑玉。直至遇到現代派詩人艾呂雅的妻子加利，一下子就執子之手生死契闊了，從此過上乾柴烈火熊熊燃燒的幸福生活。而加利是俄國女人，又是與法國詩人艾呂雅離婚再嫁，達利的父親為之火冒三丈，最後竟鬧到父子關係公開決裂。

就在折騰這些事兒期間，達利一系列超現實主義畫作在法國和美國陸續展出，同時與朋友合作了電影《一條安達盧的狗》，其社會效益與經濟效益都是既轟動又有醜聞相伴。這多半是題材的緣故。就像人們搞現代派晚期文學改良，講究的不是寫什麼而是怎麼寫；達利那個時代還處於不是怎麼畫而是畫什麼的初級革命時期。達利讓人吃驚的是他對人類夢境譫妄的準確描摹；達利很瘋狂，但不是他直接畫瘋狂，而是象徵性地表達，讓人們從他作品裏認出了自己心裏認識的瘋狂。這瘋狂又往往帶著性的意味，舌頭、牙齒、馬、海水、花木、頭髮、岩石、房屋、性器官……在達利作品前，許多時候人們就如同直面自己暗夜幽夢的性慾。成名後的達利，更增加了創作的媒介材質種類，那種夢中虐淫的色彩也更加旗幟鮮明地浮蕩其中。至此，連他自己也自詡為「一個優秀的佛洛伊德學派的英雄」了。

　　不過，這與其說是他對佛洛伊德理論的皈依，不如說他對自己靈感的誠實。而靈感——其實就是自己慾望的忠實再現，所謂美夢成真。只是平常人們說得出口的夢，絕大多數只是文藝調調的白日夢，不是真的癡夢，而是真的妄想；佛洛伊德的夢境，才是真正發生在夜晚的。

　　夜晚是慾望的儲藏室，有人說佛洛伊德的錯誤，在於把它的門打開卻發現房間沒有盡頭，而且怎麼都關不上了。而毀譽參半的達利在藝術和商業上的雙重成功，給人們的啟發是：癡人說夢，不僅要大膽，也要誠實——

　　凡人誰沒有做過幾個荒誕不經的夢呢？

毛姆的中國屏風

　　英國著名作家毛姆的《在中國屏風上》，有一陣子在讀書人中頗受推崇，因為是以「他者」的新奇目光「看中國」，時隔近一個世紀，那目光在時間隧道裏幾經回折，落到曾經被看的中國讀者眼前，依然透著幾分新鮮。比如這一段：

　　「他領我進入一間乾淨明亮的房間，它被分成許多小的隔間，墊高的地板上面鋪著乾淨的地毯，形成一個簡便的鋪位。其中一個鋪位上有一位年長的紳士，頭髮灰白，手十分秀氣；他安靜地讀著報紙，長長的煙槍放在一邊。另一個鋪上躺著兩個苦力，他們把煙槍放在中間輪流享受。他們都是年輕人，顯得精神飽滿；他們對我露出友好的微笑，其中一個還請我抽上一口。在第三個鋪位上，四個男子正盤坐在棋盤四周下棋。不遠處，有個男子在逗弄一個嬰兒，而那孩子的母親，我猜就是店主的妻子，一個身體豐滿、面容姣好的婦人正望著他，嘴角露出燦爛的笑容。這地方真令人愉快，像家裏一樣，舒適而溫馨。它令我想起柏林那些我最喜歡的小酒館，每天晚上，勞累了一天的人們常在那裏享受安逸的時光。」

　　這樣溫暖明亮的鴉片煙館景象，對於中國讀者普遍的歷史記憶，大抵算是一種顛覆。鴉片煙館作為一個典型的東方意象，似乎是西方文藝家們最偏好的一個文化符號，在好萊塢黑幫史詩片《美國往事》的片尾，一生浪跡天涯的黑社會教父式人物邁進一家唐人街煙館，在煙燈底下露出一張既像徹悟又像白癡的臉；那

蒼桑的表情，又分明是浪子回家。這鏡頭，較之香港古裝電影裏
的煙館戲，倒更多一些人物的精神容量，港戲是拿煙館當作情場
或武林，實用得很。

作為小說家的毛姆寫這本旅行筆記，自稱本意是感動於這
些素材「可以給讀者提供我所看到的中國的一幅真實而生動的圖
畫，並有助於他們自己對中國的想像。」或許，這個「想像」，
也是此書能在今天的中國書生中特別受青睞的關鍵字。用別人的
眼神，看自己；或者，借別人的視線，想像那映象中的自己的形
象，也別有一番自我想像的意趣了。選擇一種目光，也是選擇一
種看人世的色彩。從白處看黑，到黑處觀白；從東方觀西方，以
西化看東方，這中間所謂的文化多元，無非便是心理需求的視角
與關照的鏡頭轉換罷了。對此，毛姆本人也是心知肚明，書中絕
大多數篇幅，寫的是外國人在中國，不少就可以當短篇小說看，
屬於典型傳奇環境裏的典型性格故事，有著種種很富戲劇化的人
生際遇，例如：來中國謀求國際婚姻的美國老姑娘，終身飄零的
英國老船長，自以為是的外交官漢學家，因為：「憑你對自己同
胞的同情和瞭解，你有一個支點：你可以進入他們的生命，至少
是在想像的層面上，而一定程度上也能夠真正地擁有他們，借助
想像，你差不多可以將他也當作你自己的一部分。」但是面對形
形色色地中國人：「你無所依憑，你不知道他們最基本的生活狀
況，於是你的想像就很受挫。」於是，前面的煙館景象，雖然很
討人喜歡，但也有可能是毛姆這種對現實的想像力受挫之後的一
種幻覺式的自贖想像。

毛姆的中國行大約在一九二○年，無獨有偶，一八九五年
至一九○九年在中國擔任法國外交官的詩人保爾・克洛代爾，則

在離開中國回法國十幾年之後，結集出版了描繪神秘中國的散文詩《認識東方》。保爾‧克洛代爾有一個才華橫溢的姐姐，就是在大雕塑家羅丹背後遮蔽多年的學生和情人卡繆‧克洛代爾。卡繆後來在精神病院鬱鬱而終，保爾的個性比姐姐更加沉鬱，更喜歡沉寂而安寧的生活，因此看世紀交替之際的中國，也是別有情懷。他在給另一個著名詩人馬拉美的信中說：「中國是個古老的國度，文化錯綜複雜，令人目眩。這裏的生活還沒有遭到精神上的現代病的感染……我厭惡現代文明，而且對它總感到十分陌生。相反，這裏的一切似乎都很自然、正常，當我在乞丐和痙攣病人中間，在獨輪車的一片喧鬧聲中，在挑夫和轎夫中間，走過中國內城那雉堞高聳的古牆重門的時候，我彷彿是一個前往觀看上演自己編寫的劇本的人。」

　　就像毛姆說《在中國屏風上》是「一本素材」，保爾‧克洛代爾則稱其《認識東方》是「精緻的素描冊子」，似乎是要說明忠實於文字事實，實際上更是忠實於其內心印象與精神想像，古老的中國恰如《美國往事》裏的唐人煙館，其效用與氣氛，是西方文藝家們文化想像的產物，是伊們在「觀看上演自己編寫的劇本」。

　　而在眼下日漸盛行的種種旅行文學裏，類似東方主義的模式化腔調，也正在從所謂經濟文化的中心城市，向著城鄉差異鮮明的邊遠水鄉山寨瀰漫而去。

向勞倫斯學習調情與戀愛

　　有一段時間，為做報紙編輯的朋友寫一個很八卦的專欄，其要求是可讀性至上，每一篇都必須有男有女有適度情色，因為我當年在晚報編副刊追求可讀性的時候，人家寫過與讀者情感互動的文字，來幫過我的忙，現在友情回報也是義不容辭。於是，某晚趕出一篇《送他去從良》，內容是寫某男士停妻幾年再娶佳麗，眾好友熱烈祝福之際，其停婚時期紅顏知己如何對之循循教導，情真意切地讓他珍惜這來之不易的幸福。按編輯規定時限準點寄出，次日開信箱，看到的回覆是：「祝願此作者成為調情高手。」

　　這句話可以有兩個理解方向：是她對文章比較滿意；或者，她希望文章作者寫得更像一個調情高手──而現在還不是。

　　是呀，現在還不是。不免就又在心裏嘀咕：寫那個八卦小專欄到底是什麼回事？因為，常常地，無法對它保有一種寫作專欄所需要的持續熱情，差不多每週都要人家編輯盯著鐘錶，打電話來做火線催稿，而寫八卦專欄終究也不能成其為一種女性間的親密友情足以支撐到底的事情。這一點，我與友人觀點倒很一致，從不無限抬高友情在彼此精神活動中的作用。

　　其實，剛開始答應寫它，多少是有點兒私心與自負的，以為在紙上杜撰男女情事，雖然有些無聊，但多少也算是一種對想像力的挑戰，而一切實現想像的任務，是語言的問題，至少，目前書坊間流行的小資文學教父式人物村上春樹就說：「最重要的是語言，有語言自然有故事。倘若，再有故事而無語言，故事也

無從談起，所以文體就是一切。」語言，在現代生活和現代作品裏，都已經被當作了一種比現實更真切與更內在的現實，噢，往文學的意味上誇張，這也就是卡夫卡開創的道路呀。那麼，就拿八卦專欄練習語言能力吧。

然而，寫過幾篇之後就疑惑起來：這些小文章面對的語言的現實是什麼哪？我在這種語言裏又實現了什麼？雖然，這專欄要求「調情」，而「調情」還真的算是人類區別於其他物種的語言現象，但，我為什麼而調哪？調這些情的驅動設置是什麼？當調情成為一種天然的語言，成了為調情而調情，已經像是「為藝術而藝術」了，動機與效果之間距離模糊，這個問題就有點像是現代派式的痛苦了，如同一個關於著名的人類永恆命題：我從哪裡來，要到哪裡去？

內部機緣不明，只好解決外部需求：全心全意的為誰調情——到底是真的有一個為什麼人的態度與立場的問題啊。參照文藝理論的指導，果然能讓人心明眼亮。由此，發現報刊上這一類欄目的所謂種種「調情」，實際上，不過是潛伏在種種情事底下的一個「性」字罷了，而「性」，又不過是形形色色的男女身體的物質性的縮略詞而已。

於是，想到了一生致力於為「性」正名的英國作家 D. H. 勞倫斯。

勞倫斯的書，我看過留有印象的遊記散文多過小說，而遊記，也只是一本《義大利的黃昏》反覆看過兩三次都沒有看完，因為其行文風格像詩人一樣即興而隨意，個別的時候，還流露出來些許「文藝憤青」的氣質來。由他攜德國衰敗貴族出身的有夫之婦弗里達私奔義大利的行為，及其對彼時世相的種種描述，他

後來能夠寫出幾部駭世驚俗的性情小說，自然是順理成章的事情。雖然他是書店上架的常銷書作家，但是，我一直不喜歡人們對他性愛小說家的介紹與評價，所以在這樣的市場背景上，不去讀他，算是我對於他聲譽的一種捍衛方式。而今讀《查特萊夫人的情人》，則另有一種小報專欄作者業務學習的莊重感，於是，特別選了一個國家大出版社出的，卷首有專家作鄭重序言的譯本。

由於這態度的端正，重讀就像是初讀了。十幾年前的初讀，好像是借閱的，有少年讀禁書的意思，彼時好奇心也旺盛，大概對於某些章節的獵奇心更重，還依稀記得那種完全主觀的「潮水般一波一波地湧動」之類的話，稍有驚奇，因為那時能讀到寫性事的極限版，是佈滿空白小方格的《金瓶梅》，其客觀陳示之外，「豔詞淫曲」的比興，也是以物喻物，置身其外的。而這個查特萊夫人的主觀，卻緣自對於身體的物質感的蘇醒。

不過，這個查特萊夫人對於身體的重新發現，卻是從對語言的某種認識開始的。丈夫殘疾之後遂以寫作消遣人生，生性聰慧的查特萊夫人以作家妻子的身份，重新認識自己的生活時發現：「他倆的婚姻，他所說的他倆基於親密習慣而形成的完整生活，有時候會變得極度蒼白，空虛。那不過是言詞。真正的現實卻是空虛，空虛上面是言詞的虛偽。」

看到這一段話當時就想樂，想起了一個年輕時給快要失明的博爾赫斯讀書講電影的人，叫阿爾維托・曼古埃爾，後來成了加拿大籍的著名學者。此人自幼便沉溺在其父的圖書室裏做過不少白日夢，對人生的種種慾望多從書本上獲知，致命的熱愛文學，但是，他說：「幾年之後，當我可以把閱讀與我首次撫摸戀人的真實感受加以比較時，我必須承認，這一次，文學落後了。」

在戰爭中受傷致殘之後，依然是衣食無憂的礦主富翁，但是不去選擇另外行業，而選擇了寫作當成一種職業身份，這真是勞倫斯意味深長的用心。建立在語言上的虛擬現實，終究，是現實的海市蜃樓。

與有閒有錢的查特萊男爵同一階層的人中，感覺到如此空虛的還大有人在，因此到風月場上及時尋歡的也不在少數，甚至面臨著這深淵般的空虛，有人乾脆說「深淵上的惟一橋樑就是男人的陽物」。這話與查特萊男爵下半身的殘障，在小說情節上往往蒙蔽了許多讀者，也常常遮蔽了勞倫斯的孤苦用心，以為男爵的性功能缺失，就是查特萊夫人失去所有人生幸福意義的根本所在。據說，後來勞倫斯自己也承認，把查特萊男爵寫成一個殘疾者而讓查特萊夫人因之出走，使小說的格局有點庸俗了。更有意思的，是勞倫斯自己的夫人弗麗達後來在回憶錄裏曾說，勞倫斯本人從一九二六年開始也失去了性能力，而恰是那一年，他開始寫作此書。因為有一個私奔來的老婆，還是很超前的姐弟戀模式，在各類著述中又頻頻涉性，晚年的繪畫作品中也多作裸像，勞倫斯給世人留下的形象似乎極為孟浪放縱；其實哪，僅僅是按常識想像一個長期纏綿病榻的資深肺結核患者的性實踐活動能力，作家勞倫斯對他筆下的查特萊男爵也未必不抱有一定程度的同情心。

所以，在查特萊男爵與作為小說第一男主角的查特萊夫人的情人梅勒斯之間，查特萊夫人還有一個重要的過渡性的情人，就是男爵的朋友，愛爾蘭裔劇作家米克。比之查特萊男爵，米克也是年紀相似、地位相同、職業相近，多出來的一點點優長，就像現在報紙招婚廣告裏的一句「體健貌端」。不過，一番款曲暗通

之後，查特萊夫人依然生出些許虛無縹緲的悵然。帶著一副沒著沒落的身體軀殼，她曾經努力地說服過自己：「寧願幫柯利弗德（男爵）用寫作去掙不那麼多的錢。……寫作是人類最後一件值得驕傲的事情！其餘的都是一派胡言。」

然而，查特萊夫人從來不是一個精神很教條的人，寫作對人生的崇高意義最終也沒能從內心裏說服她的身體。她年輕時代就享受過大學校園裏的自由戀愛之風，現在有了與米克的風流韻事，大家都睜一隻眼閉一隻眼，她也曉得不能太過份，出於某種生存的策略，她又離開丈夫和情人到外地旅遊。

旅遊這一段，在全書中是勞倫斯對現代社會生活最精彩和最精當的觀察與描述，當然，也是最悲觀與沮喪的現實，但是，也正是基於這種令人絕望的現實背景，此後他小說男女主角的肉體之愛才可能具有超凡脫俗的光彩：

「查特萊夫人具有一種女人對快樂的盲目渴望，她需要確信能得到快樂。……在巴黎，她至少還感覺到了一點肉欲。但這是多麼疲憊、懶散而無精打采的肉慾啊。因為缺乏溫情而疲憊。啊，巴黎是淒慘的，是最淒慘的城市之一：這個城市疲憊於自己那沉溺在現代機械中的肉慾；疲憊於金錢的緊張攫取，金錢，金錢，一味的金錢；甚至疲憊於怨恨與自負，簡直疲憊得要死。」

而有趣的是，她折返回來後，開始與獵園看護人梅勒斯的肌膚相親，也並非人們通常想像的乾柴烈火，反而是緩慢地如小孩子賭氣一樣開始了。與查特萊夫婦純精神的空洞關係不同，獵園看護人梅勒斯曾經有過的失敗婚姻，屬於純肉體的性事關係。梅勒斯有過海外軍旅生涯，是一個見過許多世面的人，對現代文明的種種弊端很有洞察力，具有亂世裏能獨善其

身的品行與秉性。在這樣一個有視野與判斷力的人眼中，他的前妻伯莎被形容為貪婪的性野獸，可以想見那性事的荒淫與粗莽。由此也可以推測那女人在官感本能裏的沉溺和過癮。然而，他卻因此寧可獨身。

　　沒有性的人生，大抵是虛無難耐的；而僅有性，顯然還是遠遠不夠。查特萊夫人和她的情人，由性的不同現實困境出發，從全然不同的方向上，走到一起。

　　而且，這場駭世驚俗的戀情開始時刻，幾乎沒有語言。那天她在林中閒逛，看到養在雞籠中小雞，「她的神情是那樣緘默絕望，憐愛之情不由得在他心中油然而生。」這情感在她，如夢似幻。彼此間第一次身心邂逅，她先是像睡著，繼而難辨虛實，「那飽受折磨的現代女人的大腦還是安靜不下來。」而梅勒斯哪，「他退到一邊，望著她走進那在灰白天際襯下的一片昏暗。他懷著幾乎是痛苦的心情望著她走開。在他原打算獨守孤獨的時候，她又把他與人世間聯繫在了一起。她使他失去了清靜，一個想要孤獨的人那一點點苦澀的清靜。」

　　似乎，因為這戀情的如此基調，勞倫斯最初給小說起名為《柔情》，然後，才是一次又一次逐漸濃烈的熾情終至成為如今這個宣言般的書名。因為最終他們在彼此的身體上獲得了心靈對生命的回應。當然，這回應，不僅是原始本能的迴響；而是身體緊貼大地，帶有精神活動原創力量的聲音。

　　勞倫斯在三期肺炎的性命大限裏，拼命著成此書，最後一句是：「他有一點點情緒低落，但卻懷著一顆充滿希望的心。」對於練習寫作兼練習調情者來說，這是一次叫人絕望到無奈的閱讀學習。

　　回到那個性與情敘述混亂的通俗小報專欄，發現想用調情的語言真正地貼緊眼下這現代化進程中的大地，是絕對難以做到的，且不說人們生命的原創力已經少的可憐，即使是寫文章也極少會直抒胸臆了。時下，風花雪月的社交中所謂的文明與文化，原先以為不過是作虛飾的華麗外衣，其實哪，它們已經進入人們的身體，成為了生活裏的基本部分了。或許可以說，現代社會中的我們都已經是一些文化的轉基因生物了。而相對於語言，口頭的及書面的，對生命經驗的表達，更是徹底地被詞語化的概念淹沒。人生的種種經驗也在概念裏沉浮，貌似日常生活指南針般的一切進入人們視野的廣告，更是被概念模式化的概念名詞。沒有被名詞歸納過的生活，會讓人們有不安全感了；而為調情而調情，在勞倫斯式的情人面前，終究不過是一堆現代文明垃圾罷了。

後記　轉身之際的文字迷宮

　　把《煙灰變成天鵝絨》的這些文字攏到一起的時候，多少有點恍惚感，發現竟有點像一個抱著枕頭走來走去的人，好像在文字的夢鄉裏，哪裡都是可以隨時倒頭就睡的地方，其實不論在哪裡，又都不曾離開那個充塞著莫名之夢的文字枕頭。有時我甚至覺得，也許，全世界的夢境，也如同全世界的無產者，或者全世界的兔子，全世界的書蟲……是彼此都認識的。至少，作為一個句式，它能成立。

　　此書中許多篇目，說了一些由不同語言方式而起的風月之情，每一篇的行文緣由各異，但掩在文字底下的用心，大抵是相當的。它們中，有一部分來自於作報紙編輯時，同仁們的邀約，還有一些寫在部落格裏的遊戲之作——寫散文隨筆，始終是我生活的一項個人遊戲，自我內心清理的同時，也適度調整了電腦四周圍的外部空間氛圍；更有趣的，是寫作這種遊戲帶來的友人之間互相閱讀的趣味。通過所使用的詞語，人們可以最直接地找到距離自己最近的友情。

　　這期間，我個人生活時發生了兩件事，深刻地影響到了文字的表達方式。

　　其一，拿起了畫筆，直接開始繪畫實踐；其二，是離開媒體調到學校，從文字編輯轉向影視教學。前者，開掘出我動手創作的勞動者天性；後者，則用文字與視覺之間的形象化表達，提示出感性寫作中的理性控制力。而這一切，都得了諸多友情的無私支持。

　　所以，本書文字也是一個友情彙編集子，要感謝的人可以說出一大長串。不過，我更喜歡在心裏記得他或她，將來，再慢慢地寫下來與畫下去。

二〇一〇年十二月七日於濟南

258　煙灰變成
天鵝絨

釀文學29　PG0604

 煙灰變成天鵝絨

作　　者　　韓　青
主　　編　　蔡登山
責任編輯　　鄭伊庭
圖文排版　　陳宛鈴
封面設計　　陳佩蓉

出版策劃　　釀出版
製作發行　　秀威資訊科技股份有限公司
　　　　　　114 台北市內湖區瑞光路76巷65號1樓
　　　　　　電話：+886-2-2796-3638　傳真：+886-2-2796-1377
　　　　　　服務信箱：service@showwe.com.tw
　　　　　　http://www.showwe.com.tw
郵政劃撥　　19563868　戶名：秀威資訊科技股份有限公司
展售門市　　國家書店【松江門市】
　　　　　　104 台北市中山區松江路209號1樓
　　　　　　電話：+886-2-2518-0207　傳真：+886-2-2518-0778
網路訂購　　秀威網路書店：http://www.bodbooks.com.tw
　　　　　　國家網路書店：http://www.govbooks.com.tw
法律顧問　　毛國樑　律師
總 經 銷　　創智文化有限公司
　　　　　　236 新北市土城區忠承路89號6樓
　　　　　　電話：+886-2-2268-3489　傳真：+886-2-2269-6560
　　　　　　博訊書網：http://www.booknews.com.tw

出版日期　　2011年9月　BOD一版
定　　價　　320元

版權所有・翻印必究（本書如有缺頁、破損或裝訂錯誤，請寄回更換）
Copyright © 2011 by Showwe Information Co., Ltd.
All Rights Reserved

Printed in Taiwan

國家圖書館出版品預行編目

煙灰變成天鵝絨 / 韓青著. -- 一版. -- 臺北市：釀出
版, 2011.09
　　面；　公分. --（語言文學類；PG0604）
BOD版
ISBN　978-986-6095-35-1（平裝）

855　　　　　　　　　　　　　　　　100012887

讀者回函卡

感謝您購買本書，為提升服務品質，請填妥以下資料，將讀者回函卡直接寄回或傳真本公司，收到您的寶貴意見後，我們會收藏記錄及檢討，謝謝！
如您需要了解本公司最新出版書目、購書優惠或企劃活動，歡迎您上網查詢或下載相關資料：http:// www.showwe.com.tw

您購買的書名：_____

出生日期：_____年_____月_____日

學歷：□高中 (含) 以下　　□大專　　□研究所 (含) 以上

職業：□製造業　□金融業　□資訊業　□軍警　□傳播業　□自由業
　　　□服務業　□公務員　□教職　　□學生　□家管　　□其它_____

購書地點：□網路書店　□實體書店　□書展　□郵購　□贈閱　□其他

您從何得知本書的消息？

　　□網路書店　□實體書店　□網路搜尋　□電子報　□書訊　□雜誌

　　□傳播媒體　□親友推薦　□網站推薦　□部落格　□其他_____

您對本書的評價：（請填代號　1.非常滿意　2.滿意　3.尚可　4.再改進）

　　封面設計____　版面編排____　內容____　文／譯筆____　價格____

讀完書後您覺得：

　　□很有收穫　□有收穫　□收穫不多　□沒收穫

對我們的建議：_____

_____

_____

_____

11466
台北市內湖區瑞光路 76 巷 65 號 1 樓

秀威資訊科技股份有限公司　　　收

BOD 數位出版事業部

··

（請沿線對折寄回，謝謝！）

姓　　名：＿＿＿＿＿＿＿＿＿　年齡：＿＿＿＿　性別：□女　□男

郵遞區號：□□□□□

地　　址：＿＿＿＿＿＿＿＿＿＿＿＿＿＿＿＿＿＿＿＿＿＿＿＿

聯絡電話：(日) ＿＿＿＿＿＿＿＿＿＿　(夜) ＿＿＿＿＿＿＿＿＿＿

E-mail：＿＿＿＿＿＿＿＿＿＿＿＿＿＿＿＿＿＿＿＿＿＿＿